VOM STILLEN ZAUBER DER WELT

GESCHICHTEN UND GEDICHTE

Herausgegeben von
Aleksia Sidney

K
A
M
P
A

Für den Blick hinter die Verlagskulissen:
www.kampaverlag.ch/newsletter

KAMPA POCKET
DIE ERSTE KLIMANEUTRALE TASCHENBUCHREIHE
Gedruckt auf säurefreiem und chlorfrei gebleichtem Papier zur Unterstützung verantwortungsvoller Waldnutzung, zertifiziert durch das Forest Stewardship Council. Der Umschlag enthält kein Plastik. Kampa Pockets werden klimaneutral gedruckt, kampaverlag.ch/nachhaltig informiert über das unterstützte CO2-Kompensationsprojekt.

Veröffentlicht im Februar 2025 als Kampa Pocket

Hegibachstrasse 2, CH-8032 Zürich
info@kampaverlag.ch
www.kampaverlag.ch
GPSR-Kontakt: Schöffling & Co. Verlagsbuchhandlung GmbH, Kaiserstraße 79, D-60329 Frankfurt am Main
info@schoeffling.de

Covergestaltung und Satz: Lara Flues, Kampa Verlag
Covermotiv: © Ryo Takemasa
Gesetzt aus der Stempel Garamond LT / 1. Auflage 2025
Druck und Bindung: GGP Media GmbH, Pößneck
ISBN 978 3 311 15107 4

www.kampaverlag.ch

Inhalt

Elizabeth Hay

Kein Windhauch

Ein alter, räudiger, weißer Wolf reckte langsam seine rheumatischen Glieder und gähnte auf dem Uferstreifen, an dem sie vorbeipaddelten. Ein Omen, wenn sie es nur erkannt hätten. Mittlerweile war bereits der 20. Juli, und sie waren auf dem breiten, glatten, in östlicher Richtung fließenden Thelon River, sieben Tage vor dem Ende.

Ralph sichtete etwas in der Ferne, das sich bewegte. Gwen hielt es für Wildgänse – am Ufer entlangwatschelnde Gänse hatten sie schon oft gesehen. Als sie näher kamen, fiel es ihnen wie Schuppen von den Augen: Eine Herde von fünfzehn Karibus überquerte vor ihnen den Fluss, denen die Geweihe wie Stöckelschuhe aus dem Kopf ragten.

Sie paddelten auf die südliche Seite des Flusses, genau wie Harry und Eleanor auch, und warteten mit klopfendem Herzen darauf, dass die Karibus am Ufer auf sie zukamen, aber die Tiere kletterten aus dem Wasser und bewegten sich in anderer Richtung weiter. Dann durchschwamm eine zweite kleine Gruppe den Fluss, die ebenfalls die Uferböschung durch Zwergweiden und -fichten hoch und über den felsigen Kamm hinweglief, wo sie aus der Sicht verschwand.

Sie nahmen ihr Mittagessen auf dem Plateau oberhalb des Flusses ein, wo ihnen bewusst wurde, dass sie sich am Rand einer riesigen Rentierherde befanden. Um sie herum waren Hunderte von Karibus, weiter entfernt, in langsamer Bewegung oder ganz still, die sich in die offene Tundra aus Gräsern und Heide und runden Hügeln einfügten wie Felsen. Was sie erhofft hatten, wurde endlich Wirklichkeit.

La foule. Das Wort kam Ralph ungebeten in den Sinn, als er an die Berichte von den riesigen Karibuzügen der Vergangenheit dachte. Es war, als erlebe man das Einbrechen eines Mythos in die Realität: Das Karibu tauchte aus dem Land auf und war ein Teil von ihm, zögerlich, zielstrebig, anmutig, scheu, seine Farben beige, braun, grau, matte Töne, Gwens Farben, als sie anfangs beim Sender erschienen war. Was sie vor sich sahen, war etwas Flüchtiges und Schwindendes. Wären sie wenige Stunden früher oder später gekommen, hätten sie die massenhafte Passage einfach verpasst.

Ralph schmiegte sich an die Flanke einer flachen Anhöhe und blickte durch die langen Gräser hindurch auf die große Herde vor ihnen. Eleanor war ihm ganz nah. Nicht weit weg war Gwen, das Aufnahmegerät um den Hals, das Mikrophon in der Hand, als eine Kuh und ein Kalb, die sie nicht bemerkt hatten, direkt auf sie zugedonnert kamen, dann rannten sie ein Stückchen weg, dann kamen sie wieder näher. Bald darauf knabberten etliche Karibus wenige Meter unter ihnen die Weidenblätter ab. Gwen nahm das Geräusch der weichen Lippen auf, mit denen sie die Blättchen abrupften, die leisen Kaugeräusche. Ein Männchen sah sich um und kratzte sich das Hinterbein mit dem Gestänge. Dunkel, Samt, Horn.

Schwarze Geweihenden über dem Grün, den Weiden, dem Wasser. Die Augen wie von dicker Wimperntusche umrandet. Die wellenförmige Bewegung, die sich ergab, wenn ein Tier anfing zu laufen und alle anderen folgten. Sie waren wie Kamele zwischen Sanddünen, hinreißend auf blonden Hügeln, wie sie sich bewegten und sammelten und zu kleinen, eleganten Einheiten rund um die Weiden gruppierten, wie eine Serie von fast reglosen Stillleben.

Harry rief sie leise. Eine Abordnung von zehn Tieren kam das Ufer herab auf ihre Kanus zu. Die drei folgten Harry und standen ganz still und leise unter dem hohen Surren einer Wolke aus Kriebelmücken und beobachteten aufmerksam und voller Begeisterung die Tiere. Gwen zeichnete das Geräusch der durch das flache Wasser platschenden Hufe auf. Ihr Kommen und Gehen war laut, doch zugleich gedämpft und schnell vorbei. Die großen Trupps, die sich den ganzen Nachmittag auf ihrer Seite des Flusses versammelt hatten, wurden gegen sieben Uhr abends aufgeschreckt. Nachdem sie in ordentlichen Zweierreihen hinunter ans Wasser und daran entlanggelaufen waren, um die fünfhundert, vielleicht siebenhundert Tiere, zogen sie sich urplötzlich über die Uferböschung und die Anhöhe zurück und verschwanden in der Tundra.

»Ich glaube, wir sind an einer dünnen Stelle«, murmelte Ralph in Anspielung auf die Leidenschaft seines Vaters für die Kelten. »Da, wo sich das Sichtbare und das Unsichtbare treffen.«

Nichts anderes war diese uralte Karibufurt, eine Stelle, wo der Fluss schmaler wurde und den Zugang zur anderen Seite ermöglichte. Die Tiere waren tatsächlich so scheu, wie die Zeugen das bei der Berger-Anhörung behauptet hatten, und dies war noch nicht mal ihre sensibelste Zeit. Das Kalben und die Phase danach waren weiter im Norden vor sich gegangen, und jetzt befanden sie sich auf dem weniger dringlichen, langen Zug zurück in den Schutz des Waldes.

Wie still es ist, flüsterte Eleanor. So leicht zu übersehen und dann so leicht zu verlieren. Sie und Ralph standen nebeneinander und beobachteten versprengte Kühe mit Nachwuchs und ungeschützte Kälber allein. Am gegenüberliegenden Ufer gingen ein Bulle und ein Kalb ins Wasser und versuchten nebeneinander herüberzuschwimmen. Doch auf halbem Wege verschwand das Kalb und tauchte nicht wieder auf, wie lange sie auch danach Ausschau hielten.

Und wieder waren sie allein im »Land von Überfluss und Hunger«. So lange nichts, dann diese Fülle, dann wieder nichts, doch ein Nichts, in dem die vorherige Fülle noch als Abwesenheit zu spüren war.

Als Ralph an diesem Abend Whalleys Buch von hinten durchblätterte, stieß er auf ein Foto von Edgar. Weiß und grobknochig sah er aus, Mittelscheitel und abstehende Ohren. Dann Hornbys abgemagertes Gesicht nach einem seiner Hungerwinter in der Nähe von Fort Reliance. Die tief liegenden, glitzernden Augen. Das freundliche Lächeln. Die Haare noch schwarz und dick. 1925, in dem Jahr vor seiner letzten Reise, war Hornby mit James Critchell-Bullock unterwegs, einem ehemaligen Offizier, der Entdecker, Fotograf und Sammler geworden war. Nach einem armseligen Winter am Artillery Lake, den sie in einer zusammenbrechenden Höhle durchstanden, die sie sich in einen eiszeitlichen Sandwall gegraben hatten, waren sie auf dem schrecklichen Weg zur Hudson Bay. Am Abend des 23. Juli sichteten sie »eine große Karibuherde, die sich am Südufer in südwestlicher Richtung bewegte: an die zweitausend Tiere, meist Weibchen, die alle Hügel bedeckten und mit den Rufen zueinander einen gewaltigen Lärm verursachten ... Ein schöner Anblick auf den Sanddünen im goldenen Sonnenschein, der sich im Wasser spiegelte«. Noch einmal hundert Kilometer weiter gelangten die beiden Männer an die doppelte Biegung des Flusses, die Hornby begeistert und sein Schicksal besiegelt hatte: Am Nordufer erhob sich ein ansehnliches Wäldchen aus Weißfichten, das ihm die Idee gab, man könne dort ein Haus bauen und überwintern.

Ralph ließ das Buch sinken, weil er einen Aspekt Hornbys gerade zum ersten Mal verstand: Die Vorstellung eines solide konstruierten Hauses statt einer dreckigen Höhle oder eines durchweichten Zelts oder einer lausigen Plane hatte ihn verführt. Der winzig kleine, außergewöhnlich zähe, selbstzerstörerische Engländer hatte im Grunde einen gewissen Komfort in der Wildnis gesucht.

Mit ihm, Ralph, ging gerade etwas Vergleichbares vor sich. Er spürte das wachsende Bedürfnis, sesshaft zu werden, nicht an einem Ort, sondern mit einer Person. Jahrelang hatte er sich immer alle Optionen offengehalten, sich auf nichts festlegen lassen, eine Einstellung, die ihm jetzt fast kindisch vorkam. Sie waren schon so unglaublich weit gekommen, er und Eleanor und die anderen. Sie waren schon zu zwei Dritteln da, zu zwei Dritteln wieder zu Hause, und er fühlte sich des nächsten Schrittes so sicher wie selten mit etwas in seinem Leben. Eleanor war nicht einmal vierzig, und er war einundsechzig, doch am letzten Abend der Reise würde er sie bitten, seine Frau zu werden.

Am nächsten Tag paddelten sie weiter. Die Luft war windstill. Die Stechmücken waren blutrünstig und fast so zahlreich wie die Karibuhaare in den Büschen und am Ufer, weiße, spröde, hohle Haare und weicherer Flaum, eine schwimmende Matratze aus Haaren. Das Ufer, das vorher hart und flach gewesen war, war völlig von den Hufen zertrampelt.

Büscheweise Labrador-Tee zwischen den Felsen. Darüber ein paar Seeschwalben. Die Asche von ihrem kleinen Teefeuer stob in einer plötzlichen Bö davon. Sie mussten unbedingt fünfunddreißig bis siebenunddreißig Kilometer am Tag schaffen, wenn sie den Beverly Lake noch rechtzeitig erreichen wollten.

Und wieder waren sie umgeben von Karibus. An diesem Nachmittag überquerten Tausende den Fluss. Sie ließen sich mit den Kanus von der Strömung treiben, während die Karibus einen Bogen um sie schlugen und weiter in Richtung Ufer schwammen. Als sie dann die Böschung hochstiegen, hob sich ihr dunkles Gehörn in diesem Paradies aus Grün und Himmel auffallend von dem Laub ab. Gruppen von Bäumen verdichteten sich auf den Hügeln zu Wäldchen, Haare bedeckten das Wasser, das Ufer, das Gras. Die Rentiere grunzten wie die wühlenden Schweine, so viele waren es jetzt, Matsch und Gras flogen nur so. Ein kräftiger Dunggeruch lag in der Luft. Und Gwen nahm alle Geräusche auf Band auf.

Immer mehr Tiere kamen herbei, die Bergflanke leerte und füllte sich von Neuem. Auf einem hohen Kamm trotteten die Karibus eins nach dem anderen vor dem Horizont. Dann die steile Böschung hinunter ans Wasser, changierende Silhouetten vor dem Himmel, und immer ein Wolf, der die Nachhut aufschreckte. Der Anblick war begeisternd und faszinierend und ernüchternd zugleich. Beim Abendessen bemerkte Eleanor, wie viel Dankbarkeit sie Richter Berger gegenüber verspürte, der dafür sorgen würde, dass diese schwindenden Herden geschützt wurden.

»Die Regierung verflucht vermutlich den Tag, an dem sie ihn ernannt hat«, schmunzelte Ralph.

»Er ist ein außergewöhnlicher Mann«, sagte Eleanor und fasste an den Anhänger an ihrem Hals. »Ich kann mir keinen anderen an seiner Stelle vorstellen.«

Niemand widersprach. Fünf Minuten lang.

Dann fragte Gwen sich laut, ob er nicht vielleicht zu gutgläubig sei. Er mache den Eindruck, als würde er jedes Wort glauben, dass die Indigenen zum Besten gaben. Aber waren sie nicht genauso menschlich wie alle anderen auch, genauso fähig zu Egoismus und dichterischen Übertreibungen? Sie fragte sich, ob die Verbindung, die sie mit dem Land und den Tieren fühlten, heute noch genauso fest war wie in der Vergangenheit, als es noch keine Schnellfeuergewehre und Motorschlitten gab.

Harry meinte, da sei etwas dran, aber es sei nicht fair, auf der reinen Lehre zu bestehen. Die Indigenen spürten wirklich eine Bindung an das Land, die wir uns gar nicht vorstellen können, sagte er. Er habe das Gefühl, dass Berger auf wundersame Weise die Bremse ziehe. Er setze auf ihn, wette, dass er es schaffen werde, die Zerstörung durch Erschließung zumindest längerfristig hinauszuzögern. »Und wenn so etwas möglich ist, was soll dann unmöglich sein?«

Am nächsten Nachmittag standen sie an John Hornbys Grab in der Sonne. Drei einfache, verwitterte Holzkreuze, die von ein paar aufgeschichteten Steinen festgehalten wurden. ec. jh. ha. Direkt links daneben die Ruine der Blockhütte. Die untersten Stämme waren noch da, aber das Dach war eingestürzt, genau wie die Wände. In der Hütte lagen Karibugeweihe, ebenfalls direkt vor der Tür. Es war der 22. Juli.

Fünfhundertsiebzig Kilometer hatten sie zurückgelegt, vom alten Fort Reliance zu dieser schönen Stelle, einem breiten Strand auf der Nordseite des Flusses, von dem es steil zu dem berühmten Fichtenwäldchen hochging. Die Sonne schien warm, und als sie sich am Spätnachmittag eine Stunde lang umgesehen und Fotos gemacht hatten, beschlossen sie, die Nacht dort zu verbringen. Gwen lief auf dem kleinen, improvisierten Friedhof herum, zwischen den Überresten der Blockhütte, dann zog sie allein los, die braune Segeltuchtasche mit dem Kassettenrecorder darin über der Schulter.

Harry bereitete das Abendessen zu. Er sagte zu Eleanor, dass ihn das Schicksal des jungen Edgar an das erinnere, was mit dem kleinen Inuitmädchen in der Geschichte von Thierry Mallet geschehen war. Der letzte Überlebende macht weiter.

Er hatte sich Ralphs Exemplar der Whalley-Biographie ausgeborgt und die letzten Seiten noch einmal gelesen, die beschrieben, wie Edgar das Feuer im Herd ausgehen lässt. Edgar deponiert die Aufzeichnungen seiner Gefährten und sein eigenes Tagebuch in der ausgekühlten Asche, dann legt er sich auf seine Pritsche und zieht sich die Decke über den Kopf. Whalley stellte sich die Geräusche vor, die er gehört haben mochte, vielleicht »die leisen Geräusche eines draußen scharrenden Schneehuhns« und die Stille, »die sich wie Flügel um ihn breitete«.

Was Harry so an Whalley bewunderte, war die Zurückhaltung, mit der er die Geschichte erzählte. Whalley war in dieser Hinsicht wie Berger. Er hackte nicht auf den Menschen herum. Er machte sich nicht über Hornbys Fehler lustig und äußerte sich nicht abfällig über ihn. Was sehr leicht gewesen wäre. Ein Journalist hätte es so gemacht.

Er warf einen weiteren Ast ins Feuer und sah Ralph vom Fluss hochkommen, doch Gwen sah er nicht. Und dann hörte er sie.

Gwen war die bewaldete Anhöhe hochgegangen, die hinter der Blockhütte sanft anstieg, und suchte nach Zeichen von Hornby. Sie fand sie in den Axtkerben an den alten Baumstümpfen, von denen sie gelesen hatte. Sie hielt den Blick gesenkt, weil der Boden mit Zweigen und dickem Unterholz bedeckt war. Sie dachte, dass sie sicher einen schönen Blick auf den unter ihr liegenden Fluss haben würde, wenn sie noch ein kleines Stück weiterginge. Im nordwestlichen Zipfel dieses Saums aus Bäumen zwischen Blockhütte und offener Tundra hoffte sie den Windschutz zu finden, den Hornby aus Steinen errichtet hatte, um dahinter nach Karibus Ausschau zu halten. Sie war im Geiste bei Hornby und Edgar und Harold Adlard, die allein oder zusammen, anfangs, als sie noch gesund und kräftig, und dann später, als sie verzweifelt waren, denselben Aufstieg gemacht hatten. Einmal sahen sie in der Ferne dreißig Karibus und dachten, ihre Rettung sei nah, aber die Tiere verschwanden, bevor sie nahe genug an sie herangekommen waren. Gwen wandte sich zurück, in Richtung Süden, ob sie den Fluss sehen konnte, aber die knorrigen, langsam wachsenden Bäume, von denen einige mindestens vierhundert Jahre alt waren, versperrten ihr immer noch die Sicht. Sie wandte sich wieder nach vorn und sah aus dem Augenwinkel etwas Beigebraunes. In fünfzig Meter

Entfernung? Es sind ja keine Riesentiere, zumindest nicht unbedingt. Es hob die Nase und nahm Witterung auf.

Die Experten sagen, man solle jeglichen Augenkontakt vermeiden. Sich so leise wie möglich zurückziehen. Nicht den Rücken zuwenden und nicht wegrennen.

Gwen schrie los, als sie das Paar kleine, schwarze, glänzende Augen sah. Sie wandte ihnen den Rücken zu und rannte weg.

Es war, als würde man mit zwei Armen voller Bücher im schnellstmöglichen Tempo eine Treppe herunterrennen. Sie spürte, wie die Füße unter ihr nachgaben, sie den Halt verlor, stürzte und instinktiv nach dem nächsten Baum griff, was ihren Fall auf Kosten des Armes verlangsamte. Sie kugelte sich die rechte Schulter aus. Dann lag sie in einem kleinen Häufchen auf dem Boden, und der Schmerz war so durchdringend, dass sie zu keinem Geräusch imstande war.

Ihr Kopf rutschte nach vorn auf den Boden, und sie biss auf den toten Zweig, der sich ihr bot, in einem flackernden Teil ihres Gehirns einer Zeit bewusst, in der das Beißen auf ein Stück Holz in Augenblicken körperlicher Höllenqualen der einzige Trost gewesen war. Ihre Schulter war taub, die Taubheit Übelkeit erregend, aber ihr Herz hämmerte so stark, dass es sie vom Boden hob. Sie hörte den Bär hinter sich, dann neben sich, hörte seinen lauten Atem. Sie spürte, wie er ihr linkes Bein beschnüffelte, und biss stärker auf den Stock. Er beschnüffelte ihr Bein noch ein zweites Mal, und sie schloss die Augen, lag vollkommen regungslos da, abgesehen von dem wie in einem Comic pochenden Herzen. Sie roch das Raubtier. Hörte den Speichel in seinem Maul. Sie verhielt sich so mucksmäuschenstill wie früher am Esstisch, wenn sich das Gesicht ihres Vaters in einem Wutausbruch verdunkelt hatte. Sie machte sich auf mehr Schmerzen gefasst, hörte, wie der Grizzlybär sich bewegte, und merkte, dass er sich entfernte.

Als die andern sie fanden, kam sie benommen wie die Überlebende aus einem Schützengraben oder einem Autounfall auf sie zugewankt. Gwen ließ sich auf die Knie sinken.

Harry eilte an ihre Seite.

»Schulter«, brachte sie heraus.

Sie spürte seine Hände auf ihrer Schulter, und mit einem kleinen, fast unmerklichen Ruck saß ihr Arm unglaublicherweise wieder an der richtigen Stelle.

»Und ich dachte, du wolltest mir einen Heiratsantrag machen«, sagte er später, was ihr die Andeutung eines Lächelns entlockte.

Er half ihr auf die Füße, und sie flüsterte: »Hier bleiben wir nicht.«

Am nächsten Morgen, bevor die anderen aufgestanden waren, ging Harry hinunter ans Wasser. Sie waren zwei Stunden über Hornby Point hinausgepaddelt (er und Eleanor hatten mehr vom Gepäck in ihr Kanu gepackt, damit Ralph allein paddeln und Gwen ihrer Schulter, ganz zu schweigen von ihrem Geist, Erholung gönnen konnte) und hatten auf einem Steilufer an der gegenüberliegenden Flussseite gezeltet, nur um ganz sicherzugehen. Harry hatte nicht viel geschlafen, weil ihm Gwen und der Grizzlybär nicht aus dem Kopf wollten. Er fragte sich, ob sie Glück gehabt hatten oder ob es ein schlechtes Vorzeichen war. Den Anblick, wie sie dort den Hang heruntergekommen war, würde er nie vergessen. Sie hatte beschädigt, schief, nicht mehr wie sie selbst gewirkt. Sie mussten ihr die Zweiglein und Blätter von den Wangen und der Stirn abwischen, doch die Abdrücke hatten sich noch stundenlang gehalten.

Sie hatten ausgiebig darüber gesprochen, wie lange sie wohl gedauert hatte, ihre Begegnung mit dem Bär. Nicht so lange, wie sie glaubte, da war er sich sicher; eine Sekunde mit einem Grizzly kommt einem wie eine Ewigkeit vor. Er hatte ihren markerschütternden Schrei gehört, das hatten sie alle, und sie waren den Berg hoch und zwischen den Bäumen hindurchgestürmt, aber Gwen hatte nichts davon gehört. Zum einen waren sie im Windschatten gewesen. In Gwens Wahrnehmung hatte es nur das Geräusch des Bärenatems gegeben, eine Art Schnaufen, ein feuchtes Schnaufen, und der überwältigende Gestank nach wildem Tier und die Erinnerung an die kleinen, kalten Augen. Er hatte ihr Bein beschnüffelt, »als würde man bei etwas erwischt werden und der Lehrer tippt einem im Flur auf die Schulter«, sagte sie und tippte auf Harrys Schulter, um es vorzumachen: nicht schmerzhaft, sondern so, dass es einem eiskalt den Rücken herunterlief. Das gibt Arrest, junger Mann.

Als er jetzt ans Wasser hinunterkam, erblickte er ein winziges Karibukalb mit aufgerissener Flanke, das sich unter einem Baum ausruhte. Als es ihn sah, erhob es sich mühsam und rannte panisch ins Wasser, taumelte zurück ans Ufer, dann wieder ins Wasser und zurück ans Ufer, wo es zusammenbrach, »fix und fertig«, wie er den anderen beim Frühstück erzählte. Mit dem dicksten Knüppel, den er finden konnte, erlöste er den armen kleinen Kerl mit drei kräftigen Schlägen von seinen Qualen. Dann nahm er das Messer zur Hand. Er brauchte sehr lange, um das Fleisch herauszulösen. Bei der Arbeit musste er an seinen Großvater denken, an all die Pelztierjäger und Trapper und Waldläufer, die heutzutage auch eine aussterbende Art darstellten. Oft waren sie Männer mit einem unglaublich weichen Herzen, was damit zu tun hatte, dass sie sich so viel in der Natur aufhielten, etwas, was die Tierschützer nie verstehen würden. An diesem Abend aßen sie Karibu-Kalbfleisch, zweifelsohne Harrys bestes und kulinarisch ergreifendstes Werk.

Eleanor erzählte, ihr Vater habe sehr gute Erinnerungen an ein Dinner im Hotel Waldorf in New York gehabt. Schildkrötensuppe, doppelte Fasanenbrust und Erdbeermousse. Dieses Festmahl sei nicht minder erinnerungswürdig, »aber ich weiß nicht, ob ich so viel darüber reden werde wie er«.

»Gwen?« Harry bot ihr Nachschlag an.

Sie war hungrig, so hungrig wie jemand, der gerade dem Erschießungskommando entkommen ist, und sie hielt ihm den Teller hin. Sie hatte alles falsch gemacht, das wusste sie, war geflüchtet und hatte sich zum Opfer gemacht, während sie dem Bär doch die Stirn hätte bieten sollen. Und dennoch war sie hier und lebte noch. Die Welt um sie herum vibrierte vor Leben.

Gwen sah die Bewunderung in Harrys Augen und auch in Ralphs und Eleanors und genoss das sehr. Aber als sie ihr sagten, wie tapfer sie gewesen sei, schüttelte sie den Kopf. »Ihr solltet mich mal schreien hören, wenn ich mich an einem Blatt Papier schneide.«

Später sollte sie sagen, der Bär habe Augen wie Eddy gehabt, klein und böse. Harry hielt ihr seine Hand wie mit einem Mikrophon hin: »Und jetzt berichten Sie uns, wie Sie sich wirklich dabei gefühlt haben.« Aber Gwen lächelte nur, bis er die Mikrophonhand zurück in den Schoß sinken ließ. Dann fiel ihr plötzlich die Umhängetasche mit dem Aufnahmegerät und den Kassetten ein. Sie war dort geblieben, dort, wo sie zu Boden gefallen war. Dort, wo der Grizzlybär sie angefasst hatte. Und so kam es zu dem ersten, nicht wiedergutzumachenden Verlust.

Untröstlich saß Gwen auf einem flachen Stein und ließ die Tour im Geiste wie ein Tonband abspulen, das beim Ablaufen gelöscht wurde. Das klingelnde Eis auf der Charlton Bay, die Singvögel an Pike's Portage, die Geräusche der Paddelschläge, der schweren Schritte und Flüche, von knisterndem Feuer und brüllenden Wasserfällen und zappelnden Fischen, von Mücken, die totgeschlagen, und langen Zeltreißverschlüssen, die geöffnet und wesentlich schneller wieder zugezogen wurden, von gigantischen Schnarchern, Schritten zwischen tückischen Felsbrocken und durch die Tundra wischenden Stiefeln. Von Ii-say, wie er Ääd-nussbut-ta sagte. Vom Rutschen übers Eis, begleitet vom Klappern ihrer Zähne am Mikrophon. Am kostbarsten waren ihr die Bänder von den Karibus in den Barren Grounds gewesen, die klickenden Hufe, die angestrengten Schwimm- und gedämpften Kaugeräusche, denn wer hatte je so etwas schon einmal aufgenommen?

Harrys Versuche, sie zu trösten, waren gut gemeint, aber unbeholfen. Er schlug ihr vor, das Verlorene nachzumachen, mit Klangeffekten und Worten. Gwen stieß ein verzweifeltes Stöhnen aus, aber er gab nicht auf. Er meinte, die Erinnerung an einen Klang sei viel wichtiger als jede Aufnahme. Er erinnerte sich gern an die Autoreifen, die durch Pfützen und über schmelzenden Schnee auf der Straße vor der Schule fuhren, an das Keckern der Blauhäher im Wald, an die Eichhörnchen hoch oben in den Bäumen – Klänge, die jene sorglosen Tage heraufbeschworen, in denen der

Frühling kam und die langen Sommerferien gleich um die Ecke warteten. Wir hatten eine Glocke im Rathaus, sagte er. Sie wurde jeden Tag um zwölf Uhr mittags und um fünf Uhr nachmittags von Tom Finnegan geläutet. Wenn sie ganz laut und durchdringend läutete, dann wurde ein Feuer gemeldet. Auch das Tuten der Eisenbahn war wunderbar, und weit weg bellende Hunde. Und das Radio. »Das Radio habe ich immer schon geliebt. Was ist das erste Geräusch, an das du dich erinnerst?« Sie schüttelte den Kopf. »Na komm schon, spuck's aus.« Und sie gab sich geschlagen und lachte ein wenig.

»Vielleicht das vom Regen«, sagte sie.

»Und was war das Erste, was du im Radio gehört hast?«

»›Blue Suede Shoes.‹ Da war ich vier Jahre alt.«

Das war das richtige Stichwort für Harry. Sein erster Beitrag fürs Radio sei eine Filmbesprechung gewesen, die er in seinem Wandschrank aufnahm, weil er es zu peinlich fand, dass sein Zimmergenosse hörte, wie er ins Mikrophon sprach. Einen Monat später war er schon Moderator eines Programms, und weitere zwei Jahre später arbeitete er in Toronto. »So schnell kann das Blatt sich wenden«, sagte er, womit er ebenso das meinte, was danach kam, wie das davor.

Das war der Abend, an dem sie eine außergewöhnlich schöne Gruppe Karibus aus dem Wasser treten und langsam auf sie zukommen sahen. Die Rentierbewegungen wurden vom Hunger und dem Nahrungsangebot angetrieben – von der Belaubung der dreißig Meter entfernten Weiden. Gleichgültig, wie sie sich um die Bäumchen herumbewegten, ob sie den Hals nach oben oder nach unten oder vorwärts oder seitwärts streckten, immer wirkten die Tiere wie von einem alten Meister harmonisch angeordnet.

Auch ihre kleine Vierergruppe wurde umgestaltet. Morgens brachte Ralph Eleanor eine Tasse Tee, zog den Reißverschluss des Frauenzelts auf und sang Liedfetzen für sie, wenn sie am Lagerfeuer erschien. Eines Abends fasste er nach ihrer Hand, und sie bewegten sich im Dreivierteltakt über den größten Tanzboden der Welt.

In Gwens Kindheit hatte es Sommer gegeben, in denen der Lieblingsbruder ihres Vaters aus den Staaten zu Besuch kam. Ralph und Eleanor zusammen zu beobachten, war wie dieses lebhafte Vergnügen damals, die Vorfreude auf sein Kommen. Mitzuerleben, wie die beiden Brüder sich begrüßten, das ganze Ausmaß ihrer Zuneigung zu spüren, zuzusehen, wie ihr geselliger Onkel sich über ihren ungeselligen Vater freute und wie ihr Dad sich über ihren Onkel freute – das war alles dramatisch und voller Leidenschaft gewesen. Jeden Augenblick der Begeisterung der beiden füreinander wollte sie miterleben; davon konnte sie nie genug kriegen. Ob ihr Onkel wusste – ob er irgendeine Ahnung davon hatte –, wie sehr ihr Vater ihn liebte?

An einem unerwarteten Ort blüht etwas. Eine Oase aus Bäumen viele Meilen oberhalb der Baumgrenze. Ein arktischer Fluss, der wärmer war als alles Wasser bisher. Alle vier badeten sie im Thelon, wateten in den Fluss hinaus, schwammen beinahe darin. Am Ufer rubbelten sie sich trocken und zogen sich schnell wieder an, und es gab nichts Herrlicheres als die warmen Kleider auf flusskalter Haut.

In Gwens Hörweite sagte Ralph am nächsten Morgen zu Eleanor: »Ich habe heute Nacht von dir geträumt.«

»Und was habe ich gemacht?«

»Du hast mit dem Finger auf ganz bestimmte Stellen

deines Körpers gezeigt, die ich küssen sollte, und ich bin der Aufforderung gerne nachgekommen.«

Kaum hatte sich all diese Nähe entwickelt, verflog sie auch schon wieder. An diesem Abend fragte Eleanor Harry, was er für die Zeit danach vorhabe, und er überraschte die anderen mit der Antwort, er wolle Kanada eine Weile den Rücken kehren, nicht dem Radio, sondern Kanada. Sein Freund Max Berns kannte Leute im Broadcasting House in London; es könne gut sein, dass er nach England gehen werde.

Als er so im Laufe der letzten Wochen darüber nachgedacht und die Sache mal von der einen, mal von der anderen Seite betrachtet hatte, war er sich wie ein Karibu am Flussufer vorgekommen. Einmal, zwei-, dreimal machten sie wieder einen Rückzieher. Er hatte bisher nicht gewusst, dass der Zug nach Süden nicht eine ununterbrochene Vorwärtsbewegung war; es ging seitwärts, rückwärts, vorwärts, eine durch Unentschiedenheit angesichts echter und eingebildeter Gefahren behinderte Wanderung. Sie kamen zum Fluss, sie scheuten davor zurück. Er war anders als Eleanor, dachte er. Er fühlte sich nicht mit dem Gott in sich selbst im Einklang, sondern mit der Unsicherheit in sich selbst. Er fühlte sich den armen, hirnlosen Tieren verbunden.

Eleanor hatte auch eine Überraschung auf Lager. Sie hatte vor, in Yellowknife in der Nähe der Post eine Buchhandlung zu eröffnen, und sie hatte Ralph schon fast davon überzeugt, ihr Partner zu werden. Ralph grinste. »Die Frau hat's auf meine schönen Dukaten abgesehen«, sagte er.

Und wieder war Gwens Lieblingsonkel zurück in den Staaten, und der erste Schultag stand kurz bevor.

Mittlerweile war bereits der 25. Juli, und sie näherten sich schnell und mühelos ihrem Ziel, dem Beverly Lake, und der letzten Nacht in den Barrens. Eine kräftige Strömung, praktisch kein Gegenwind. Vor ihnen schwamm ein Wolf durch den Fluss, vielleicht derselbe, der die Flanke des Kälbchens aufgerissen hatte. Eine Grizzlybärin mit ihren beiden Jungen tauchte am Ufer auf; das eine Bärenjunge stand zwischen den Hinterbeinen seiner Mutter und sah ihnen zu, wie sie vorbeipaddelten. Als sie linker Hand an einer Insel vorbeikamen, erblickten sie einen Ehrfurcht gebietenden Elch im grasigen Moor. Über ihnen schwebte ein Steinadler im mattblauen Himmel.

Sie sahen jetzt wieder Sonnenuntergänge. Die Stechmücken wurden abends zu Lichtflecken. Ein Felsen im Wasser wimmelte beim Näherkommen von Kriebelmücken.

Die Landschaft war hügelig und wiesengrün. Sie sahen Sandregenpfeifer und blaue Blütenkissen. Der Wind und die Wolken und der Regen waren wieder da.

An diesem Abend kochten sie Wasser für einen Topf Suppe und einen Topf Teewasser, auf einem Feuer, das jahrelang eine Narbe in der Tundra hinterlassen würde. Ihre Auswirkungen, auch wenn sie nur kurz durchzogen, waren nicht unerheblich. Und die Auswirkungen der Tour auf sie?

Sie paddelten weiter. Der Baumbestand wurde immer dünner. Die Sonne schien. Sie waren jetzt in unmittelbarer Nähe des Beverly Lake und bekamen die Dünung des Sees mit so hohen Wellen zu spüren, dass die im Bug sitzende Eleanor völlig durchnässt wurde.

Sie erreichten den See am Nachmittag des 26. Juli, gerade rechtzeitig. Das Wasserflugzeug sollte am nächsten Tag in den frühen Morgenstunden eintreffen.

Ihren letzten Lagerplatz suchten sie sich am Nordufer einer tief eingeschnittenen Bucht nahe den Überresten von zwei Torfhäusern, die auf der offenen Tundra gestanden hatten; im Grunde waren nur noch die Umrisse zu erkennen. Die Büsche rundherum voller Moschusochsenhaar. Die Tundra weit, offen, ewig, das Wasser glatt und dunkelblau, das Licht hell und die Zahl der Mücken unendlich. Eleanor zeigte auf das Nest einer Raubseeschwalbe – beziehungsweise deren Ei, da der Strand als Nest diente, ein hübsches Ei, gelblich grün mit dunkelbraunen Flecken; als Eleanor näher kam, flog die Seeschwalbe auf.

Jenseits des großen Sees ließen die rollende Tundra und die gewellten Hügel den Horizont wie eine von dick zu dünner werdende Linie aus dunkler Tinte erscheinen. Sie vier waren die einzigen beweglichen Elemente in einem Landstrich, der von allen menschlichen Ansiedlungen weiter entfernt war als jeder andere Ort in Kanada.

Beim Abendessen verkündete Ralph, er werde sich jetzt rasieren und frische Kleider anziehen. »Man braucht ja nicht völlig verbuscht aus dem Busch heimzukommen«, sagte er. Als er zehn Jahre jünger aussehend wiederauftauchte, bat er Eleanor, mit ihm spazieren zu gehen, und sie blieben sehr lange fort.

Der Abend war völlig ruhig. Kein Windhauch.

Eleanor und Ralph lagen zusammen im Windschatten einer kleinen Anhöhe in der Tundra, lauschten der Stille und waren glücklich. Ralph erzählte ihr von einer ganz besonderen Erinnerung, wie er einmal einen uralten Regenwald durchwandert und auf einmal weit weg Musik gehört hatte. Das Transistorradio einer Geologengruppe, hatte er gedacht und war neugierig darauf zugegangen, doch der

Klang hatte sich von ihm wegbewegt wie ein Vogel. Es war Klang ohne einen Ursprung, sagte er und streichelte Eleanors Gesicht und Haare, es war der Klang des Urwalds. Hier in den Barrens war es keine Musik, sondern ein Summen, ein Vibrieren, der Klang der Erde, fand er, und sie stimmte zu. Wenn alles still war, hörte sie es auch. Es erinnerte sie an die buddhistischen Klangschalen, wenn sie in der tiefsten Oktave vibrierten.

Erling Kagge

Stille

Die Antarktis ist der stillste Ort, an dem ich gewesen bin. Ich bin allein zum Südpol gegangen, und in dieser monoton sich erstreckenden Landschaft gab es keine von Menschen erzeugten Geräusche außer denen, die ich selbst produzierte. Allein auf dem Eis, tief in dem großen weißen Nichts, konnte ich die Stille hören und fühlen. (Ich war von der Gesellschaft, der das Flugzeug gehörte, das mich zur nördlichen Grenze der Antarktis fliegen sollte, gezwungen worden, ein Funkgerät mitzunehmen. An Bord der Maschine warf ich als letzte Tat die Batterien in den Abfalleimer.)

Wenn du durch den kältesten Kontinent der Welt in Richtung Süden gehst, scheint alles weiß zu sein, Kilometer um Kilometer, den ganzen Weg bis zum Horizont. Unter dir befinden sich dreißig Millionen Kubikkilometer Eis, die die Erdoberfläche herunterdrücken.

Irgendwann bemerkte ich in meiner kompletten Isolation, dass dennoch nichts ganz flach war. Das Eis und der Schnee hatten sich in kleinen und etwas größeren abstrakten Formationen abgelagert. Das eintönige Weiß veränderte sich in unzählige Nuancen von Weiß. Ein Hauch von Blau tauchte im Schnee auf, etwas Rotes, Grünes und sogar Rosafarbenes. Ich hatte das Gefühl, dass die Natur sich unterwegs veränderte, aber ich irrte mich. Die Umgebung blieb dieselbe, ich veränderte mich. »Zu Hause genieße ich nur die ›großen Happen‹. Hier unten lerne ich, die kleinen Freuden zu schätzen. Die Farbnuancen im Schnee. Den abnehmenden Wind. Die Wolkenformationen. Die Stille«, schrieb ich am zweiundzwanzigsten Tag in mein Tagebuch.

Ich kann mich erinnern, dass ich als Kind tief beeindruckt war von der Schnecke, die ihr eigenes Haus mit sich tragen konnte, wohin auch immer sie ging. Während der Expedition in die Antarktis wurde meine Faszination für die Schnecke nur noch größer. Alles, was ich für die gesamte Reise benötigte – Lebensmittel, Ausrüstung, Brennstoff –, musste ich auf einem Schlitten hinter mir herziehen, und nie machte ich den Mund auf, um zu sprechen. Ich hielt die Klappe. Ich hatte fünfzig Tage weder Funkkontakt noch Internet oder Ähnliches. Ich bewegte mich mit meinen Skiern einfach nur jeden Tag ein Stück weiter in Richtung Süden. Auch wenn ich mich ärgerte, über eine gebrochene Skibindung, oder weil ich beinahe in eine Gletscherspalte gefallen wäre, fluchte ich nicht. (Schimpfworte zu brüllen, zieht dich herunter und lässt die schlechte Laune nur noch schlimmer werden. Daher fluche ich nie auf Expeditionen.)

Zu Hause fährt immer ein Auto vorbei, ein Telefon klingelt, pfeift oder brummt, irgendjemand redet, flüstert oder schreit. Insgesamt gibt es so viele Geräusche, dass wir sie kaum noch hören. Hier war es vollkommen anders. Die Natur sprach zu mir, indem sie sich als Stille präsentierte. Je stiller es wurde, desto mehr hörte ich.

Jedes Mal, wenn ich eine Pause machte und der Wind nicht wehte, erlebte ich eine ohrenbetäubende Stille. Sogar Schnee sieht still aus, wenn es windstill ist. Ich wurde immer aufmerksamer gegenüber dieser Welt, von der ich ein

Teil war. Ich war nicht gelangweilt, wurde nicht gestört. Ich war allein mit meinen Vorstellungen und Gedanken. Die Zukunft spielte keine Rolle mehr, die Vergangenheit kümmerte mich nicht, ich war mit einem Mal in meinem eigenen Leben präsent. Die Welt verschwindet, wenn man darin aufgeht, behauptete der Philosoph Martin Heidegger. Und genau das passierte.

Ich wurde zu einer Verlängerung meiner Umgebung. Weil ich niemanden zum Reden hatte, trat ich in einen Dialog mit der Natur ein. Die Gedanken wurden über die Ebene bis zu den Bergen geschickt, und andere Vorstellungen und Ideen kamen zurück.

Auf dem Weg nach Süden notierte ich in meinem Tagebuch, wie leicht der Gedanke fällt, dass ein Kontinent, zu dem wir nicht reisen, den wir nicht sehen und erleben können, wenig Wert hat. Du musst dort gewesen sein, du musst fotografiert und die Fotos geteilt haben, damit es einen Sinn ergibt. »Noch immer ist die Antarktis für die meisten fern und unbekannt. Während ich gehe, hoffe ich, dass es so bleibt. Nicht, weil ich nicht auch anderen dieses Erlebnis gönne, sondern weil ich spüre, dass die Antarktis als unbekanntes Land eine Mission hat«, notierte ich am siebenundzwanzigsten Tag. Ich glaube, wir brauchen diese Vorstellung, dass es Gebiete gibt, die noch nicht gänzlich erforscht und normiert sind. Dass es einen Kontinent gibt, der mystisch und nahezu unberührt ist, »der ein Zustand unserer Fantasie sein kann« – und das ist zukünftig sicher einer der größten Werte der Antarktis, für meine Töchter, für die Generationen, die auf sie folgen.

Um zum Südpol zu gelangen, muss man einfach ein Bein vors andere setzen, und das immer wieder aufs Neue, darin besteht das ganze Geheimnis. Rein technisch ist es leicht. Sogar eine Maus kann schließlich einen Elefanten auffressen, wenn sie genügend kleine Bissen zu sich nimmt. Die Herausforderung liegt darin, es zu wollen. Die größte Herausforderung besteht darin, morgens bei minus fünfzig Grad aufzustehen. Heute genauso wie zu Zeiten von Roald Amundsen und Robert Scott. Die zweitgrößte? Mit sich im Reinen zu sein.

Die Stille nistete sich in mir ein. Ohne Kontakt mit der Außenwelt, isoliert und allein mit mir, war ich gezwungen, die Gedanken weiterzudenken, die mir bereits im Kopf herumgingen. Und, schlimmer noch, meinen Gefühlen nachzuhängen. Die Antarktis ist die größte Wüste der Welt, die aus Wasser besteht, sie hat mehr Sonnenstunden als das südliche Kalifornien. Es gibt keine Möglichkeit, sich zu verstecken. Die täglichen kleinen Lügen und Halbwahrheiten, die wir in der Zivilisation erzählen, erscheinen aus der Distanz total sinnlos.

Es hört sich jetzt vielleicht so an, als hätte ich mich meditierend vorwärts bewegt – so war es nicht. Zeitweise hatten mich Kälte und Wind gepackt wie eine eiskalte Kneifzange. Ich habe gefroren, dass mir die Tränen kamen. Nase, Finger und Zehen wurden allmählich weiß, das Gefühl in ihnen verschwand. Der Schmerz meldet sich, wenn Körperteile erfrieren, dann verschwindet der Schmerz. Er kommt zurück, wenn die Glieder wieder auftauen. Sämtliche Energie, die ich hatte, brauchte ich, um mich wieder aufzuwärmen. Das Auftauen ist schmerzhafter als die Erfrierung selbst. Als die Wärme in meinen Körper zurückkehrte, hatte ich auch wieder die Energie für Tagträume.

Am eigentlichen Südpol haben die Amerikaner eine Basis

gebaut. Wissenschaftler und Wartungsfachleute wohnen dort viele Monate lang, isoliert von der Umwelt. In einem Jahr feierten insgesamt neunundneunzig Bewohner dort Weihnachten. Einer von ihnen hatte neunundneunzig Steine in die Basis geschmuggelt, er verteilte sie unter seinen Kollegen als Weihnachtsgeschenk und behielt selbst auch einen Stein. Seit Monaten hatte keiner mehr Steine gesehen. Einige von ihnen seit über einem Jahr nicht mehr. Nur Eis, Schnee und von Menschen geschaffene Gegenstände. Alle saßen da und betrachteten und befühlten ihren Stein. Stumm hielten sie ihn in der Hand und spürten sein Gewicht.

*

Auf dem Weg zum Südpol stellte ich mir vor, der Mann im Mond sähe hinunter auf die Erde. Kein Laut von unserem Planeten würde ihn dort in dreihundertneunzigtausend Kilometern Höhe erreichen, aber er konnte unseren Himmelskörper sehen und seinen Blick weit nach Süden wandern lassen. Dort bemerkte er einen Burschen in einem blauen Anorak, der immer weiter übers Eis ging und am Abend irgendwo ein Zelt aufschlug. Am nächsten Tag würde er das Zelt verlassen, und das Ganze würde von vorne losgehen. Er sah den Skiläufer in die immer gleiche Richtung gehen, Woche um Woche. Der Mann dort oben musste mich für verrückt halten. Mich deprimierte dieser Gedanke, als ich hier unten allein unterwegs war.

Am späten Nachmittag, kurz bevor ich für diesen Tag meinen Marsch auf Skiern beendete und das Zelt aufschlug, blickte ich zum Himmel auf und sah vor mir, wie derselbe Mann seinen Blick nach Norden richtete. Dort sah er

Tausende, um nicht zu sagen Millionen von Menschen, die ihre kleinen Häuser am frühen Morgen verließen, nur um einige Minuten oder eine Stunde im Stau zu stehen. Wie in einem Stummfilm. Dann kamen sie zu einem großen Haus. Darin saßen sie acht, zehn oder zwölf Stunden vor ihren Bildschirmen, bevor sie im gleichen Stau wieder zu ihren kleinen Häusern zurückkehrten. Das Abendessen und die Nachrichten im Fernsehen gab es jeden Abend zur gleichen Zeit. Jahr für Jahr.

Mir wurde klar, dass im Lauf der Zeit der einzige Unterschied darin bestand, dass die Eifrigsten ein etwas größeres Haus hatten, in dem sie die Nacht verbrachten. Als ich am Abend meine Skier abschnallte, um mein Lager aufzuschlagen, fühlte ich mich ruhiger und zufriedener.

*

In der Schule lernte ich etwas über Schallwellen. Dass Laute physisch sind und in Dezibel gemessen werden können, ist wahr, aber ich finde es nur mäßig sinnvoll, Geräusche anhand einer Tabelle in Zahlen zu messen. Die Stille ist eher eine Idee. Ein Gefühl. Eine Vorstellung. Die Stille um dich herum kann viel enthalten, aber für mich ist die interessanteste Stille diejenige, die in mir ist. Eine Stille, die ich in gewisser Weise selbst schaffe. Daher suche ich nicht mehr nach der absoluten Stille um mich herum. Die Stille, auf die ich aus bin, ist die Stille in mir.

Ich habe einen Fußballstar gefragt, welche Geräusche ein voll besetztes Fußballstadion von sich gibt, wenn er den Ball trifft und der Ball aufs Tor zufliegt. Wenn er den Ball abschlägt, hört er keinen Ton, obwohl der Geräuschpegel enorm ist. Dann beginnt er zu jubeln. Er weiß als Erster, dass es ein Tor wird. Einen Augenblick später scheint es im Stadion wieder komplett ruhig zu sein. Als Nächstes begreifen die Teamkollegen, dass der Ball die Torlinie passiert hat, er hört sie jubeln. Kurz darauf realisieren es auch die Fans, und dann jubeln alle. Das Ganze dauert eine Sekunde oder zwei.

Selbstverständlich lag das Lärmniveau unten im Stadion die ganze Zeit über bei beachtlichen Dezibel-Zahlen.

Ich glaube, alle können die Stille in sich finden. Sie ist immer da, auch wenn es viele Geräusche um uns herum gibt. Tief unten im Meer, unter Wogen und Wellen scheint es still zu sein. Unter der Dusche zu stehen und sich das Wasser über den Kopf rinnen zu lassen, vor einem knisternden Lagerfeuer zu sitzen, durch einen Waldsee zu schwimmen oder eine Wanderung über eine Hochebene zu unternehmen, kann als perfekte Stille erlebt werden. Ich liebe es.

In Oslo ist es schwieriger. Ich arbeite in der Stadt, und dort muss ich mir hin und wieder meine eigene Stille schaffen. Manchmal gibt es so viel Lärm, dass ich die Musik, die ich höre, aufdrehe, nicht um noch mehr gestört zu werden, sondern um andere Geräusche auszublenden. Das funktioniert, wenn es sich um Musik handelt, die ich schon kenne, sodass es keine Überraschungen gibt. Streng genommen glaube ich, dass man sogar Stille erleben kann, wenn man sich an die Rollbahn des Osloer Flughafens Gardermoen setzt – wenn man es will. Ein Freund hat mir erzählt, dass er Stille nur dann mit Sicherheit erlebt, wenn er im Auto sitzt. Wichtig ist nicht, wie es dir geht, sondern wie du die Dinge angehst, heißt es in einem alten norwegischen Sprichwort, allerdings hat die Stille in der Natur für mich den größten

Wert. Dort fühle ich mich am ehesten daheim. Würde ich es nicht schaffen, die Erfahrung von Stille auf das Stadtleben zu übertragen, würde die Sehnsucht so groß werden, dass ich viel öfter zurück in die Natur gehen müsste.

Draußen auf dem Eis der Arktis, auf dem Weg nach Norden, gibt es ständig Geräusche. Die Arktis ist ein Meer, das von Kontinenten begrenzt wird, im Gegensatz zur Antarktis, das ist ein Kontinent, der vom Meer begrenzt wird. Das Polarmeer ist dreitausend Meter tief und von Eis bedeckt. Das Eis bewegt sich mit dem Wind und den Meeresströmungen. Es rumpelt in der enormen weißen Masse, wenn sie mit den Naturelementen treibt. Dort, wo das Eis dünn ist, vielleicht nur ein paar Zentimeter, schaukelt und knackt es, wenn man darübergeht.

Als Børge Ousland und ich im Mai 1990 den Nordpol erreichten, flog zufälligerweise am Tag unserer Ankunft ein amerikanisches Spionageflugzeug über uns hinweg. Die Piloten, die aus dem Fenster schauten, um einmal den Nordpol gesehen zu haben, waren ebenso überrascht wie wir, dass sich dort noch andere Lebewesen aufhielten. Aus Freundlichkeit gegenüber zwei ausgehungerten Polarforschern warfen sie eine Kiste mit Lebensmitteln ab, bevor sie weiterflogen. Nach achtundfünfzig Tagen mit Temperaturen von minus vierundfünfzig Grad war der größte Teil unseres Körperfetts verbrannt, ebenso wie die Muskelmasse. Um unser Ziel zu erreichen, hatten wir die Tage von vierundzwanzig auf dreißig Stunden verlängert, sodass wir siebzehnstündige Tagesetappen gehen konnten. Kälte und Hunger hatten Schlaf zeitweilig unmöglich werden lassen. Wir öffneten die Kiste aus dem Spionageflugzeug – es war das Mittagessen der Piloten, Sandwiches, Saft, geräucherter

Hering –, legten die Lebensmittel auf unsere Schlafmatten und teilten sie auf. Ich wollte alles auf einmal verschlingen, aber Børge schlug vor, noch ein bisschen damit zu warten. Und das Essen erst still zu betrachten. Leise bis zehn zu zählen und dann zu essen. Kollektives Maßhalten zu zeigen. Uns daran zu erinnern, dass Wohlbefinden auch damit zu tun hat, etwas zu opfern. Ich habe mich selten so reich gefühlt wie damals. Es fiel mir nicht leicht, die Lebensmittel anzusehen und zu warten, aber das Essen schmeckte hinterher noch besser.

Ich stricke nicht, aber wenn ich jemanden stricken sehe, denke ich, dass diese Person die gleiche innere Ruhe erlangt, wie ich sie bei meinen Expeditionen erlebt habe, obwohl es um sie herum nicht so still ist. Es ist dasselbe, wenn ich lese, Musik höre, meditiere, Sex habe, Ski laufe, Yoga praktiziere oder einfach nur dasitze und nichts tue. Als Verleger weiß ich, dass man Bücher übers Stricken, Bierbrauen und Holzstapeln hunderttausendfach verkaufen kann. Es sieht so aus, als wollten wir alle, oder zumindest sehr viele von uns, gerne zu etwas Ursprünglichem und Authentischem zurückkehren – um Ruhe zu finden. Um eine kleine und ruhige Alternative zur Hektik zu erfahren. Diese Beschäftigungen bergen etwas Geruhsames und Beständiges, etwas Meditatives. Die Chance, dass man unterbrochen wird, wenn man im Keller steht und Bier braut oder im Sessel sitzt und strickt, ist hoffentlich gering, man kann also in Ruhe seiner Tätigkeit nachgehen. Allein das Wissen, dass man hier nicht gestört wird und dass man ausnahmsweise einmal keine Erklärung abgeben muss, warum man bei seiner Tätigkeit allein sein möchte, ist ein Luxus.

All dies ist kein Trend oder eine neue Mode, sondern

spiegelt ein tiefes menschliches Bedürfnis wider, davon bin ich überzeugt. Stricken, Bierbrauen oder Holzhacken ähneln sich in ihren Aktivitäten. Man setzt sich ein Ziel und führt es durch, nicht sofort, sondern über einen gewissen Zeitraum hinweg. Man benutzt seine Hände oder den Körper und schafft etwas. Indem du dich bewegst, bewegst du dein Gemüt. Ich genieße es, wenn das Gefühl der Zufriedenheit vom Körper in den Kopf überspringt und nicht umgekehrt. Die Ergebnisse, die man erzielt – Holz, das wärmt, ein Pullover, in den man seine Seele gelegt hat –, lassen sich nicht einfach aus dem Drucker ziehen. Bei deiner Betätigung kommt buchstäblich etwas Handfestes heraus. Ein Resultat, an dem du dich eine Weile erfreuen kannst. Oder an dem sich andere erfreuen.

*

Geräusch ist selbstverständlich nicht einfach nur Geräusch.

Auf einem Törn im Pazifik im Frühjahr 1986, während wir an der chilenischen Küste mit halbem Wind in Richtung Kap Hoorn segelten, wurde ich daran erinnert. Am frühen Morgen, allein auf der Hundewache von 00:00 bis 04:00 Uhr, hörte ich westlich von uns etwas, das wie ein tiefes, langsames Atmen klang. Ich hatte keine Ahnung, worum es sich handelte. Ich drehte mich um neunzig Grad in die Richtung des Geräuschs und sah direkt an Steuerbord einen Wal. Kaum einen Steinwurf von uns entfernt. Ich schätzte, dass er ungefähr so lang war wie unser Schiff, rund zwanzig Meter. Und aufgrund seiner Größe ging ich davon aus, dass es ein Finnwal sein musste, ein kosmopolitisches Säugetier auf der lebenslangen Jagd nach Krebsen,

Krill und Fischen. Ein Blauwal ist ungefähr ebenso groß, aber den Blauwal haben wir so gut wie ausgerottet, sodass ich die Chance für ziemlich gering erachtete, dass dort das größte Tier der Welt schwamm.

Die Segel waren gut getrimmt, das Boot steuerte sich nahezu von allein, und ich hatte nichts anderes zu tun, als den Wal zu betrachten. Schlank, stromlinienförmig, ein bisschen wie ein Torpedo, mit einem grauschwarzen Rücken. Normalerweise wiegen große Wale drei Tonnen pro Längenmeter, also schätzte ich sein Gewicht auf rund sechzig Tonnen. Er schwamm direkt neben dem Schiff. Einige Minuten hatten wir denselben Kurs, der Wal und ich.

Noch einige Male hörte ich das tiefe Geräusch durch das Blasloch auf dem Rücken. Langsam wurde die Luft in die Lungen gesogen und wieder ausgestoßen, bevor der Wal im Meer verschwand. Die Welt war hinterher nicht mehr ganz dieselbe. Ich blieb stehen, die Hände am Ruder, horchte und hielt Ausschau nach dem dunklen Rücken mit der einen Finne, aber ich sah den Wal nie wieder.

Als wir drei Tage später an Land gingen, hörte ich das Geräusch eines Staubsaugers. Die beiden Geräusche hatten ungefähr die gleiche Frequenz. Das eine Geräusch erinnerte mich an normale, notwendige Verrichtungen. An etwas, das ich aus Routine erledige, um zu Hause allzu viel Dreck zu vermeiden. An das andere Geräusch erinnere ich mich bis heute mit Freude. Andersartig, authentisch, eine Urkraft. Ich denke manchmal noch an diesen tiefen, majestätischen Ausdruck, und fühle mich dabei gleich reicher.

Mary Hunter Austin

Der Goldsucher

Ich erinnere mich noch gut an unsere erste Begegnung. Als ich im Abendrot hinausging, um die Vermählungen des weißen Vogeläuglein zu beobachten, roch ich den unverwechselbaren Duft von brennendem Salbei. Dieser Geruch hat eine große Reichweite und kündet für gewöhnlich von der Nähe eines Hüttendorfs, doch auf dem flachen Tafelland sah man nichts, das größer war als Diana-Salbei. Über den Wipfeln, in der beginnenden Dämmerung, unter einem jungen weißen Mond zog der wabernde Geist einer Rauchschwade dahin, und an ihrem Ursprung traf ich den Goldgräber, der im freundlichen Unterholz ein karges Lager aufschlug. Er saß im Schneidersitz im Sand, seine Kaffeekanne auf den Kohlen, sein Abendbrot servierfertig in der Bratpfanne und er selbst in redseliger Stimmung. Seine Packesel wanderten mit Fußfesseln weiter, um einen saftigeren Bissen zu ergattern, als der Salbei bot, und kümmerten sich nicht um ihn.

Wir trafen ihn später wieder, beim Überqueren der windigen Pässe oder an Wasserlöchern in den Wüstenbergen, und lernten viel über seine Art zu leben. Er war ein kleiner, buckliger Mann mit einem Gesicht, mit Manieren und einer Art zu reden, denen es an jeglichen hervorstechenden Merkmalen fehlte, als hätte er die Fähigkeit kleiner Beutetiere, die schützende Farbe seiner Umgebung anzunehmen.

Seine Kleidung entsprach keiner Mode, an die ich mich erinnern könnte, aber sie zeigte reichlich Spuren von Schmelzofenruß, und er hatte die Eigenart, mit offenem Mund herumzugehen, was ihn geistesabwesend wirken ließ, bis man nahe genug herankam und merkte, dass er eine endlose Melodie ohne Worte summte. Er wanderte weit und lange, doch die Schlichtheit seiner Küchenutensilien war elementar. Ein Topf für Bohnen, eine Kaffeekanne, eine Bratpfanne, eine Blechschüssel, um Brotteig zu mischen – er verwendete sie zur Not auch als Futtertrog für die Esel –, damit war er durch unsere halbe westliche Welt und zurück marschiert. Schon kurz nachdem wir uns kennengelernt hatten, erzählte er mir, was sich in den Bergen gut als Proviant eignete: Nichts Klebriges, »denn das mache die Töpfe schmutzig«; nichts »Saftiges«, denn das könne man nicht gut einpacken; und nichts, was gären konnte. Er benutzte kein Gewehr, stellte aber an den Wasserlöchern Fallen für Wachteln und Tauben auf, und wo es Forellen gab, führte er immer eine Angelschnur mit. Ein oder zwei Esel, je nachdem, wie viel Gepäck er hatte, hielt er vor allem wegen ihres Vorzugs, Kartoffelschalen und Brennholz zu essen. Im Vorgebirge hatte er ein Pferd besessen, doch als er in die Wüste kam, mit keinem Futter außer Mesquite, musste er die Bohnen von den Dornensträuchern pflücken, eine Arbeit, die ihn dazu brachte, Packtiere mitzunehmen, für die Dornen ein Leckerbissen sind.

Vermutlich wird niemand mit Absicht zum Goldsucher. Man muss mit der entsprechenden Begabung geboren sein, bis sich die Gelegenheit ergibt, wie der Zapfen am Reagenzglas, der die Kristallbildung fördert. Mein Freund hatte verschiedene bedeutungslose Dinge getan, bis er ein

Tausend-Dollar-Goldnest im Lee District entdeckte und seinen Beruf ergriff. Ein Nest, müssen Sie wissen, ist eine kleine Ablagerung reichen Erzes, die allein auftritt oder in einer Ader mit weniger wertvollem Metall. Fast jede Gesteinsbank enthält eines, wenn man nur das Glück hat, ohne viel Arbeit darauf zu stoßen. Für jemanden, der ein gutes Nest gefunden hat, wäre es klug, in das Geschäft einzusteigen und den Bergen fernzubleiben. Logisch wäre es, loszuziehen und ein weiteres Goldnest zu suchen. Mein Freund, der Goldsucher, sucht danach seit zwanzig Jahren. Seine Arbeitsausrüstung bestand aus einer Schaufel, einer Spitzhacke, einer Goldgräberpfanne, die er sauberer hielt als seinen Teller, und einer Taschenlupe. Stieß er auf einen Wasserlauf, wusch er den Kies im Bachbett aus, um »Farben« zu finden, die er unter die Lupe nahm, um festzustellen, ob sie von weit her oder aus der Nähe kamen. Auf diese Weise arbeitete er sich stromaufwärts voran, bis er die Stelle fand, von wo der goldhaltige Sand sich im Bach ausbreitete; dann den Hang des Canyons hinauf, bis er die eigentliche Ader entdeckte. Ich glaube, er sagte, der beste Hinweis auf kleine Nester sei ein Eisenfleck, aber ich verstand den Jargon der Bergleute nie gut genug, um eine Ahnung vom Goldsuchen zu bekommen. Er verfolgte eine andere Methode in den Bergen ohne Wasser, wo er sich durch all die versteckten Rinnen und Windungen der mannigfaltigen Schichten grub, die anscheinend nicht abgekühlt sind, seit die Erde sie ausgespuckt hat. Seine Wanderung begann am Osthang der schneebedeckten Sierras, wo die Bergkette einen Bogen macht, um auf das Küstengebirge zu treffen, und diesen Hang weit hinauf zum Truckee River Country, wo die Kälte verhinderte, dass er weiter nach Norden vorankam. Dann zog er auf der einen oder anderen, zur Wüste fast parallel verlaufenden Bergkette wieder hinunter zur Senke des Mojave River und vergrub sich im Sand, um vergessen zu werden – ein weites, geheimnisvolles Land, ein einsames, ungastliches Land, schön, schrecklich. Doch es fügte ihm keinen Schaden zu; das Land tolerierte ihn wie eine Taschenratte oder einen Dachs. Von allen seinen Bewohnern schert es sich am wenigsten um die Menschen.

In einem Bergbaugebiet gibt es viele seltsame Käuze, und jeder verachtet die Eigenheiten des anderen, doch unter ihnen allen fand ich den Goldsucher, wegen seiner frischen, geselligen Art zu reden, am angenehmsten. Seine Erinnerungen hatten mehr zu bieten als das »kyoteing« der verwitterten, rotblonden Bergleute, also das Tunnelgraben nach dem Vorbild der Kojoten (im Dialekt Kyote) im Herzen eines einsamen Berges. So einer hat in einer armseligen Erzader vielleicht ein passables Nest gefunden – vergessen Sie nicht, dass ich diese Begriffe gern durcheinanderbringe – und ist ihm bis ins Zentrum des Felsens gefolgt, ohne Gewinn, hoffend, grabend, hoffend. Diese Männer werden bald auf harmlose Weise verrückt, glauben, dass sie kurz vor der Mauer des Reichtums stehen – überwiegend liebenswürdige und schlichte Männer, denen man jeden Gefallen tun kann, der einem in den Sinn kommt, außer ihnen Geld zu leihen. Ich habe auch »Grubstakers« gekannt, jene überzeugenden Sünder, denen man Mehl, Speck und Kaffee überlässt, weil man darauf spekuliert, dass sie bald etliche Erzgänge finden werden. Doch keiner von diesen erwies sich als so wertvoll wie der Goldsucher. Er wollte nichts von einem und blieb seiner eigenen Lebensart glücklich verbunden. Es war ein ausgezeichnetes Leben für jemanden, der das Zeug dazu hat. Der Goldsucher war an dem Punkt angelangt, an dem es für ihn kein schlechtes Wetter gab, und ein Ort war ihm so gut wie der andere, solange er nur in freier Natur sein konnte. Ich weiß nicht, wie lang man braucht, bis man von den Elementen so durchtränkt ist, dass man sie nicht mehr beachtet. Ich selbst kann die Glut und Leidenschaft eines Unwetters nie ertragen, das Wirbeln langer, staubschwerer Winde, das Spiel von Donner und Blitz auf den Felsen, ebenso wenig die heftige Gereiztheit und Müdigkeit, wenn der Sturm länger dauert als das eigene Durchhaltevermögen. Doch Goldsucher und Indianer bekommen eine wetterfeste Schale, die ihren Körper einhüllt, bis sie sterben.

Der Goldsucher hatte Zerstörung durch Naturgewalten und durch menschliche Gewalt gesehen und fühlte sich im Griff eines Allwissens, das Menschen tötete oder schonte, wie es für sie wohl am besten war; doch über den Tod durch Krankheit wusste er nichts, abgesehen davon, dass er glaubte, nie so zu sterben. Er war im Jahr der Unwetter, die den gesamten Berghang veränderten, im Grapevine Canyon. Er war den ganzen Tag unter den Schwingen des Gewitters bergab gegangen, in der Hoffnung, es abzuhängen, doch es begleitete ihn bis zum Einbruch der Nacht. Er vermutete, es wäre auch dann noch weitergegangen, ein unablässiger Schauer, konnte es aber nicht mit Sicherheit sagen, da er so fest schlief. Doch die Wetterfühligkeit schläft nicht. Nachts löste sich der Himmel hinter dem Berg im Regen auf, und das Brüllen des Sturms drang in ihn und mischte sich mit seinen Träumen, sodass es ihn, immer noch schlafend, dazu brachte, aufzustehen und ihm aus dem Weg zu gehen. Schließlich weckte ihn das Krachen der Kiefernstämme, die von der ungezähmten Flut herabgeschwemmt wurden, und der Wirbel aus Sprühwasser, der ihn geißelte, während er sich an das Gewirr des Buschwerks klammerte und die Wasserwand an ihm vorbeirauschte. Sie prallte gegen Bill Gerrys Hütte und ließ Bill nackt und zerschmettert auf einer sieben Meilen entfernten Sandbank an der Mündung des Grapevine zurück. Dort fand und begrub ihn der Goldsucher, als die Sonne aufgegangen war und der Zorn des Regens nachgelassen hatte; doch sein eigenes Überleben schrieb er nie etwas anderem zu als der unergründlichen Gunst der Himmelsmächte.

Die Wanderungen des Goldsuchers führten ihn oft in jenes geheimnisvolle Land jenseits von Hot Creek, wo eine verborgene Macht wie ein Maulwurf unter der Erdkruste Unheil stiftet. Welche Kraft auch immer in dieser Gegend am Werk ist, und weithin wird gemunkelt, es sei der Teufel, sie ändert Mittel und Richtung, ohne sich um Stunde oder Jahreszeit zu scheren. Sie kriecht ganze Berghänge hinauf, mit tückischer Hitze, von der man nichts ahnt, bis man bemerkt, dass die Wipfel der Kiefernwälder absterben, und nachdem sie eine ordentliche Menge Holz ausgedörrt hat, kehrt sie nach vielen Jahren zu Dampf und Fontänen in verkrustete, vergessene Felsspalten zurück. Manchmal bricht sie blau-heiß und köchelnd inmitten eines klaren Baches hervor oder bildet in der Furt einen saugenden, brühheißen Treibsand. Der Goldsucher hatte jene Art von morbidem Interesse an diesen Ausbrüchen, die ein Haus von zweifelhaftem Ruf in einer respektablen Nachbarschaft genießt, doch ich fand seine Berichte darüber stets interessanter als seine Erklärungen, die aus den Schlüssen von Bergmannsgeschwätz und Aberglauben zusammengeschustert waren.

Er war ein regelrechtes Klatschmaul der Wälder, dieser Goldsucher, und wann immer ich ihn von »Adern« und »Funden« und »Ortungen« abbringen konnte, wusste er jede Menge faszinierende Kleinigkeiten über Ebbe und Flut der Bäche, die Pinienkernernte auf Black Mountain und die Wölfe im Mesquite Valley zu erzählen. Vermutlich ahnte er gar nicht, wie sehr er den Tieren und Bäumen das notwendige Gefühl von Heimat und Kameradschaft verdankte, wenn er sie an ihren gewohnten Orten traf und vorfand – der Bär, der im Frühling am Pine Creek entlangwanderte und im Schutz der grasbewachsenen Uferböschung mit der Tatze Forellen fing, den Wacholder bei Lone Tree Quelle und die Wachtel bei Paddy Jack's.

Auf dem Waban, südlich von White Mountain, gibt es eine Stelle, wo flache, windschiefe Zedern niedrige Zelte und Schattenhaine und Schutzdächer bilden und die Wildschafe im Schnee überwintern. Holzfäller und Schürfer hatten mir davon erzählt, doch der Goldsucher war wirklich dort gewesen. Ungefähr zu Winterbeginn, wenn man mit plötzlichen, heftigen Schneestürmen rechnet, hatte er versucht, auf dem nächsten Pfad über den Berg zu kommen, und war zu Mittag aufgebrochen. Es wurde kalt, der Schnee fiel dicht, nahm ihm die Sicht und ließ den Pfad unter weißem Matsch verschwinden; das Schneetreiben machte jede Orientierung unmöglich, die früh einbrechende Dunkelheit verbarg die wachsenden Schneewehen. Der Goldsucher behauptete, er habe gewusst, wo er sich befand, nur nicht genau. Drei Tage zuvor war er im Westarm von Death Valley gewesen, mit einem kleinen Wasservorrat und bis zu den Knöcheln in Sandverwehungen; nun stieg er den Waban hinauf, knietief in nassem Schnee, und beide Male tat er das einzig Mögliche – er ging weiter. Das ist immer das Einzige, was man bei einem Schneesturm tun kann. Vielleicht war es der natürliche Instinkt, der sich bei seiner Lebensweise entwickeln konnte, der ihn zu dem Zedernschutzdach führte; jedenfalls fand er es rund vier Stunden nach Einbruch der Dunkelheit, als er das schwere Atmen der Herde hörte. Er sagte, wenn er an diesem Punkt überhaupt nachgedacht hätte, hätte er wohl geglaubt, auf einen vom Sturm überraschten Schäfer und seine dummen Schafe gestoßen zu sein; doch tatsächlich nahm er keine Notiz von irgendetwas anderem als der Wärme zusammengedrängter Schaffelle und schmiegte sich todmüde zwischen sie. Regte sich die Herde nachts, rückte er sich schlaftrunken zurecht, um ihr nahe zu bleiben, und ließ den Sturm vorüberziehen. Das war alles, bis die Morgensonne, die auf eine weiße Welt schien, ihn weckte. Dann erbebte er bis ins Mark, als er die Wildschafe Gottes um sich herum stehen sah, die unter dem Zederndach ihre großen Hörner neigten, während sie auf das Wunder des Schnees hinausschauten. Sie hatten sich bei Tagesanbruch ein wenig von ihm fortbewegt, aber achteten nicht weiter auf ihn. Das Licht wurde heller, und die weißen Pavillons aus Schnee schwammen in dem blauen Himmelsmeer, aus dem sie aufragten. Die Wolkenbank löste sich auf und teilte sich wogend in den Canyons. Das Leittier stampfte leicht auf die Streu, um die Herde in Bewegung zu bringen, und plötzlich überwanden sie die Schneewehen mit diesen leichten Sprüngen, die dem Fliegen am nächsten kommen, zogen hinab und hinfort auf die Hänge des Waban. Stellen Sie sich vor, das kann einem Goldsucher passieren! Doch obwohl er manches Mal durch einen glücklichen Zufall gerettet wurde, war er merkwürdigerweise nicht in der Lage, die Wahrheit über Tiere im Allgemeinen zu erkennen. Er glaubte an das Gift der Kröten und dass Talismane gegen Schlangenbisse helfen und – das konnte ich ihm nie verzeihen – teilte die Vorurteile der Bergleute gegen meinen Freund, den Kojoten. Dieb, Kriecher, Sohn eines Diebs waren die freundlichsten Worte, die er für den kleinen grauen Hund der Wildnis übrig hatte.

Da er so lange suchte, fand er natürlich hin und wieder mehr oder weniger wertvolle Nester, sonst hätte er seine Art zu leben nicht beibehalten können; aber er hatte nicht weniger Glück beim Übersehen großer Erzadern wie beim Entdecken von kleinen. Er war durch das ganze Tonopah-Land gewandert und verdiente ein paar Groschen, ohne auf irgendetwas zu stoßen, das darauf hindeutete, was aus dem Gebiet in wenigen Jahren werden würde. Er behauptete, Stücke vom echten Ausbiss des California Rand[13] abgeschlagen zu haben, ohne es für wert zu erachten, sie mitzunehmen, doch nichts davon brachte ihn aus der Fassung.

Einmal trafen wir ihn bei wechselhaftem Wetter auf einem steilen Pfad, als er sein Gepäck umschichtete, und ich stellte fest, dass einige seiner Siebensachen in grünen Segeltuchbeuteln verpackt waren, den echten »green bags« aus den englischen Romanen. Es schien in diesem unbesiedelten Westen ein so unpassendes Erinnerungsstück zu sein, dass ich mich neben dem Pfad, der eine Aussicht auf das riesige, dämmrige Tal gewährte, niederließ, um etwas über die grünen Beutel zu erfahren. Er sagte, er habe sie vor Jahren in London erworben, und ich erfuhr zum ersten Mal, dass er im Ausland gewesen war. Nach einem seiner großen »Treffer« hatte er seine Grand Tour gemacht und nichts anderes davon mitgebracht als die grünen Segeltuchbeutel, die, wie er fand, zu seinen Bedürfnissen so gut passten wie zu seinem ehrgeizigen Ziel. Letztgenanntes war nichts weniger, als reich zu werden und unter den bedeutenden Bürgern Londons zu verkehren. Es schien, dass die Situation der wohlhabenden englischen Mittelklasse, mit ausreichend höhergestellten Aristokraten, denen man nacheifern konnte, und genug kleinen Fischen, die man tyrannisieren und gönnerhaft behandeln durfte, seine Fantasie reizte, obwohl er es natürlich nie so grob ausgedrückt hätte.

Es war für mich also keine Überraschung, als ich zwei oder drei Jahre später erfuhr, dass er in einem aufgegebenen Claim zehntausend Dollar gemacht hatte, genau jene Art Glückstreffer, die ihm gefiel, um nach London zu reisen und das Geld auszugeben. Das Land schien ihn nicht mehr zu vermissen, als es ihn beachtet hatte, aber ich vermisste ihn und konnte nicht vergessen, dass ich stets damit gerechnet hatte, ihm bei den unwahrscheinlichsten Gelegenheiten zu begegnen. So folgte ich ein, zwei Jahre später mit dem prickelnden Gefühl des Vertrauten im Zwielicht einer Rauchschwade zur Mulde einer tropfenden Quelle und traf dort einen Mann am Feuer mit einer Kaffeekanne und einer Bratpfanne. Natürlich war es der Goldsucher. Niemand ist stärker als sein Schicksal.

Hansjörg Schertenleib

Seelenruhig

Die Sandbank, auf der sich die Seehunde sonnen, hat er bei einer Wanderung entlang der Küste vor Laghey entdeckt; da er das Kanu, das er seit kurzem besitzt, auf der Halbinsel Legacurry nicht wassern kann, die der Sandbank gegenüberliegt, paddelt er vom Pier in Mullinasole aus durch die Bucht, vorbei am Inselchen Inishpat, um bei Rooney's Island in den kurzen Meeresarm hinter Legacurry einzubiegen. Die Bucht zu durchqueren, ist kräfteraubender als erwartet, er braucht über vierzig Minuten, widersteht aber der Versuchung, auf Rooney's Island an Land zu gehen, um sich auszuruhen und das mitgebrachte Sandwich zu verzehren und das Bier zu trinken, und erinnert sich an den Ratschlag des Verkäufers: *Don't fight the water, let the sea do the work.* Er hat gelernt, die Paddel einzutauchen, dass es kaum spritzt, das Kanu mit einer Bewegung aus dem Handgelenk zu manövrieren oder anzuhalten. Sein Plan ist es, sich auf der Sandbank ruhig unter die Seehunde zu setzen. Sobald er Legacurry umpaddelt hat und aus der Bucht in den Meeresarm biegt, wird das Wasser ruhiger und, er prüft es mit der Hand, wärmer. Er hat etwa die Hälfte der vielleicht vierhundert Meter bis zur Sandbank zurückgelegt, auf der etwa ein Dutzend Seehunde liegt, gekrümmt wie Bananen, da taucht der erste rechts von seinem Kanu auf, drei, vier Meter entfernt, ein glatter schwarzer

Kopf mit kugelrunden dunklen Augen, die ihn unbewegt, aber wachsam mustern. Seehunde sind vorsichtige, aber auch neugierige Tiere. Er hebt die linke Hand, um vorsichtig das Paddel ins Boot zu legen, schon taucht der Kopf ab, ist der Seehund verschwunden. Er versucht, reglos im Kanu zu sitzen, sich der Strömung zu überlassen, die ihn langsam an der Sandbank vorbei an den Scheitelpunkt der Bucht treibt. Als er gegensteuert, um auf die Bank zuzufahren, die aus der Nähe betrachtet größer ist als angenommen, tauchen sechs, sieben Köpfe aus dem Wasser; er ist umzingelt von Seehunden, vielleicht die Späher der Gruppe, wird aufmerksam beäugt von den Tieren, die sich hoch aus dem Wasser schrauben, sich drehen, abtauchen, um kurz darauf an anderer Stelle aufzutauchen. Dass die nackten schwarzen Schädel glänzen wie polierter Gummi, bringt ihn zum Lachen, obschon sie ihn an Totenköpfe erinnern, an Totenköpfe von Kindern. Er weiß nicht länger, wohin er hinschauen soll, die Seehunde erscheinen direkt neben dem Kanu, links hinter ihm, rechts vor ihm, einmal sehr nah, einmal ein gutes Stück entfernt. Schließlich senkt er das Paddel ins Wasser, um nicht erneut von der Sandbank weggetrieben zu werden, aber die Bewegung genügt, dass nicht nur die Seehunde um sein Kanu abtauchen, sondern auch die, die in der Sonne liegen, aufschrecken und ins Wasser flüchten. Nach einigen Paddelschlägen läuft der Rumpf des Kanus knirschend auf Grund; er steigt aus, watet ans Ufer, zieht das Boot in Sicherheit und setzt sich hin. Er weiß, dass weder eine Straße noch ein Weg in die abgeschiedene Bucht führt, in der die Sandbank liegt, die Seehunde also nicht an Besucher gewöhnt sind. Der Sand ist grobkörnig und beinahe weiß, in der Luft hängt der Gestank nach verrottetem Fisch. Die Phantasie, hier gestrandet zu sein, lässt sich nicht lange aufrechterhalten, dabei sieht er kein Haus, keinen Zaun, keine Spur menschlicher Zivilisation; dafür ist der Verkehr auf der N15 als Rauschen zu hören. An einem Stein kleben Stabmuscheln wie Eisenstäbe an einem Magneten. Er legt sich hin, spürt ein Lüftchen über sich hinstreichen, sieht Möwen vorbeiziehen, Wolken.

Als er erwacht, ist er umgeben von Seehunden, wie er es sich gewünscht hat. In Zeitlupe setzt er sich auf, starrt eine Weile stur geradeaus ins Wasser, bis er sich traut, vorsichtig den Kopf zur Seite zu drehen: Den Seehund, der ihm am nächsten liegt, könnte er mit der Hand berühren. Sie nehmen keinen Anstoß an seiner Gegenwart, scheinen ihn nicht zu beachten. Bestimmt eine halbe Stunde sitzt er unter ihnen, entspannt und auf eigentümliche Weise mit sich und der Welt versöhnt, eine Anwandlung, die er in Menschengruppen nicht empfindet; in Flugzeugen und Zügen fühlt er sich genauso eingeengt wie in Kino- und Theatersälen. Dann zerreißt ein Knall die Stille, und die Seehunde sind im Nu verschwunden. Nichts verrät, dass sie hier eben noch seelenruhig in der Sonne lagen, nicht einmal dem Wasser ist abzulesen, dass sich ein Dutzend schwere Körper hineingestürzt hat, unberührt spiegelt seine Oberfläche den Himmel und, zumindest aus einer gewissen Perspektive, ein Kanu und einen Mann, der reglos im Sand sitzt, das Kinn auf den angezogenen Knien, als schliefe er.

Knut Hamsun

Eine Hütte im Wald

I

In den letzten Tagen dachte und dachte ich an des Nordlandsommers ewigen Tag. Ich sitze hier und denke an ihn und an eine Hütte, in der ich wohnte, und an den Wald hinter der Hütte, und ich mache mich daran, einiges niederzuschreiben, um die Zeit zu verkürzen und um meines Vergnügens willen. Die Zeit ist sehr lang, sie will mir nicht so rasch vergehen, wie ich möchte, trotzdem bin ich über nichts traurig, und trotzdem lebe ich das lustigste Leben. Ich bin wohl zufrieden mit allem, und meine dreißig Jahre sind kein Alter. Vor einigen Tagen erhielt ich ein paar Vogelfedern von weither zugesandt, von einem Menschen, der sie mir nicht schuldig war, aber es waren zwei grüne Federn, in einem Bogen Briefpapier, der eine Krone trug und mit einer Oblate versiegelt war. Es machte mir auch Vergnügen, zwei so teuflisch grüne Vogelfedern zu sehen. Und sonst habe ich keine andere Plage als hin und wieder ein wenig Gicht in meinem linken Fuß, infolge einer alten Schusswunde, die seit Langem geheilt ist.

Ich erinnere mich, dass vor zwei Jahren die Zeit sehr rasch verging, ohne Vergleich viel rascher als jetzt, ein

Sommer war vorbei, bevor ich es recht wusste. Das war vor zwei Jahren, 1855 – ich will davon schreiben, um meines Vergnügens willen, es geschah mir etwas, oder ich träumte es. Nun habe ich vieles vergessen, was zu diesen Erlebnissen gehört, denn ich habe seither fast nie mehr daran gedacht, aber ich weiß noch, dass die Nächte sehr hell waren. Viele Dinge kamen mir auch so verkehrt vor, das Jahr hatte zwölf Monate, aber die Nacht wurde Tag, und niemals war ein Stern am Himmel zu sehen. Und die Leute, die ich traf, waren eigentümlich und von einer anderen Natur als die Leute, die ich von früher kannte; hie und da vermochte eine Nacht sie aus Kindern in ihrer ganzen Herrlichkeit emporschießen zu lassen, reif und voll erwachsen. Darin war keine Zauberei, aber ich hatte es vorher nicht erlebt. Oh nein.

In einem großen weiß gestrichenen Haus unten am Meer traf ich jemanden, der für eine kurze Zeit meine Gedanken beschäftigte. Ich erinnere mich ihrer nicht mehr beständig, nicht jetzt, nein, ich habe sie ganz vergessen; aber ich denke dafür an all das andere, an den Schrei der Seevögel, meine Jagd in den Wäldern, meine Nächte, all die warmen Stunden des Sommers. Es war im Übrigen sogar nur ein reiner Zufall, dass ich sie kennenlernte, und ohne diesen Zufall wäre sie nicht einen Tag in meinen Gedanken gewesen.

Von meiner Hütte aus konnte ich einen Wirrwar von Inseln und Holmen und Schären sehen, ein wenig von der See, einige blauende Berggipfel; und hinter der Hütte lag der Wald, ein ungeheurer Wald. Ich ward voll Freude und Dank bei dem Duft von Wurzeln und Laub und dem fetten Dunst der Kiefer, der an den Geruch von Mark erinnert; erst im Wald kam alles zur Ruhe in mir, meine Seele wurde ausgeglichen und voller Macht. Ich ging Tag für Tag durch die Waldhöhen, mit Äsop an meiner Seite, und ich wünschte nichts lieber, als dass ich Tag für Tag hier gehen dürfte, obwohl noch Schnee und weiche Frühjahrsschmelze über der halben Gegend lagen. Mein einziger Kamerad war Äsop; nun habe ich Cora, aber damals hatte ich Äsop, meinen Hund, den ich später erschoss.

Oft, am Abend, wenn ich nach meiner Jagd wieder zur Hütte heimkam, konnte ein geborgenes Gefühl von Zuhause mich von oben bis unten durchrieseln, ja, mein Inneres in liebe Erschütterungen bringen, und ich ging umher und schwatzte mit Äsop darüber, wie gut es uns ging: »So, nun machen wir Feuer und braten uns hier am Herd einen Vogel«, sagte ich, »was meinst du dazu?«

Und wenn das alles getan war und wir beide gegessen hatten, kroch Äsop an seinen Platz hinter der Feuerstätte, während ich die Pfeife anzündete und mich für eine Weile auf die Pritsche legte und auf das tote Sausen im Wald lauschte. Es war ein schwacher Zug in der Luft, der Wind stand auf die Hütte herab, und ich konnte deutlich das Rascheln des Spielhahns hören, weit hinten auf den Höhen. Sonst war alles still.

Und manches Mal schlief ich ein, wo ich lag, in allen Kleidern, wie ich ging und stand, und erwachte nicht eher, als dass die Seevögel zu schreien begonnen hatten. Wenn ich dann aus dem Fenster sah, konnte ich die großen weißen Gebäude des Handelsplatzes erkennen, die Ladebrücken von Sirilund, den Kramladen, in dem ich mein Brot kaufte, und ich blieb eine Weile liegen, verwundert darüber, dass ich mich hier in einer Hütte im Nordland befand, am Rand eines Waldes.

Dann schüttelte Äsop seinen langen schmalen Körper dort bei der Feuerstätte, es klirrte in seinem Halsband, er gähnte und wedelte, und ich sprang nach diesen drei, vier Stunden Schlafes auf, ausgeruht und voller Freude über alles, alles.

So ging es manche Nacht zu.

2

Es kann regnen und stürmen, nicht darauf kommt es an, oft kann eine kleine Freude sich an einem Regentag eines Menschen bemächtigen und ihn mit seinem Glück hinwegtreiben. Man stellt sich hin und beginnt, geradeaus zu sehen, hin und wieder lacht man leise und sieht um sich. Woran denkt man? An eine klare Scheibe in einem Fenster, einen Sonnenstrahl in der Scheibe, eine Aussicht auf einen kleinen Bach oder vielleicht einen blauen Spalt im Himmel. Es braucht nicht mehr zu sein.

Zu anderen Zeiten vermögen selbst ungewöhnliche Ereignisse nicht, uns aus einer gleichmäßigen und armseligen Stimmung aufzurütteln; mitten in einem Ballsaal kann man gleichgültig, sicher und unbeeinflusst dasitzen. Denn das eigene Innere des Einzelnen ist die Quelle der Trauer oder der Freude.

Ich erinnere mich eines bestimmten Tages. Ich war an die Küste heruntergekommen. Der Regen überraschte mich, und ich ging in einen offenen Bootsschuppen und setzte mich einstweilen. Ich summte ein wenig, aber ohne Freude und ohne Laut, nur um die Zeit zu vertreiben. Äsop war dabei, er setzte sich, um zu horchen, ich hielt mit dem Summen inne und lauschte auch, man hörte Stimmen draußen, es näherten sich Menschen. Ein Zufall, ein sehr natürlicher Zufall! Eine Gesellschaft von zwei Herren und einem Mädchen kam Hals über Kopf zu mir herein. Sie riefen einander lachend zu:

»Schnell! Hier finden wir so lange Unterschlupf!«

Ich erhob mich.

Der eine Herr hatte ein weißes ungestärktes Vorhemd an, das vom Regen aufgeweicht war und in Blasen herabhing; in diesem nassen Vorhemd saß eine Diamantspange. Er hatte an den Füßen lange spitze Schuhe, die etwas geckenhaft aussahen. Ich grüßte den Mann, es war Herr Mack, der Kaufmann, ich erkannte ihn wieder, vom Handelsplatz her, wo ich Brot gekauft hatte. Er hatte mich sogar einmal in die Familie eingeladen, ohne dass ich bis dahin dort gewesen war.

»Ah, Bekannte!«, sagte er, als er meiner ansichtig wurde. »Wir waren auf dem Weg zur Mühle, da mussten wir umkehren. So ein Wetter, was? Aber wann kommen Sie endlich nach Sirilund, Herr Leutnant?« Er stellte den kleinen schwarzbärtigen Herrn vor, der dabei war, ein Doktor, der bei der Annexkirche wohnte.

Das Mädchen lüpfte den Schleier ein wenig über die Nase und begann, gedämpft mit Äsop zu plaudern. Ihre Jacke fiel mir auf, am Futter und an den Knopflöchern konnte ich sehen, dass sie aufgefärbt war. Herr Mack stellte auch sie vor, sie war seine Tochter und hieß Edvarda. Edvarda gab mir einen Blick durch den Schleier, dann flüsterte sie weiter mit dem Hund und las auf seinem Halsband:

»Soso, du heißt Äsop ... Doktor, wer war Äsop? Das

Einzige, woran ich mich erinnere, ist, dass er Fabeln verfasste. War er nicht Phryger? Nein, ich weiß nicht.«

Ein Kind, ein Schulmädchen. Ich sah auf sie hin, sie war hoch, aber ohne Formen, ungefähr fünfzehn, sechzehn Jahre alt, mit langen, dunklen Händen ohne Handschuhe. Sie hatte vielleicht an diesem Nachmittag in einem Lexikon bei Äsop nachgeschlagen, um dies gleich zur Hand zu haben.

Herr Mack fragte mich nach meiner Jagd aus, was ich am meisten schösse. Ich könne jederzeit eines seiner Boote zu meiner Verfügung haben, ich bräuchte es nur zu sagen. Der Doktor sprach nicht ein Wort. Als die Gesellschaft ging, fiel mir auf, dass der Doktor etwas hinkte und den Stock gebrauchte.

Ich wanderte heim, in der gleichen leeren Stimmung wie vorher und summend vor Gleichgültigkeit. Diese Begegnung im Bootsschuppen berührte mich in keiner Weise; an was ich mich am besten von der ganzen Sache erinnerte, war Herrn Macks durchweichtes Vorhemd, in welchem eine Diamantspange saß, auch diese nass und ohne stärkeren Glanz.

3

Es stand ein Stein draußen vor meiner Hütte, ein hoher grauer Stein. Er hatte einen Ausdruck des Wohlwollens mir gegenüber; es war, als sähe er mich, wenn ich kam, und als würde er mich wiedererkennen. Ich nahm gerne meinen Weg an diesem Stein vorbei, wenn ich im Morgendämmern hinausging, und es war geradeso, als wenn ich einen guten Freund dort hinterließe, der auf mich warten würde, bis ich zurückkäme.

Und droben im Wald begann die Jagd. Vielleicht schoss ich etwas und vielleicht nicht …

Außerhalb der Inseln lag das Meer in schwerer Ruhe. Ich stand und sah auf das Meer, von den Höhen aus, oft, wenn ich hoch oben war; an stillen Tagen kamen die Schiffe fast gar nicht vorwärts, ich konnte das gleiche Segel drei Tage lang sehen, klein und weiß wie eine Möwe auf dem Wasser. Aber manchmal, wenn der Wind umsprang, konnten die Berge in der Ferne fast verschwinden, es ward Unwetter, Südweststurm, ein Schauspiel, bei dem ich Zuschauer war. Alles stand in Rauch. Die Erde und der Himmel wurden vermengt, das Meer tummelte sich in verrenkten Lufttänzen, bildete Männer, Pferde und zerfetzte Fahnen. Ich stand im Windschutz unter einem Felsen und dachte mir allerhand Dinge, meine Seele war gespannt. Gott weiß, dachte ich, wessen ich heute Zeuge bin, und weshalb sich das Meer vor meinen Augen öffnet. Vielleicht schaue ich in dieser Stunde auf das Innere des Gehirns der Erde, wie dort gearbeitet wird, wie alles siedet. Äsop war unruhig, hie und da streckte er die Schnauze hoch und windete sich, wetterkrank, empfindlich in den Beinen; da ich nicht zu ihm sprach, legte er sich zwischen meine Füße und starrte wie ich über das Meer hinaus. Und kein Ruf, keines Menschen Wort war von irgendwo zu hören, nichts, nur das schwere Sausen rings um meinen Kopf. Es lag eine Schäre weit draußen, die lag allein; wenn die See an dieser Klippe hinaufbrach, bäumte sie sich auf wie eine wahnwitzige Schraube, nein, wie ein Meergott, der sich nass in die Luft erhob und die Welt überblickte, schnaubend, sodass Haar und Bart wie ein Rad um sein Haupt standen. Dann tauchte er wieder in die Brandung hinein. Und mitten im Sturm schlug sich ein kleines kohlschwarzes Dampfschiff vom Meer aus herein durch …

Als ich am Nachmittag zur Ladebrücke hinunterging, war das kleine kohlschwarze Dampfschiff im Hafen angekommen; es war das Postschiff. Viele Menschen waren auf dem Kai anwesend, um den seltenen Gast zu betrachten; ich bemerkte, dass alle miteinander ohne Ausnahme blaue Augen hatten, wie verschieden sie sonst auch sein mochten. Ein junges Mädchen mit einem weißen Wolltuch um den Kopf stand ein Stück weit entfernt; sie hatte sehr dunkles Haar, und das weiße Tuch stach gegenüber dem Haar seltsam heraus. Sie sah neugierig auf mich, meinen Lederanzug, mein Gewehr; als ich zu ihr sprach, wurde sie verlegen und wandte den Kopf ab. Ich sagte:

»Du solltest immer dieses weiße Tuch tragen, das kleidet dich.«

In diesem Augenblick schloss sich ihr ein grobgliedriger Mann im Islandjanker an, er nannte sie Eva. Sie war offenbar seine Tochter. Ich kannte den grobgliedrigen Mann, es war der Schmied, der Schmied des Platzes. Er hatte vor einigen Tagen auf eine meiner Büchsen ein neues Zündrohr gesetzt …

Und Regen und Wind taten ihre Arbeit und schmolzen allen Schnee weg. Einige Tage lang trieb eine unfriedliche und kalte Stimmung über die Erde hinweg, morsche Äste brachen, und die Krähen sammelten sich in Scharen und schrien. Dies dauerte nicht lange, die Sonne war nahe, eines Morgens stand sie oben hinter dem Wald.

Es durchfährt mich immer ein süßes Ziehen von oben bis unten, wenn die Sonne aufgeht; in einem stillen Jubel werfe ich die Büchse auf die Schulter.

4

In dieser Zeit litt ich keine Not an Wild, ich schoss, was ich wollte, einen Hasen, einen Spielhahn, ein Schneehuhn, und wenn es sich traf, dass ich unten an der Küste war und dem einen oder anderen Seevogel nahe kam, schoss ich auch den. Das waren gute Zeiten, die Tage wurden länger und die Luft reiner, ich rüstete mich für zwei Tage aus und trieb in die Berge hinein, zu den Gipfeln. Ich traf Renlappen und bekam Käse von ihnen, kleine fette Käse mit einem kräuterartigen Geschmack. Ich war dort mehr als einmal. Wenn ich wieder heimging, schoss ich immer irgendeinen Vogel und steckte ihn in die Jagdtasche. Unterwegs setzte ich mich und band Äsop an. Eine Meile unter mir sah ich das Meer; die Bergseiten waren nass und schwarz vom Wasser, das an ihnen herunterrieselte, es rieselte und tropfte mit der gleichen winzigen Melodie. Diese kleinen Melodien weit drinnen in den Bergen verkürzten mir manche Stunde, wenn ich saß und um mich blickte. Hier rieselt dieser kleine endlose Ton in seiner Einsamkeit, dachte ich dann, und niemand hört ihn, und niemand denkt an ihn, aber trotzdem rieselt er hier für sich die ganze Zeit, die ganze Zeit! Und es schien mir nicht mehr, dass das Gebirge so vollkommen öde war, wenn ich dieses Rieseln hörte. Ab und zu geschah etwas: Ein Donner erschütterte die Erde, ein Felsblock löste sich und stürzte hinunter zum Meer, einen Weg von Steinrauch hinterlassend; im selben Augenblick hob Äsop die Schnauze gegen den Wind und schnupperte verwundert den versengten Geruch ein, den er nicht verstand. Wo das Schneewasser Sprünge in die Felsen gebrochen hatte, war ein Schuss oder sogar nur ein scharfer Ruf genug, um einen großen Block loszureißen und ihn zum Stürzen zu bringen …

An diesem Tag konnte eine Stunde vergangen sein, vielleicht mehr, die Zeit ging so schnell. Ich band Äsop los, warf die Tasche über meine Schulter und begab mich nach Hause. Der Tag neigte sich. Unten im Wald stieß ich unausweichlich auf meinen alten bekannten Steig, ein schmales Band von einem Steig, mit den sonderbarsten Schwingungen. Ich folgte jeder Windung und ließ mir gute Weile, es eilte nicht, es gab niemanden, der daheim auf mich wartete; frei wie ein Herrscher ging ich da und trieb durch einen friedlichen Wald, genau so langsam, wie ich wollte. Alle Vögel schwiegen, nur der Spielhahn spielte weit weg, der spielte immer.

Ich kam aus dem Wald hinaus und sah zwei Menschen vor mir, zwei wandernde Menschen, ich holte sie ein, der eine war Jungfer Edvarda, ich erkannte sie und grüßte; der Doktor begleitete sie. Ich musste ihnen meine Büchse zeigen, sie besahen meinen Kompass, meine Tasche; ich lud sie auf meine Hütte ein, und sie versprachen, einmal zu kommen.

Nun war der Abend da. Ich ging heim und machte Feuer, briet einen Vogel und hielt Mahlzeit. Morgen würde wieder ein Tag kommen …

Stille und Schweigen überall. Ich ruhte den Abend über und sah zum Fenster hinaus. Ein Feenglanz weilte um diese

Zeit über Land und Wald, die Sonne war untergegangen und färbte den Horizont mit einem fetten roten Licht, das stillstand wie Öl. Der Himmel war überall offen und rein, ich starrte in dieses klare Meer, und es war, als läge ich von Angesicht zu Angesicht dem Grund der Welt gegenüber, und als schlüge mein Herz innig diesem nackten Grund entgegen, und als wäre es dort daheim. Gott weiß, dachte ich bei mir selbst, warum sich der Horizont heute Abend in Lila und Gold kleidet, ob das nicht ein Fest ist, droben in der Welt, ein Fest im großen Stil, mit Musik von den Sternen und mit Bootsfahrten über die Ströme herab. Es sieht so aus! Und ich schloss die Augen und war mit dabei auf dieser Bootsfahrt, und Gedanken auf Gedanken segelten durch mein Gehirn …

So verging mehr als ein Tag.

Ich streifte umher und beobachtete, wie der Schnee zu Wasser wurde, und wie das Eis sich löste. An manchem Tag, wenn ich schon Essen genug in meiner Hütte hatte, schoss ich nicht einmal meine Büchse ab; ich trieb nur so umher in meiner Freiheit und ließ die Zeit gehen. Wohin ich mich wandte, war gleich viel zu sehen und zu hören, alles veränderte sich an jedem Tag ein wenig, selbst Weidengestrüpp und Wacholder standen da und warteten auf den Frühling. Ich ging zum Beispiel zur Mühle, die lag noch vereist; aber die Erde ringsherum war seit manchem Jahr des Herrn zertreten worden und zeugte davon, dass Menschen mit Kornsäcken auf dem Rücken hierhergekommen waren, um das Korn zu mahlen. Ich ging wie unter Menschen dort, an den Wänden waren auch viele Buchstaben und Jahreszahlen eingeritzt.

Nun wohl.

5

Soll ich mehr schreiben? Nein, nein. Nur ein wenig um meines Vergnügens willen, und weil es mir die Zeit verkürzt zu erzählen, wie der Frühling kam, vor zwei Jahren, und wie das Land aussah. Die Erde und das Meer begannen, ein wenig zu riechen, es roch süßlich nach Schwefelwasserstoff von dem alten Laub, das im Wald faulte, und die Elstern flogen mit Zweigen im Schnabel und bauten Nester. Ein paar Tage noch und die Bäche würden anschwellen und zu schäumen beginnen, hie und da sah man einen Kohlweißling, und die Fischer kamen von ihren Fangplätzen heim. Die beiden Segelschiffe des Kaufmanns kamen zurück, voll beladen mit Fischen, und ankerten bei den Trockenplätzen; da ward es plötzlich Leben und Bewegung draußen auf der größten der Inseln, wo der Fisch auf den Klippen getrocknet werden sollte. Ich sah alles von meinem Fenster aus.

Aber zur Hütte drang kein Lärm, ich war und blieb allein. Dann und wann kam ein Mensch vorbei, ich sah Eva, die Tochter des Schmiedes, sie hatte auf der Nase ein paar Sommersprossen bekommen.

»Wohin willst du?«, fragte ich.

»In den Wald und Holz holen«, antwortete sie leise. Sie hielt einen Strick in der Hand, um das Holz damit zu tragen, und sie hatte ihr weißes Tuch auf dem Kopf. Ich sah ihr nach, aber sie drehte sich nicht um.

Dann verstrichen viele Tage, bis ich wieder jemanden sah.

Der Frühling drang vor, und der Wald ward heller; es war ein großes Vergnügen, die Drosseln zu beobachten, die in den Baumspitzen saßen und gegen die Sonne starrten und schrien; bisweilen war ich schon gegen zwei Uhr im Morgendämmern auf, um an der freudigen Stimmung teilzuhaben, die von Vögeln und Tieren ausging, wenn die Sonne emporstieg.

Der Frühling war wohl auch zu mir gekommen, und mein Blut klopfte zeitenweise wie von Schritten. Ich saß in der Hütte und dachte daran, nach meinen Angelruten und Schleppangeln zu sehen, aber ich rührte nicht einen Finger, um etwas zu tun, eine frohe und eine dunkle Unruhe gingen in meinem Herzen aus und ein. Da sprang Äsop plötzlich auf, blieb auf steifen Beinen stehen und gab einen kurzen Laut. Es kamen Leute zur Hütte, ich warf schnell die Mütze vom Kopf und hörte bereits Jungfer Edvardas Stimme in der Tür. Freundlich und anspruchslos kamen sie und der Doktor mich besuchen, wie sie es gesagt hatten.

»Ja, er ist daheim«, hörte ich Edvarda sagen. Und sie kam zum Vorschein und reichte mir vollkommen auf Mädchenart ihre Hand. »Wir waren auch gestern hier, aber da waren Sie nicht zu Hause«, erklärte sie.

Sie setzte sich auf meine Pritsche, auf die Decke, und sah sich in der Hütte um; der Doktor nahm neben mir auf der langen Bank Platz. Wir sprachen zusammen, wir schwatzten munter, ich erzählte ihnen unter anderem, welche Arten von Tieren im Wald waren, und welches Wild ich nicht mehr länger schießen durfte, da es Schonzeit hatte. Zurzeit hatte der Spielhahn Schonzeit.

Der Doktor machte auch jetzt nicht viele Worte; aber als sein Auge auf mein Pulverhorn fiel, auf dem eine Panfigur war, fing er damit an, den Mythos von Pan zu erklären.

»Aber«, sagte Edvarda plötzlich, »wovon leben Sie, wenn nun alles Wild geschont wird?«

»Von Fischen«, antwortete ich. »Meistens von Fischen. Es gibt immer etwas zu essen.«

»Aber Sie können ja zu uns zum Essen kommen«, sagte sie. »Voriges Jahr hatte ein Engländer Ihre Hütte, er kam auch oft zu uns zum Essen.«

Edvarda sah mich an, und ich sah sie an. Ich fühlte in diesem Augenblick etwas an mein Herz rühren wie einen kleinen flüchtigen, freundlichen Gruß. Das kam vom Frühling und dem hellen Tag; ich habe seitdem darüber nachgedacht. Ich bewunderte außerdem ihre gewölbten Augenbrauen.

Sie sagte einige Worte über meine Wohnung. Ich hatte die Wände mit verschiedenen Fellen und Vogelflügeln behängt; die Hütte glich innen einer zottigen Bärenhöhle. Das weckte ihren Beifall:

»Ja, das ist eine Bärenhöhle«, sagte sie.

Ich hatte den Fremden nichts zu geben, was sie wohl mögen würden. Ich dachte daran und wollte spaßeshalber einen Vogel braten; sie sollten ihn auf die Jägerweise essen, mit den Fingern. Das konnte ein kleiner Zeitvertreib sein.

Und ich briet den Vogel.

Edvarda erzählte von dem Engländer. Es war ein alter und eigener Mann gewesen, er sprach laut mit sich selbst. Er war Katholik, und wo er ging und stand, hatte er ein kleines Gebetbuch mit schwarzen und roten Buchstaben in der Tasche.

»Er war wohl vielleicht Irländer?«, fragte der Doktor.

»Irländer?«

»Ja, nicht wahr, wenn er Katholik war?«

Edvarda errötete, sie stammelte und sah weg:

»Na ja, vielleicht war er Irländer.«

Von da an verlor sie ihre Munterkeit. Sie tat mir leid, und ich wollte es wiedergutmachen. Ich sagte:

»Nein, natürlich haben Sie recht damit, dass er Engländer war; Irländer reisen nicht nach Norwegen.«

Wir machten aus, dass wir eines Tages hinausrudern und die Klippfischfelsen besehen wollten ...

Nachdem ich meine Gäste ein wenig auf dem Weg begleitet hatte, ging ich wieder zurück und setzte mich hin, um an meinen Fischgeräten zu arbeiten. Mein Kescher hatte an einem Nagel bei der Tür gehangen, und mehrere Maschen waren vom Rost schadhaft geworden; ich schärfte einige Angeln, knüpfte sie, sah nach den Angelschnüren. Wie schwer es doch heute fiel, etwas anzupacken! Störende Gedanken kamen und gingen in meinem Kopf; es kam mir vor, als hätte ich einen Fehler begangen, indem ich Jungfer Edvarda die ganze Zeit auf der Pritsche hatte sitzen lassen, anstatt ihr auf der Bank einen Platz anzubieten. Ich sah plötzlich ihr braunes Gesicht und ihren braunen Hals vor mir; die Schürze hatte sie ein wenig tiefer gebunden, um eine lange Taille zu haben, wie es Mode war; der keusche Mädchenausdruck ihres Daumens wirkte zärtlich auf mich, und die paar Runzeln über dem Knöchel waren voll Freundlichkeit. Sie hatte einen großen Mund, der leuchtete.

Ich erhob mich, öffnete die Tür und lauschte nach draußen. Ich hörte nichts, und ich hatte übrigens auch nichts zu lauschen. Ich schloss die Tür wieder. Äsop kam von seinem Platz hervor und sah meine Unruhe. Es fiel mir ein, dass ich Jungfer Edvarda nachlaufen und sie um etwas Seidenfaden bitten konnte, um meinen Kescher wieder instand zu setzen. Das war kein Vorwand, ich konnte den Kescher vorlegen und ihr die rostigen Maschen zeigen. Ich war schon vor die Tür getreten, als ich mich daran erinnerte, dass ich selbst Seidenfaden hatte, in meinem Fliegenbuch, mehr sogar, als ich brauchte. Und ich ging sacht und mutlos wieder hinein, da ich selbst Seidenfaden hatte.

Ein fremder Hauch schlug mir in der Hütte entgegen; als ich eintrat, war ich gleichsam nicht länger allein dort.

6

Ein Mann fragte mich, ob ich nicht mehr schösse; er habe nicht einen Schuss mehr in den Waldhöhen von mir gehört, obwohl er zwei Tage in der Bucht gelegen und gefischt habe. Nein, ich hatte nichts geschossen, ich hielt mich daheim in der Hütte, bis ich nichts mehr zu essen hatte.

Am dritten Tag ging ich auf die Jagd. Der Wald war ein wenig grün, es roch nach der Erde und den Bäumen, der Graslauch stach schon grün aus dem eisversengten Moos heraus. Ich war voller Gedanken und setzte mich öfters. Drei Tage lang hatte ich nicht mehr als diesen einen Menschen gesehen, diesen Fischer, den ich gestern traf; ich dachte: Vielleicht stoße ich heute Abend auf jemanden, wenn ich heimgehe, am Rand des Waldes, wo ich letzthin den Doktor und Jungfer Edvarda getroffen habe. Es könnte sein, dass sie dort wieder spazieren gehen, vielleicht und vielleicht nicht. Aber weshalb dachte ich gerade an diese zwei? Ich schoss ein Paar Schneehühner und bereitete das eine gleich zu, danach nahm ich Äsop an die Leine.

Während ich aß, lag ich auf dem trockenen Boden. Es war still über der Erde, nur ein mildes Sausen des Windes und ab und zu ein Vogellaut. Ich lag und sah auf die Äste, die sachte im Luftzug wehten, der kleine Wind schaffte das Seine und trug Blütenstaub von Zweig zu Zweig und füllte jede unschuldige Narbe; der ganze Wald stand in Verzückung. Eine grüne Raupe, ein Spanner, wanderte auf ihren Enden einen Zweig entlang, wanderte unaufhörlich, als könnte sie nicht verweilen. Sie sah fast nichts, obwohl sie Augen hatte, oft stellte sie sich senkrecht empor und fühlte in die Luft, um auf etwas zu treffen; sie sah aus wie ein Stück grünen Fadens, der mit langsamen Stichen einen Saum den Ast entlang näht. Bis zum Abend würde sie vielleicht dorthin kommen, wohin sie sollte.

Immer still. Ich erhob mich und ging, setzte mich und erhob mich wieder, immer wieder. Es war ungefähr vier Uhr; wenn es sechs Uhr würde, würde ich gehen und sehen, ob ich jemanden treffe. Ich hatte noch zwei Stunden, und ich war schon etwas unruhig und bürstete Heidekraut und Moos von meinen Kleidern. Ich kannte die Stellen, an denen ich vorbeikam, Bäume und Steine standen dort wie vorher in der Einsamkeit, das Laub raschelte unter meinen Füßen. Das eintönige Sausen und die bekannten Bäume und Steine waren zu viel für mich, ich wurde von einer seltsamen Dankbarkeit erfüllt, alles ließ sich mit mir ein, vermischte sich mit mir, ich liebte alles. Ich hob einen dürren Zweig auf und hielt ihn in der Hand und sah ihn an, während ich dort saß und an meine Dinge dachte, der Zweig war fast verfault, seine armselige Rinde machte Eindruck auf mich, ein Mitleid wanderte durch mein Herz. Und wie ich aufstand, warf ich den Zweig nicht weit weg, sondern legte ihn nieder und stand und fand Gefallen an ihm; zum Schluss sah ich ihn ein letztes Mal mit nassen Augen an, bevor ich ihn dort zurückließ.

Und es wurde fünf Uhr. Die Sonne zeigte mir eine falsche Zeit an, ich war den ganzen Tag nach Westen gegangen und war vielleicht meinen Sonnenzeichen bei der Hütte um eine halbe Stunde zuvorgekommen. Auf all dieses war ich aufmerksam; aber trotzdem hatte ich eine Stunde bis sechs Uhr, deshalb ging ich noch ein Stück. Und das Laub raschelte unter meinen Füßen. So verlief die Zeit einer Stunde.

Ich sah unter mir den kleinen Fluss und die kleine Mühle, die im Winter vereist gelegen hatte; die Mühle ging, ihr Rauschen weckte mich aus meinen Gedanken, ich hielt auf der Stelle an, und mit einem Mal:

»Ich bin zu spät dran!«, entfuhr es mir.

Ein Schmerz durchzuckte mich, ich kehrte augenblicklich um und begann, heimwärts zu gehen, aber indessen wusste ich, dass ich zu spät dran war. Ich begann, schneller zu gehen, zu laufen; Äsop verstand, dass es etwas galt, er zog am Riemen, riss mich mit, winselte und hatte es eilig. Das trockene Laub stob um uns herum auf. Aber als wir an den Rand des Waldes hinunterkamen, war niemand dort, nein, alles war still, es war niemand da.

»Es ist niemand hier!«, sagte ich zu mir selbst. Und dies war doch nicht schlimmer, als ich es erwartet hatte.

Ich blieb nicht lange stehen, sondern ging von all meinen Gedanken gezogen weiter, ging an meiner Hütte vorbei, hinunter nach Sirilund, mit Äsop und der Jagdtasche und der Büchse, mit meinem ganzen Zubehör.

Herr Mack empfing mich mit der größten Freundlichkeit und lud mich für den Abend ein.

7

Ich glaube, dass ich ein wenig in den Seelen der Menschen lesen kann, die mich umgeben; vielleicht ist es nicht so. Oh, wenn ich meine guten Tage habe, da kommt es mir vor, als ob ich weit in die Seelen anderer hineinspähen könnte, obwohl ich im Übrigen kein guter Kopf bin. Wir saßen in einer Stube, einige Männer, ein paar Frauen und ich, und ich glaubte zu sehen, was im Inneren dieser Menschen vor sich ging, und was sie über mich dachten. Ich legte in jedes Blinken, das ihre Augen durcheilte, etwas hinein; zuweilen schoss das Blut in ihre Wangen und ließ sie rot werden, ein anderes Mal taten sie, als sähen sie in eine andere Richtung, und behielten mich doch von der Seite ein wenig im Auge. Da saß ich und achtete auf dies alles, und keiner ahnte, dass ich jede Seele durchschaute. Seit vielen Jahren hatte ich gemeint, in aller Menschen Seelen lesen zu können. Vielleicht ist es nicht so …

Ich blieb den ganzen Abend in Herrn Macks Stube. Ich hätte gleich wieder gehen können, es interessierte mich nicht, dort sitzen zu bleiben; aber war ich nicht gekommen, eben weil all meine Gedanken mich hierherzogen? Und konnte ich da gleich wieder meiner Wege gehen? Nach dem Essen spielten wir Whist und tranken Toddy; ich setzte mich mit dem Rücken zur Stube und senkte meinen Kopf; hinter mir ging Edvarda aus und ein. Der Doktor war heimgereist.

Herr Mack zeigte mir die Einrichtung seiner neuen Lampen, der ersten Paraffinlampen, die in den Norden gekommen waren, Prachtstücke auf schweren Bleifüßen, und er zündete sie jeden Abend selbst an, um allem Unglück vorzubeugen. Er sprach ein paarmal von seinem Großvater, dem Konsul:

»Mein Großvater, Konsul Mack, empfing diese Spange aus Karl Johans eigenen Händen«, sagte er und wies mit dem Finger auf seine Diamantspange.

Herrn Macks Frau war tot, er zeigte mir in einem der Seitenzimmer ein Bild von ihr, es war eine vornehm aussehende Frau mit Spitzenhaube und einem artigen Lächeln. Im gleichen Zimmer stand auch ein Bücherschrank, in dem sogar alte französische Bücher aufbewahrt wurden, die aussahen, als wären sie Erbstücke; die Bände waren fein und vergoldet, und viele Eigentümer hatten ihre Namen eingezeichnet. Unter den Büchern waren mehrere Aufklärungsschriften; Herr Mack war ein denkender Mann.

Seine beiden Ladengehilfen mussten zum Whist hereingerufen werden. Sie spielten langsam und unsicher, zählten genau nach und machten desungeachtet Fehler. Dem einen von ihnen half Edvarda.

Ich warf mein Glas um, ich ward unglücklich und erhob mich.

»Nein – ich habe mein Glas umgeworfen!«, sagte ich.

Edvarda brach in Lachen aus und antwortete:

»Ja, das sehen wir schon.«

Alle versicherten mir lachend, dass das nichts mache. Ich bekam ein Handtuch, um mich abzutrocknen, und wir fuhren fort zu spielen. Es wurde elf Uhr.

Ein dunkles Gefühl der Missstimmung schoss bei Edvardas Lachen durch mich hindurch, ich sah sie an und fand, dass ihr Gesicht nichtssagend und wenig schön geworden war. Herr Mack brach endlich das Spiel unter dem

Vorwand ab, dass die zwei Angestellten ins Bett müssten, darauf lehnte er sich ins Sofa zurück und begann, davon zu sprechen, dass er ein Schild auf seine Packhausfassade setzen wolle, und fragte mich um Rat dazu. Welche Farbe sollte er benutzen? Ich langweilte mich, sagte: »Schwarz«, ohne darüber nachgedacht zu haben, und Herr Mack sagte sofort das Gleiche:

»Schwarze Farbe, genau, was ich selbst gedacht habe. ‹Niederlage von Salz und leeren Tonnen›, mit schweren schwarzen Buchstaben, das ist das Nobelste … Edvarda, musst du nun nicht schlafen gehen?«

Edvarda erhob sich, gab uns beiden die Hand, um Gute Nacht zu sagen, und ging. Wir blieben zurück. Wir sprachen von der Eisenbahn, die voriges Jahr fertig geworden war, von der ersten Telegraphenlinie. Gott weiß, wann der Telegraph hierher in den Norden kommt!, dachte ich.

Pause.

»Sehen Sie«, sprach Herr Mack erneut, »ich bin nach und nach sechsundvierzig Jahre alt geworden und grau an Haar und Bart. Ja, ich fühle, dass ich alt geworden bin. Sie sehen mich bei Tage und halten mich für jung, aber wenn der Abend kommt und ich allein bin, falle ich sehr zusammen. Dann sitze ich hier in der Stube und lege Patiencen. Mit ein bisschen Mogeln gehen sie leicht auf. Haha.«

»Mit ein bisschen Mogeln gehen die Patiencen auf?«, fragte ich.

»Ja.«

Es kam mir vor, als wenn ich in seinen Augen lesen könnte …

Er erhob sich und machte eine Wendung zum Fenster hin und sah hinaus; er stand mit gedrungenem Rücken, und sein

Nacken und sein Hals waren zottig. Ich erhob mich auch. Er wandte sich um, kam mir in seinen langen spitzen Schuhen entgegen. Er steckte beide Daumen in die Westentaschen und schlug ein wenig mit den Armen wie mit Flügeln; gleichzeitig lächelte er. Dann stellte er mir noch einmal ein Boot zu meiner Verfügung und reichte mir die Hand.

»Übrigens, lassen Sie mich mit Ihnen gehen«, sagte er und blies die Lampen aus. »Ja, ich will noch ein wenig an die Luft, es ist noch nicht spät.«

Wir gingen hinaus.

Er zeigte auf den Weg zum Haus des Schmiedes hinauf und meinte:

»Diesen Weg! Es ist der kürzeste.«

»Nein«, antwortete ich. »Der Weg an den Packhäusern vorbei ist der kürzeste.«

Wir wechselten darüber ein paar Worte, ohne einig zu werden. Ich war überzeugt, dass ich recht hatte, und verstand seine Hartnäckigkeit nicht. Zuletzt schlug ich vor, dass jeder für sich seinen Weg gehen sollte; wer zuerst ankommen würde, sollte bei der Hütte warten.

Wir gingen los. Er verschwand bald im Wald.

Ich ging in gewöhnlicher Eile und berechnete, dass ich mindestens fünf Minuten früher ankommen dürfte. Aber als ich zur Hütte kam, stand er bereits dort. Er rief mir entgegen:

»Da sehen Sie! Nein, ich gehe immer diesen Weg, es ist wirklich der kürzeste.«

Ich sah ihn höchst erstaunt an, er war nicht warm und schien nicht gelaufen zu sein. Er verabschiedete sich gleich, dankte für den Abend und ging denselben Weg zurück, den er gekommen war.

Ich blieb zurück und dachte: Wie ist dies sonderbar! Ich müsste doch Entfernungen schätzen können, und ich bin diese beiden Wege mehrere Male gegangen. Lieber Mann, du mogelst wieder! Ist das Ganze ein Vorwand gewesen?

Ich sah seinen Rücken wieder im Wald verschwinden.

Im nächsten Augenblick ging ich ihm nach, vorsichtig und eilend, ich sah ihn auf dem ganzen Weg sein Gesicht abwischen und war nicht mehr sicher, ob er nicht doch zuvor gerannt war. Er ging nun äußerst langsam, und ich behielt ihn im Auge, er hielt beim Haus des Schmiedes an. Ich verbarg mich und sah, dass die Tür geöffnet wurde und Herr Mack ins Haus ging.

Es war ein Uhr, ich sah es an der See und am Gras.

8

Einige Tage vergingen, wie sie eben konnten, meine einzigen Freunde waren der Wald und die große Einsamkeit. Guter Gott, ich hatte niemals versucht, mehr allein zu sein als am ersten dieser Tage. Es war voller Frühling, ich fand Waldsterne und Schafgarbe auf der Wiese, und sowohl der Buchfink als auch die Meise waren gekommen, ich kannte alle Vögel. Bisweilen nahm ich zwei Vierundzwanzigschillingstücke aus der Tasche und klimperte damit, um die Einsamkeit zu unterbrechen. Ich dachte: Wie wenn Diderik und Iselin kämen!

Es begann, nicht mehr Nacht zu werden, die Sonne tauchte kaum die Scheibe ins Meer hinein und kam dann wieder empor, rot, erneuert, als wäre sie unten gewesen, und als hätte sie getrunken. Wie merkwürdig es mir ergehen konnte in diesen Nächten; kein Mensch würde es glauben. Saß Pan in einem Baum und sah auf mich herab, wie ich mich anstellte? Und war sein Bauch offen, und war er so zusammengekrochen, dass er dasaß, als tränke er aus seinem eigenen Bauch? Aber all das täte er nur, um zu schielen und mich im Auge zu behalten, und der ganze Baum würde von seinem lautlosen Gelächter erzittern, wenn er sähe, dass all meine Gedanken mit mir durchgingen. Es raschelte überall im Wald, Tiere schnüffelten, Vögel riefen einander, ihre Signale erfüllten die Luft. Und es war das Flugjahr des Maikäfers, sein Schwirren vermischte sich mit dem der Nachtschmetterlinge, es tönte wie Flüstern ringsumher im Wald. Wie vieles da zu hören war! Ich schlief nicht für drei Nächte, ich dachte an Diderik und Iselin.

Sieh, dachte ich, sie könnten kommen. Und Iselin würde Diderik hin zu einem Baum locken und sagen:

»Bleib, Diderik, gib acht, halt Wache für Iselin, ich will diesen Jäger mein Schuhband binden lassen.«

Und der Jäger, das bin ich; und sie gäbe mir einen Wink mit den Augen, wohl zu verstehen. Und wenn sie käme, verstünde mein Herz alles, und es schlüge nicht länger, es stieße. Und sie wäre nackt unter dem Gewand vom Scheitel bis zur Sohle, und ich würde meine Hand auf sie legen.

»Binde mein Schuhband!«, würde sie mit lodernden Wangen sagen. Und kurz darauf würde sie ganz nahe gegen meinen Mund flüstern, gegen meine Lippen: »O, du bindest nicht mein Schuhband, du, mein Liebster, nein, du bindest nicht ... bindest nicht mein ...«

Die Sonne würde derweil die Scheibe ins Meer hinabtauchen und dann wieder emporkommen, rot, erneuert, als wäre sie unten gewesen, und als hätte sie getrunken. Und die Luft wäre von Flüstern erfüllt.

Eine Stunde später würde Iselin gegen meinen Mund sagen:

»Nun muß ich dich verlassen.«

Und sie würde zu mir zurückwinken, als sie ginge, und ihr Angesicht würde noch flammen, weich und hingerissen. Und wieder würde sie sich nach mir umwenden und winken.

Aber Diderik träte hinter dem Baum hervor und würde sagen:

»Iselin, was hast du getan? Ich habe es gesehen.«

Sie würde antworten:

»Diderik, was hast du gesehen? Ich habe nichts getan.«

»Iselin, ich habe gesehen, dass du es getan hast«, würde er wieder sagen. »Ich habe es gesehen.«

Da klänge ihr hohes und frohes Lachen durch den Wald und sie ginge mit ihm fort, jubelnd und sündig vom Kopf bis zur Zehe. Und wohin ginge sie? Zum nächsten Gesellen, einem Jäger im Wald.

Es war Mitternacht. Äsop hatte sich losgerissen und jagte auf eigene Faust, ich hörte sein Anschlagen oben auf den Höhen, und als ich ihn endlich zurückbrachte, war es ein Uhr. Ein Hütermädchen kam, sie strickte an einem Strumpf und summte und sah um sich. Aber wo war ihre Herde? Und was suchte sie im Wald um Mitternacht? Nichts, nichts. Vor Unruhe, vielleicht vor Freude, ging sie umher. Ich dachte: Sie hat Äsops Bellen gehört und wusste, dass ich im Wald bin.

Als sie kam, erhob ich mich und stand und sah sie an,

wie sie schmächtig und jung war. Auch Äsop stand da und blickte sie an.

»Woher kommst du?«, fragte ich.

»Von der Mühle«, antwortete sie.

Aber was sollte sie wohl so spät in der Nacht bei der Mühle getan haben?

»Wie traust du dich so spät in der Nacht hier im Wald zu gehen«, fragte ich, »du, die du so schmächtig und jung bist?«

Sie lachte und erwiderte:

»Ich bin nicht so jung, ich bin neunzehn Jahre alt.«

Aber sie konnte nicht neunzehn Jahre alt sein, ich war überzeugt, dass sie um zwei Jahre log und nur siebzehn war. Aber warum log sie sich alt?

»Setz dich«, sagte ich, »und erzähl mir, wie du heißt.«

Und sie setzte sich errötend mir zur Seite und sagte, dass sie Henriette heiße.

Ich fragte:

»Hast du einen Liebsten, Henriette, und hat er dich jemals umarmt?«

»Ja«, antwortete sie verlegen lachend.

»Wie oft schon?«

Sie schwieg.

»Wie oft?«, wiederholte ich.

»Zweimal«, sagte sie leise.

Ich zog sie an mich und fragte:

»Wie machte er das? Hat er es so gemacht?«

»Ja«, flüsterte sie bebend.

Es wurde vier Uhr.

9

Ich hatte ein Gespräch mit Edvarda.

»Es kommt bald Regen«, sagte ich.

»Wie viel Uhr ist es?«, fragte sie.

Ich sah nach der Sonne und antwortete:

»Gegen fünf.«

Sie fragte:

»Können Sie das so genau an der Sonne sehen?«

»Ja«, antwortete ich, »das kann ich sehen.«

Pause.

»Aber wenn Sie nun die Sonne nicht sehen, wie wissen Sie da die Zeit?«

»Dann richte ich mich nach anderen Dingen. Nach Flut oder Ebbe, nach dem Gras, das sich zu einer bestimmten Zeit legt, nach dem Vogelgesang, der wechselt; einige Vögel beginnen zu singen, wenn andere schweigen. Dann sehe ich die Zeit auch an den Blumen, die sich am Nachmittag schließen, am Laub, das bald hellgrün, bald dunkelgrün ist; ich habe es außerdem im Gefühl.«

»Wirklich«, sagte sie.

Ich erwartete Regen und wollte um Edvardas willen sie nicht mehr länger mitten auf dem Weg aufhalten, ich griff zur Mütze. Da hielt sie mich plötzlich mit einer neuen Frage fest, und ich blieb. Sie errötete und fragte, wozu ich eigentlich hier sei, weshalb ich auf die Jagd gehe, und weshalb dies und weshalb jenes. Ich schösse ja nur das Notwendigste zur Jagd, ob ich Äsop rasten ließe.

Sie wurde rot und demütig. Ich verstand, dass jemand von mir gesprochen hatte, sie sprach nicht aus sich selbst heraus. Dann weckte sie meine Anteilnahme, sie sah so verlassen aus, es traf mich, dass sie mutterlos war, ihre dünnen Arme gaben ihr ein vernachlässigtes Aussehen. Es kam so über mich.

Wohl, ich schoss, nicht um zu morden, ich schoss, um zu leben. Wenn ich heute ein Birkhuhn bräuchte, schösse ich nicht zwei, sondern schösse das andere morgen. Wieso sollte ich mehrere schießen? Ich lebte im Wald, ich war des Waldes Sohn. Ab ersten Juni war auch für Schneehühner und Hasen Schonzeit, ich hatte fast nichts mehr zu schießen, gut, dann würde ich fischen und von Fischen leben. Ich wollte ein Boot von ihrem Vater nehmen und damit hinausrudern. Nein, gewiss, ich war nicht Jäger, nur um zu schießen, sondern um im Wald zu leben. Es war gut für mich dort, ich lag auf der Erde zu Tisch, wenn ich aß, und saß nicht aufrecht auf einem Stuhl; ich warf mein Glas nicht um. Im Wald verbot ich mir nichts, ich konnte mich auf den Rücken legen und die Augen schließen, wenn ich wollte, ich konnte dort auch sagen, was ich wollte. Oft konnte man etwas sagen wollen, laut sprechen, und es klang wie eine Rede aus dem eigensten Herzen des Waldes …

Als ich sie fragte, ob sie dies verstand, antwortete sie: »Ja.«

Ich fuhr fort zu sprechen, denn ihre Augen weilten auf mir:

»Sie sollten nur wissen, was ich alles draußen im Freien sehe«, sagte ich. »Im Winter gehe ich dahin und sehe vielleicht im Schnee Spuren von Schneehühnern. Plötzlich verschwinden die Spuren, die Vögel sind aufgeflogen. Aber an den Abdrücken der Flügel kann ich erkennen, in welcher Richtung das Wild geflogen ist, und ich spüre es in kurzer

Zeit auf. Dies ist jedes Mal etwas Neues für mich. Im Herbst sind oft die Sternschnuppen zu beobachten. Was, denke ich da in meiner Einsamkeit, ist dies für eine Welt, die in Zuckungen geraten ist? Was für eine Welt, die vor meinen Augen in Trümmer gegangen ist? Und mir, mir ward es vergönnt, eine Sternschnuppe in meinem Leben zu sehen? Aber wenn der Sommer kommt, da ist vielleicht ein kleines, lebendes Tier auf jedem Laubblatt, ich kann sehen, dass einige flügellos sind, sie können nicht vom Fleck kommen, sie müssen leben und sterben auf diesem kleinen Laubblatt, auf dem sie zur Welt gekommen sind. Denken Sie doch. Bisweilen sehe ich die blaue Fliege. Ja, all das hört sich so gering an, ich weiß nicht, ob Sie es verstehen.«

»Doch, doch, ich verstehe es.«

»Jaja. Und manchmal sehe ich das Gras an, und das Gras sieht vielleicht mich wiederum an, was wissen wir? Ich sehe auf ein einzelnes Grasblatt, es zittert vielleicht ein wenig, und dies, scheint mir, ist etwas. Ich denke bei mir selbst: Hier steht nun dieses Grasblatt und zittert! Und ist es eine Kiefer, die ich ansehe, so hat sie vielleicht einen Ast, der mir auch ein wenig über sich zu denken gibt. Aber manchmal treffe ich auch Menschen auf den Bergrücken, das kommt vor.«

Ich sah sie an, sie stand vorgebeugt und lauschte. Ich erkannte sie nicht wieder. Sie war in dem Maß aufmerksam, dass sie sich nicht im Geringsten in Acht nahm, sondern hässlich wurde, einfältig anzusehen, ihre Lippe hing lang herunter.

»Soso«, sagte sie und richtete sich auf.

Die ersten Regentropfen fielen.

»Es regnet«, sagte ich dann.

»Ja, denken Sie, es regnet«, sagte sie auch und ging schon fort.

Ich begleitete sie nicht heim, sie wanderte allein ihren Weg, ich eilte zur Hütte hinauf. Einige Minuten vergingen, es begann, heftig zu regnen. Mit einem Mal hörte ich, dass ein Mensch hinter mir gelaufen kam, ich hielt an und sah Edvarda. Sie war vor Anstrengung rot geworden und lächelte.

»Ich vergaß es«, sagte sie atemlos. »Es war die Tour zum Trockenplatz, zu den Klippfischfelsen. Der Doktor kommt morgen, haben Sie da Zeit?«

»Morgen? Jawohl. Ja, ich habe Zeit.«

»Ich vergaß es«, sagte sie wieder und lächelte.

Als sie ging, bemerkte ich ihre schönen dünnen Waden, sie waren bis oben hin nass. Ihre Schuhe waren ausgetreten.

10

Ich entsinne mich noch gut eines Tages. Es war der Tag, an dem mein Sommer kam. Die Sonne begann, bereits während der Nacht zu scheinen, und trocknete die nasse Erde bis zum Beginn des Morgens, die Luft war nach dem letzten Regen weich und fein geworden.

Am Nachmittag fand ich mich auf der Landungsbrücke ein. Das Wasser lag vollkommen still da, wir hörten Lachen und Sprechen draußen von der Insel, wo Männer und Mädchen die Fische bearbeiteten. Es war ein fröhlicher Nachmittag. Ja, war es nicht ein fröhlicher Nachmittag? Wir hatten Körbe mit Essen und Wein dabei; eine große

Gesellschaft von Menschen war in zwei Boote verteilt, junge Frauen in hellen Kleidern. Ich war so zufrieden, ich summte.

Und als ich im Boot saß, dachte ich darüber nach, woher all diese jungen Menschen gekommen waren. Es waren die Töchter des Gemeindevogtes und des Distriktsarztes, ein paar Gouvernanten, die Damen vom Pfarrhof, die ich vorher nicht gesehen hatte; sie waren fremd für mich und trotzdem so vertraulich, als ob wir uns schon seit langer Zeit gekannt hätten. Ich beging einige Fehler; ich war es nicht mehr gewohnt, mit Menschen zu verkehren, und sagte oft Du zu den jungen Damen; aber es wurde mir nicht übel genommen. Ich sagte einmal: »Liebe«, oder: »meine Liebe«; aber man entschuldigte auch dies und tat so, als hätte ich es nicht gesagt.

Herr Mack hatte wie gewöhnlich sein ungestärktes Vorhemd mit der Diamantspange an. Er sah aus, als wäre er in ausgezeichneter Laune, und rief zum anderen Boot hinüber:

»Passt auf die Körbe mit den Flaschen auf, ihr verrückten Menschen! Doktor, Sie haften mir für die Flaschen.«

»Jawohl«, antwortete der Doktor zurück. Und nur diese zwei Rufe über die See von Boot zu Boot klangen schon munter und festlich für mich.

Edvarda war in dem Kleid von gestern, als hätte sie kein anderes Kleid, oder als würde sie kein anderes anziehen wollen. Ihre Schuhe waren auch dieselben. Es kam mir vor, als wären ihre Hände nicht ganz rein; aber auf dem Kopf hatte sie einen ganz neuen Hut mit Federn. Ihre aufgefärbte Jacke hatte sie mitgebracht, um darauf zu sitzen.

Auf Herrn Macks Wunsch hin löste ich einen Schuss,

als wir an Land gehen sollten, zwei Schüsse, meine beiden Läufe; dann wurde Hurra gerufen. Wir wanderten auf die Insel hinauf, die Leute, die die Fische trockneten, grüßten uns alle, und Herr Mack besprach sich mit seinen Arbeitern. Wir fanden Margareten und Ranunkeln, die wir in die Knopflöcher steckten; einige fanden Glockenblumen.

Und Massen von Seevögeln schnatterten und schrien in der Luft und auf dem Strand.

Wir lagerten auf einem Grasfleck, wo einige verkümmerte Birken mit weißer Rinde standen. Die Körbe wurden abgedeckt, und Herr Mack öffnete Flaschen. Helle Kleider, blaue Augen, Klirren von Glas, das Meer, die weißen Segel. Wir sangen ein wenig.

Und die Wangen röteten sich.

Eine Stunde später war mein Sinn voll Jubel; auch Kleinigkeiten wirkten auf mich ein; ein Schleier flatterte an einem Hut, ein Haar löste sich auf, zwei Augen schlossen sich vor Lachen, und ich war davon bewegt. Dieser Tag, dieser Tag!

»Ich habe gehört, dass Sie eine lustige kleine Hütte haben, Herr Leutnant?«

»Ja, ein Nest. Gott, wie sie nach meinem Herzen ist! Kommen Sie einmal, und besuchen Sie mich, gnädiges Fräulein; es gibt nur eine solche Hütte. Und hinter der Hütte ist ein großer Wald.«

Eine andere kam und fragte freundlich:

»Sie waren früher nie hier oben im Norden?«

»Nein«, antwortete ich. »Aber ich kenne schon alles, meine Damen. In den Nächten stehe ich von Angesicht zu Angesicht mit den Bergen, der Erde und der Sonne. Ich will übrigens nicht versuchen, hochtrabend zu sein. Diesen

Sommer, den ihr hier habt! Der schießt in einer Nacht hervor, wenn alle schlafen, und am Morgen ist er da. Ich nickte aus meinem Fenster und sah ihn selbst. Ich habe zwei kleine Fenster.«

Eine Dritte kam. Sie war bestechend durch ihre Stimme und ihre kleinen Hände. Wie sie alle bestechend waren. Die Dritte fragte:

»Wollen wir Blumen tauschen? Das bringt Glück.«

»Ja«, sagte ich und streckte die Hand vor, »lasst uns Blumen tauschen, und ich danke Ihnen dafür. Wie hübsch Sie sind. Sie haben eine betörende Stimme, ich habe sie die ganze Zeit gehört.«

Aber sie zog ihre Glockenblumen an sich und sagte kurz und gut:

»Was geht Sie das an? Ich meinte nicht Sie.«

Sie hatte nicht mich gemeint! Es schmerzte mich, dass ich fehlgegriffen hatte, ich wünschte mich wieder heim, weit fort in meine Hütte, in der nur der Wind zu mir sprach. »Entschuldigen Sie«, sagte ich, »und verzeihen Sie mir.« Die anderen Damen sahen einander an und entfernten sich, um mich nicht zu demütigen.

In diesem Augenblick kam jemand rasch auf uns zu, alle sahen es, es war Edvarda. Sie kam gerade auf mich zu, sie sprach ein wenig, warf sich an meinen Hals, drückte die Arme um ihn und küsste mich mehrere Male auf den Mund. Sie sagte etwas, jedes Mal, aber ich hörte nicht, was es war. Ich verstand das Ganze nicht, mein Herz stand still, ich hatte nur den Eindruck ihres brennenden Blickes. Als sie mich losließ, ging ihre kleine Brust auf und nieder. Da stand sie noch mit ihrem braunen Antlitz und dem braunen Hals, hoch und schmal, mit sprühenden Augen und vollständig rücksichtslos; alle miteinander blickten sie an. Zum zweiten Mal wurde ich von ihren dunklen Augenbrauen benommen, die sich hoch in die Stirn bogen.

Aber du guter Gott, das Menschenskind hatte mich vor aller Augen geküsst!

»Was ist, Jungfer Edvarda?«, fragte ich, und ich hörte mein Blut klopfen, ich hörte es gleichsam unten aus meinem Schlund, es hinderte mich, deutlich zu sprechen.

»Es ist nichts«, antwortete sie. »Ich wollte es so. Das macht nichts.«

Ich nahm meine Mütze ab und strich mechanisch mein Haar weg, während ich dastand und sie anblickte. Macht es nichts?, dachte ich.

Da tönte Herrn Macks Stimme von einer anderen Seite der Insel; er sagte etwas, was wir nicht hören konnten; aber ich dachte mit Freude daran, dass Herr Mack nichts gesehen, nichts erfahren hat. Wie gut war es, dass er gerade jetzt an einem anderen Ende der Insel war! Dies erleichterte mich. Ich trat zur Gesellschaft hin und sprach lachend und tat sehr gleichgültig:

»Darf ich Sie alle zusammen für mein unpassendes Betragen soeben um Entschuldigung bitten? Ich bin selbst verzweifelt darüber. Ich habe einen Augenblick, als Jungfer Edvarda Blumen mit mir tauschen wollte, benutzt, sie zu kränken; ich bitte sie und alle um Entschuldigung. Versetzen Sie sich an meine Stelle: Ich lebe allein, ich bin nicht gewohnt, mit Damen zu verkehren; dazu kommt, dass ich heute Wein getrunken habe, was ich ebenso wenig gewohnt bin. Seien Sie nachsichtig mit mir.«

Ich lachte und tat gleichgültig wegen der ganzen Bagatelle, um sie vergessen zu machen, aber in meinem Inneren war ich ernst. Meine Rede hatte auch keinerlei Wirkung auf Edvarda, sie versuchte nicht, etwas zu verbergen, nicht, den Eindruck ihrer Übereilung auszulöschen, im Gegenteil, sie setzte sich in meine Nähe und sah mich die ganze Zeit an. Hie und da sprach sie mit mir. Als wir später Witwe spielten, sagte sie laut:

»Leutnant Glahn ist es, den ich haben will. Es lohnt sich mir nicht, einem anderen nachzulaufen.«

»Zum Satan, so schweigen Sie doch, Menschenskind!«, flüsterte ich und stampfte auf den Boden.

Eine Überraschung flog über ihr Gesicht, sie machte vor Schmerz mit der Nase eine Grimasse und lächelte verlegen. Ich wurde tief ergriffen, diesem verlassenen Ausdruck in ihrem Blick und in ihrer ganzen dünnen Gestalt konnte ich nicht widerstehen, ich begann, sie zu lieben, und nahm ihre lange schmale Hand in die meine.

»Später!«, sagte ich. »Nichts mehr jetzt. Wir können uns ja morgen treffen.«

11

In der Nacht hörte ich, dass Äsop sich aus seinem Winkel erhob und knurrte, ich hörte es durch den Schlaf; aber weil ich eben von der Jagd träumte, passte dieses Knurren in meinen Traum, und ich wurde nicht vollständig wach davon. Als ich gegen zwei Uhr morgens aus der Hütte trat, waren Spuren von einem Paar Menschenfüßen im Gras; es war jemand da gewesen, war erst zu meinem einen Fenster gegangen, darauf zu meinem anderen Fenster. Die Spuren verloren sich wieder den Weg hinunter.

Sie kam mir mit heißen Wangen entgegen, mit ganz strahlendem Gesicht.

»Haben Sie gewartet?«, fragte sie. »Ich fürchtete, dass Sie warten müssten.«

Ich hatte nicht gewartet, sie war vor mir auf dem Weg.

»Haben Sie gut geschlafen?«, fragte ich. Ich wusste fast nichts zu sagen.

»Nein, das habe ich nicht, ich habe gewacht«, antwortete sie. Und sie erzählte, dass sie in der Nacht nicht geschlafen, sondern mit geschlossenen Augen in einem Stuhl gesessen habe. Sie sei auch eine Weile außer Haus gewesen.

»Jemand war heute Nacht draußen vor meiner Hütte«, sagte ich. »Ich habe die Spur heute Morgen im Gras gesehen.«

Und ihr Gesicht färbte sich, sie nahm meine Hand hier auf dem Weg und erwiderte nichts. Ich sah sie an und fragte:

»Waren Sie es vielleicht?«

»Ja«, antwortete sie und drückte sich an mir hoch, »das war ich. Ich weckte Sie doch nicht, ich ging so leise, wie ich konnte. Doch, das war ich. Ich war Ihnen noch einmal nahe. Ich habe Sie lieb.«

12

Jeden Tag, jeden Tag traf ich sie. Ich gestehe die Wahrheit, ich traf sie gerne, ja, mein Herz flog hin zu ihr. Es sind heuer zwei Jahre, nun denke ich nur daran, wenn ich will, das ganze Abenteuer belustigt und zerstreut mich. Und was die grünen Vogelfedern angeht, so werde ich das bald erklären.

Wir hatten mehrere Plätze, an denen wir uns trafen, bei der Mühle, auf dem Weg, ja, sogar in meiner Hütte; sie kam, wohin ich wollte. »Guten Tag!«, rief sie immer zuerst, und ich antwortete: »Guten Tag.«

»Du bist froh heute, du singst«, sagte sie, und ihre Augen funkelten.

»Ja, ich bin froh«, antwortete ich. »Du hast einen Fleck da auf der Schulter, es ist Staub, vielleicht ist es Schmutz vom Weg; ich will diesen Fleck küssen, doch, erlaube mir, ihn zu küssen. Alles, was an dir ist, wirkt zärtlich auf mich, ich bin ganz verstört durch dich. Heute Nacht habe ich nicht geschlafen.«

Und das war wahr, in mehr als einer Nacht lag ich schlaflos.

Wir gingen Seite an Seite den Weg entlang.

»Was meinst du, benehme ich mich so, wie du es gerne hast?«, fragte sie. »Vielleicht schwatze ich zu viel? Nicht? Ja, aber du sollst sagen, was du meinst. Manchmal denke ich bei mir selbst, dass dies niemals gut gehen kann …«

»Was soll nicht gut gehen?«, fragte ich.

»Das mit uns. Dass dies nicht gut gehen wird. Ob du es nun glaubst oder nicht, ich gehe hier und friere jetzt; ich fühle es eisig über den Rücken hinunter, wenn ich nur in deine Nähe komme. Vor Glück.«

»Ja, auch mir geht es so«, antwortete ich, »es durchzieht auch mich, wenn ich dich nur sehe. Doch, dies wird schon gut gehen. Im Übrigen werde ich dir ein wenig auf den Rücken klopfen, um dich zu wärmen.«

Widerstrebend ließ sie es mich tun, ich klopfte ein wenig fester, nur zum Spaß, ich lachte und fragte, ob das nicht half.

»Ach nein, sei nicht so gut, mich noch mehr auf den Rücken zu klopfen«, sagte sie.

Diese paar Worte! Das klang mir so hilflos, dass sie sagte: »sei nicht so gut«.

Dann gingen wir weiter auf dem Weg. Ist sie missvergnügt wegen meines Scherzes?, fragte ich mich, und ich dachte: Wir wollen sehen. Ich sagte:

»Ich muss eben an etwas denken. Auf einer Schlittentour einmal war eine junge Dame, die ein weißes Seidentuch von ihrem Hals nahm und es um meinen band. Am Abend sagte ich zu der Dame: ›Sie werden Ihr Tuch morgen zurückbekommen, ich will es waschen lassen.‹ ›Nein‹, antwortete sie, ›geben Sie es mir jetzt, ich will es aufbewahren, so, wie es ist, ganz so, wie Sie es benutzt haben.‹ Und sie bekam das Tuch. Drei Jahre danach traf ich die junge Dame wieder. ›Das Tuch?‹, fragte ich. Sie brachte das Tuch. Es lag in seinem Papier ebenso ungewaschen, ich sah es selbst.«

Edvarda sah von der Seite zu mir auf.

»Ja? Wie ging es weiter?«

»Nein, es war nichts weiter«, sagte ich. »Aber mir scheint, dies war ein schöner Zug.«

Pause.

»Wo ist diese Dame jetzt?«

»Im Ausland.«

Wir sprachen nicht mehr darüber. Doch als sie heimgehen sollte, sagte sie:

»Gute Nacht nun. Nein, jetzt geh aber nicht mehr umher und denk an diese Dame, nicht? Ich denke an niemand anderen als an dich.«

Ich glaubte ihr, ich sah, dass sie meinte, was sie sagte, und es war mir ewig genug, wenn sie nur an mich dachte. Ich ging ihr nach.

»Dank, Edvarda«, sagte ich. Später fügte ich aus ganzem Herzen hinzu: »Du bist viel zu gut für mich, aber ich bin dankbar dafür, dass du mich haben willst; Gott belohne dich dafür. Ich bin wohl nicht so herrlich wie viele andere, die du bekommen könntest; aber ich bin so ganz dein, so grenzenlos dein, bei meiner unsterblichen Seele. Woran denkst du? Es kamen dir Tränen in die Augen.«

»Es war nichts«, antwortete sie. »Es klang so sonderbar, dass Gott mich belohnen möge. Du sagst so etwas wie ... Ich liebe dich so!«

Sie flog mir mit einem Mal um den Hals, mitten auf dem Weg, und küsste mich heftig.

Als sie gegangen war, bückte ich mich und schlüpfte in den Wald, um mich zu verbergen und mit meiner Freude allein zu sein. Und ich sprang bewegt wieder zurück zum Weg und sah mich um, ob jemand bemerkt haben könnte, dass ich dort hineingegangen war. Aber ich sah niemanden.

13

Sommernächte und stille Wasser und unendlich stille Wälder. Kein Schrei, kein Schritt auf den Wegen, mein Herz war voll wie von dunklem Wein.

Motten und Schwärmer kamen lautlos durch mein Fenster hereingeflogen, hergelockt durch den Schein von der Feuerstätte und vom Duft meines gebratenen Vogels.

Sie stießen mit einem dumpfen Laut gegen das Dach, schwirrten an meinen Ohren vorbei, sodass es mich kalt durchfuhr, und setzen sich auf mein weißes Pulverhorn an der Wand. Ich betrachtete sie, sie saßen zitternd und sahen mich an, es waren Spinner, Bohrer und Motten. Ich fand, dass einige wie fliegende Stiefmütterchen aussahen.

Ich trat vor die Hütte und lauschte. Nichts, kein Lärm, alles schlief.

H. D. Thoreau

Klänge

Doch wenn wir uns auf Bücher beschränken, selbst wenn es die erlesensten Klassiker sind, und nur bestimmte Schriftsprachen lesen, die selbst nur provinzielle Dialekte sind, laufen wir Gefahr, die Sprache zu vergessen, in der alle Dinge und Ereignisse ohne Metaphern sprechen, die allein erschöpfend und grundlegend ist. Viel wird veröffentlicht, aber wenig wird gedruckt. Die Strahlen, die durch den Fensterladen fielen, sind vergessen, wenn er ganz geöffnet ist. Keine Methode, keine Disziplin kann uns über die Notwendigkeit hinweghelfen, ständig die Augen offen zu halten. Was ist ein Kurs über Geschichte, Philosophie oder Dichtung, mag er noch so vorzüglich zusammengestellt sein, was ist die beste Gesellschaft oder die bewunderungswürdigste Lebensweise im Vergleich zur Fähigkeit, zu sehen, was wirklich zu sehen ist. Willst du nur ein Leser, ein Forscher sein, oder auch ein Sehender? Lies dein Schicksal, sieh, was vor dir liegt, und gehe deiner Zukunft entgegen.

Im ersten Sommer habe ich keine Bücher gelesen; ich zog Bohnen. Doch oft tat ich etwas noch viel Besseres. Es gab Zeiten, in denen ich es nicht über mich brachte, die Blüte des Augenblicks irgendeiner geistigen oder körperlichen Arbeit zu opfern. Ich liebe es, meinem Leben einen weiten Spielraum zu geben. Im Sommer saß ich manchmal nach meinem gewohnten Bad von Sonnenaufgang bis zum Mittag vor meiner Tür im Sonnenschein, traumverloren zwischen Fichten, Hickorys und Sumachbäumen, in ungestörter Einsamkeit und Stille, während um mich die Vögel sangen oder geräuschlos durch das Haus flatterten. Und erst wenn sich die Sonne im Westfenster meines Hauses spiegelte oder das Geräusch eines Wagens von der fernen Landstraße zu mir drang, wurde mir bewusst, wie viel Zeit vergangen war. An solchen Tagen wuchs ich wie der Mais in der Nacht. Sie waren wertvoller, als irgendein Werk meiner Hände hätte sein können. Sie verkürzten mein Leben nicht, sondern bereicherten es um ein Vielfaches. Ich begriff, was die Orientalen unter Kontemplation und Entsagung verstehen. Ich merkte meist gar nicht, wie die Stunden verflogen. Der Tag schritt voran, als wollte er mein Werk beleuchten. Gerade war es noch Morgen, und siehe da, nun ist es Abend, und nichts von Bedeutung wurde vollbracht. Wie die Vögel singen, lächelte ich innerlich über mein Glück. Wie der Sperling auf dem Hickory vor meinem Haus zwitscherte, hörte vielleicht auch er mein Glucksen oder unterdrücktes Trällern zu sich hinüberschallen. Meine Tage waren keine Wochentage, nicht nach irgendeiner heidnischen Gottheit benannt, nicht in Stunden zerhackt oder vom Ticken einer Uhr zerstückelt. Ich lebte wie die Puri-Indianer, von denen es heißt, sie besäßen für gestern, heute und morgen nur ein Wort, das sie abwandeln, indem sie für gestern rückwärts, für morgen vorwärts und für heute nach oben deuten. Meine Landsleute hielten meine Lebensweise zweifellos für pure Faulheit, hätten aber Vögel oder Blumen mich nach ihren Kriterien beurteilt, wäre ich sicher nicht durchgefallen. Ein Mensch muss von innen heraus seine Antriebe finden, das steht fest. Der Tag an sich ist sehr still und wird ihm seine Trägheit kaum zum Vorwurf machen.

Gegenüber anderen Menschen, die sich Vergnügungen, Theateraufführungen und Gesellschaften suchen müssen, hatte meine Lebensweise den Vorteil, dass mein Leben selbst mich unterhielt und nie aufhörte, neu zu sein. Es war ein Schauspiel mit vielen Szenen und ohne Schluss. Würden wir immer versuchen, nach den letzten und besten Regeln unseren Lebensunterhalt zu verdienen und unser Leben zu gestalten, so würde uns sicher nie Langeweile plagen. Folge unmittelbar deinem Geist, und er wird dir in jeder Stunde neue Perspektiven eröffnen. Hausarbeit war ein willkommener Zeitvertreib. Wenn mein Fußboden schmutzig war, stand ich früh auf und trug all meine Möbel hinaus auf das Gras, Bett und Bettzeug in einer Fuhre, sprengte die Dielen mit Wasser, streute weißen Sand aus dem See darauf, bürstete sie mit dem Besen, und wenn die Dorfbewohner frühstückten, hatte die Morgensonne mein Haus schon so weit getrocknet, dass ich wieder einziehen konnte. Meine Meditationen waren dabei kaum unterbrochen worden. Es war eine Freude, meine ganze Einrichtung dort draußen auf dem Gras, ein kleiner Haufen wie das Bündel eines Zigeuners. Mein dreibeiniger Tisch stand mitsamt Büchern, Feder und Tinte mitten unter Fichten und Hickorys. Die Möbel schienen froh, selbst einmal ins Freie zu kommen, und ließen sich nur widerwillig wieder hineintragen. Manchmal war ich kurz davor, ein Plane über sie zu spannen und mich darunter niederzulassen. Es lohnte sich zu beobachten, die Sonne auf all diese Dinge scheinen zu sehen und den Wind über sie streichen zu hören. Vertraute Gegenstände sehen im Freien viel interessanter aus als im Haus. Ein Vogel sitzt auf dem nächsten Ast, Astern wachsen unter dem Tisch, Brombeerranken schlingen sich um seine Beine; Kiefernzapfen, stachlige Kastanienhüllen und Erdbeerblätter liegen auf dem Boden verstreut. Es sah aus, als ob diese Formen sich in unsere Möbel, Tische, Stühle und Betten verwandelt hätten – weil sie einst in ihrer Mitte standen.

Meine Hütte stand am Abhang eines Hügels, unmittelbar am Waldrand, inmitten junger Pechkiefern und Hickorys, etwa dreißig Schritte vom See entfernt, zu dem ein schmaler Pfad den Hügel hinunterführte. In meinem Vorgarten wuchsen Erdbeeren, Brombeeren und Astern, Johanniskraut und Goldrute, Zwergeichen und Sandkirschen, Heidelbeeren und Erdnüsse. Gegen Ende Mai schmückten die Blüten der Sandkirsche (*Cerasus pumila*) den Wegesrand, die in Dolden zylindrisch um die kurzen Stängel stehen. Im Herbst aber bogen sich die Sträucher unter dem Gewicht der schönen großen Kirschen, die sich wie Strahlenbündel von beiden Seiten auf den Weg ergossen. Ich probierte die Früchte aus Höflichkeit gegenüber der Natur, aber sie waren ungenießbar. Der Sumach (*Rhus glabra*) wuchs üppig rund ums Haus, überwucherte den Damm, den ich aufgeschüttet hatte, und erreichte im ersten Jahr eine Höhe von fünf bis sechs Fuß. Seine breiten, federartigen, tropischen Blätter boten einen schönen, wenn auch seltsamen Anblick. Die großen Knospen, die erst spät im Frühling plötzlich aus den trockenen, scheinbar abgestorbenen Stängeln hervorsprossen, entwickelten sich wie durch Zauberei zu anmutigen, grünen, zarten Zweigen von einem Zoll Durchmesser. Sie wuchsen so sorglos und überanstrengten so sehr ihre schwachen Glieder, dass ich manchmal, wenn ich an meinem Fenster saß, obwohl sich kein Lüftchen regte, einen noch frischen grünen Ast plötzlich wie einen Fächer zur Erde fallen hörte; sein Eigengewicht hatte ihn abgebrochen. Im August nahmen die zahllosen Beeren, die in ihrer Blütezeit viele wilde Bienen angelockt hatten, allmählich ein helles samtiges Karmesinrot an; auch ihre zarten Zweige begannen sich unter dem Gewicht zu biegen und zu brechen.

Während ich jetzt an diesem Sommernachmittag an meinem Fenster sitze, kreisen Habichte über der Lichtung. Der pfeilschnelle Flug wilder Tauben, die zu zweit oder zu dritt mein Blickfeld durchqueren oder ruhelos auf den Ästen der Weißkiefern hinter meinem Haus auf und ab hüpfen, verleiht der Luft eine Stimme. Ein Fischreiher taucht in die spiegelglatte Oberfläche des Sees und fördert einen Fisch zutage. Eine Otter stiehlt sich aus dem Sumpf vor meiner Tür hervor und schnappt sich am Ufer einen Frosch. Das Schilf beugt sich unter der Last der hin und her flatternden Rohrammern. In der letzten halben Stunde war, mal leiser, mal lauter, wie der Flügelschlag eines Rebhuhns, auch das Rattern der Eisenbahn zu hören, die Reisende aus Boston aufs Land befördert. Denn ich war nicht so weit aus der Welt wie jener Junge, von dem man mir erzählt hat, der zu einem Farmer östlich der Stadt geschickt wurde, von dort aber bald wieder ausriss und, zerlumpt und krank vor Heimweh, nach Hause zurückkehrte. Nie hatte er einen so öden, abgeschiedenen Ort gesehen, niemand lebte mehr dort, nicht einmal den Zug konnte man pfeifen hören. Ich bezweifle, dass es heute in Massachusetts noch einen solchen Ort gibt:

»Denn jetzt ist auch unser Dorf ein Ziel
für jene schnellen Eisenspeere, und über unsrer Felder
stille Einsamkeit hallt sanft der Ruf – Concord.«

Die Fitchburg-Bahn berührt den See ungefähr fünfhundert Yard südlich meiner Hütte. Ich gehe meist auf dem Eisenbahndamm zum Dorf; bin also sozusagen durch dieses Band mit der Zivilisation verbunden. Die Männer auf den Güterzügen, die die Strecke abfahren, grüßen mich wie einen alten Bekannten. Sie fahren so oft an mir vorbei, dass sie mich wohl für einen Kollegen halten. Und das bin ich auch. Ich würde nur zu gern irgendwo in der Umlaufbahn der Erde die Gleise ausbessern.

Das Pfeifen der Lokomotive durchdringt meine Wälder im Sommer wie im Winter; es klingt wie der Schrei eines Habichts über einer Farm und verkündet mir, dass viele rastlose Kaufleute aus Boston oder unternehmungslustige Geschäftsmänner aus der entgegengesetzten Richtung bald in unserem Städtchen eintreffen werden. Treffen sie aufeinander, dann rufen sie einander warnend zu, Platz zu machen, was man bisweilen noch im Umkreis zweier Städte hören kann. Hier kommen eure Kolonialwaren, Landleute, hier sind eure Vorräte! Und noch ist kein Farmer so unabhängig, dass er sie ablehnen könnte. Und hier ist euer Geld!, antwortet die Pfeife des Landmanns. Bauholz rast mit einer Geschwindigkeit von zwanzig Meilen pro Stunde auf die Stadtmauer zu, aus dem genug Stühle geschreinert werden könnten, um alle Erschöpften und Beladenen der Stadt darauf zu setzen. Mit solch imponierender und hölzerner Höflichkeit bietet das Land der Stadt einen Stuhl an. All die indianischen Heidelbeerhügel werden geplündert, alle

Preiselbeerwiesen für die Stadt geharkt. In den Norden geht die Baumwolle, in den Süden das gewebte Tuch; hoch geht die Seide, hinunter der Wollstoff; hinauf die Bücher, aber hinab der Geist, der in ihnen wohnt.

Wenn ich die Lokomotive sehe, die sich mit ihrem Schweif aus Waggons planetarisch fortbewegt – oder vielmehr kometenhaft, denn der Betrachter kann nicht wissen, ob sie bei dieser Geschwindigkeit und in dieser Richtung je wieder in das System eintreten wird, da ihre Bahn nicht wie eine wiederkehrende Kurve aussieht –, wenn ich die Lokomotive sehe und die Dampfwolke, die wie ein Banner in goldenen und silbernen Windungen hinter ihr herflattert wie so manche flaumige Wolke, die ich oben am Himmel im Licht ihre Masse entfalten sah, wenn ich sehe, wie dieser wandernde Halbgott, dieser Wolkenbezwinger den Sonnenuntergangshimmel zum Gewand seiner Gefolgschaft macht, und wenn ich höre, wie von den Hügeln das Schnauben des eisernen Rosses, aus dessen Nüstern Feuer und Rauch strömen, unter dessen Hufen die Erde erdröhnt, donnergleich widerhallt (als welcher feuerspeiende Drache oder geflügeltes Pferd es in die neue Mythologie eingehen wird, weiß ich nicht) –, dann scheint es, als ob die Erde jetzt von einem Geschlecht bevölkert würde, das würdig ist, sie zu bewohnen. Wenn doch alles so wäre, wie es scheint, und die Elemente den Menschen nur zu edlen Zwecken Sklavendienste zu leisten hätten! Wenn die Wolke, die über der Lokomotive schwebt, vom Schweiße heroischer Taten stamme oder so segensreich wäre wie die Himmelswolke, die über die Felder zieht, dann würden die Elemente und die Natur selbst die Menschen gern auf ihren Wegen begleiten und beschützen.

Ich beobachte das Vorbeiziehen des Morgenzuges mit dem gleichen Gefühl wie den Aufgang der Sonne, der kaum regelmäßiger vor sich geht. Ihre Wolkenschleppe erstreckt sich bis in weite Ferne, steigt immer höher in den Himmel, während der Zug nach Boston weiterfährt, verdeckt eine Minute lang die Sonne und taucht meinen entlegenen Acker in tiefen Schatten – ein himmlischer Zug, gegen den der kleine Wagenzug, der an der Erde klebt, nicht mehr ist als der Widerhaken des Speers. Der Stalljunge des eisernen Rosses war früh auf an diesem Wintermorgen, die Sterne leuchteten noch über den Bergen, als er sein Streitross fütterte und zäumte. Früh wurde auch das Feuer geweckt, um ihm Lebenswärme zu verleihen und es anzutreiben. Wäre das Unternehmen doch so unschuldig wie früh! Wenn hoher Schnee liegt, schnallen sie ihm Schneeschuhe an und pflügen mit einem gewaltigen Pflug von den Bergen bis zur Küste eine Furche, in der die Waggons wie Saatmaschinen all die rastlosen Menschen und beweglichen Waren über das Land verstreuen. Den ganzen Tag saust das Feuerpferd übers Land und hält nur an, damit sein Herr sich ausruhen kann. Selbst um Mitternacht weckt mich sein Stampfen und wildes Schnauben, wenn es in irgendeiner entlegenen Waldschlucht inmitten von Schnee und Eis den Elementen die Stirn bietet. Erst wenn der Morgenstern aufgeht, erreicht es seinen Stall, nur um ohne Rast und Ruh erneut seine Reise zu beginnen. Manchmal höre ich es auch am Abend, wenn es in seinem Stall die übrig gebliebene Energie des Tages von sich bläst, damit für einige Stunden eisernen Schlafs seine Nerven beruhigt, Leber und Hirn gekühlt werden. Wäre doch dies Unternehmen nur so heroisch und ehrenhaft, wie es aufwendig und unermüdlich ist!

Die hell erleuchteten Salonwagen jagen jenseits der Stadtgrenzen in finsterster Nacht durch unwegsame Wälder, die einst nur bei Tag der Jäger durchdrang, ohne dass die schlafenden Stadtbewohner davon wüssten. Im einen Augenblick hält der Zug am glanzvollen Bahnhof eines Städtchens oder einer Stadt, wo eine gesellige Menge versammelt ist, im nächsten ist er im unheimlichen Moor und erschreckt Fuchs und Eule. Abfahrt und Ankunft der Züge sind in den Dörfern zu Taktgebern geworden. Sie kommen und gehen so regelmäßig und pünktlich, und man kann ihr Pfeifen so weit hören, dass die Farmer ihre Uhren danach stellen. Sind nicht auch die Menschen seit Erfindung der Eisenbahn etwas pünktlicher geworden? Sprechen und denken sie auf dem Bahnhof nicht schneller als früher an der Haltestelle der Postkutsche? Es liegt etwas Elektrisierendes in der Atmosphäre eines Bahnhofs. Ich bin erstaunt über die Wunder, die er bewirkt. Einige meiner Nachbarn, von denen ich sicher gesagt hätte, dass sie eine so pünktliche Fahrgelegenheit nach Boston nie erreichen würden, sind zur Stelle, wenn die Glocke an der Lokomotive ertönt. Etwas »wie die Eisenbahn« zu tun, ist geradezu sprichwörtlich geworden. Man kann übrigens froh sein, so oft und so nachdrücklich daran erinnert zu werden, die Gleise nicht zu betreten. Es wird sicher nicht angehalten, um eine Warnung zu verlesen oder über die Köpfe der Menge zu schießen. Wir haben eine Notwendigkeit, eine Göttin Atropos geschaffen, die nie von ihrem Weg abweicht. (So sollte die Lokomotive heißen.) Man hat den Menschen mitgeteilt, dass diese Donnerkeile zu einer bestimmten Stunde und Minute an bestimmte Punkte des Kompasses geschleudert werden, wodurch aber niemand in seinen Geschäften gestört wird, und die Kinder gehen einen anderen Weg zur Schule. Wir leben dafür umso stetiger. Wir werden auf diese Weise alle zu Söhnen Tells erzogen. Die Luft ist voll unsichtbarer Pfeile. Jeder Weg außer deinem eigenen ist der Weg des Schicksals. Bleibe also auf deinem eigenen Gleis.

Für den Güterverkehr spricht sein Unternehmergeist und seine Unerschrockenheit. Er faltet nicht die Hände und betet zu Jupiter. Ich sehe diese Menschen Tag für Tag mit mehr oder weniger Mut und Zufriedenheit an ihr Geschäft gehen, in dem sie mehr leisten, als sie ahnen, und beschäftigter sind, als sie sich je träumen ließen. Der Heldenmut jener, die einst eine halbe Stunde lang bei Buena Vista an der Front standen, beeindruckt mich weniger als die beharrliche und fröhliche Tapferkeit derjenigen, die ihre Winterquartiere im Schneepflug beziehen. Sie besitzen nicht nur den »Mut um drei Uhr morgens«, den Napoleon für den seltensten hielt, sondern auch den Mut, nicht so früh schlafen zu gehen, sondern erst, wenn auch der Sturm schläft oder die Sehnen des eisernen Rosses eingefroren sind. Selbst wenn ein gewaltiger Schneesturm tobt, der einem das Blut erstarren lässt, höre ich aus den Nebelwolken ihres eisigen Atems das gedämpfte Pfeifen der Lokomotive, das verkündet, dass der Zug dem neuenglischen Schneesturm aus Nordost zum Trotz beinahe pünktlich kommt. Ich sehe sogar die Köpfe der schnee- und reifbedeckten Schneepflüger über der spitzen Kante der Schneeschaufel hervorragen; diese allerdings zerstört etwas anderes als Gänseblümchen und Mauselöcher. Wie die Felsblöcke der Sierra Nevada scheinen sie in der Schöpfung einen Randplatz einzunehmen.

Der Güterverkehr vollzieht sich überraschend sicher und gelassen, rege, wagemutig und unermüdlich zugleich.

Seine Methoden sind obendrein ganz natürlich, jedenfalls natürlicher als die manch anderer phantastischer Unternehmungen und sentimentaler Experimente; und daher rührt sein einzigartiger Erfolg. Es erfrischt mich und regt mich an, wenn der Güterzug an mir vorüberdonnert. Ich rieche den Duft der Waren, der sich auf dem ganzen Weg von Long Wharf bis zum Lake Champlain verbreitet. Er erinnert mich an fremde Länder, an Korallenriffe, den Indischen Ozean und die Tropen, und macht mir die Größe unseres Erdballs bewusst. Beim Anblick der Palmblätter, die im nächsten Sommer die Köpfe so mancher Blondschöpfe Neuenglands bedecken werden, des Manilahanfs, der Kokosnussschalen, des alten Gerümpels, der Hanfsäcke, des alten Eisens und der rostigen Nägel, fühle ich mich mehr als Weltbürger. Die Wagenladung zerrissener Segel ist interessanter und aussagekräftiger, als wenn sie zu Papier verarbeitet und in gedruckte Bücher verwandelt wären. Wer kann besser von den Stürmen erzählen, denen sie ausgesetzt waren, als diese Risse in den Segeln? Es sind Korrekturfahnen, die keiner Korrektur bedürfen. Hier kommt Bauholz aus den Wäldern von Maine, das bei der letzten Überschwemmung nicht ins Meer gespült wurde. Weil so viel fortgeschwemmt und zersplittert wurde, kosten tausend Fuß jetzt vier Dollar mehr. Kiefern-, Fichten-, Zedernholz erster, zweiter, dritter, vierter, und doch vor Kurzem noch von derselben Qualität, als es über den Bären, Elchen und Karibus rauschte! Dahinter rollt Kalk erster Güte aus Thomaston, der weit in die Berge hineingefahren wird, ehe man ihn löscht. Die Ballen dort enthalten Lumpen in allen Farben und Qualitäten, die niedrigste Stufe, auf die Baumwolle und Leinen sinken können, die letzte Bestimmung unserer Kleider, mit Mustern, nach denen nun niemand mehr schreit, außer vielleicht in Milwaukee; und diese schönen Erzeugnisse aus englischem, französischem oder amerikanischem Kaliko, Gingham oder Musselin, zusammengesucht aus allen Quartieren der Mode und der Armut, werden nun bald zu farblosem oder noch schwach getönten Papier verarbeitet, auf das dann zweifellos wahre Geschichten gedruckt werden, hoch und niedrig, die den Tatsachen entsprechen! Dieser geschlossene Güterwagen hier riecht nach Salzfischen, dem strengen, neuenglischen Handelsgeruch, der mich an die großen Sandbänke und an die Fischerei erinnert. Wer kennt diesen Salzfisch nicht, der auf dieser Welt gegen alles gefeit ist, den nichts verderben kann, mit dem man die Straßen kehren und pflastern und Feuerholz spalten kann, dessen Standhaftigkeit selbst Heilige neidisch machen könnte, der den Fuhrmann mitsamt seiner Ladung vor Sonne, Wind und Regen schützt und der vom Krämer – ein Krämer in Concord hat es einmal getan – zum Zeichen der Geschäftseröffnung an die Türpfosten gehängt wird, bis schließlich selbst der älteste Kunde nicht mehr mit Sicherheit sagen kann, ob dieses Ding etwas Tierisches, Pflanzliches oder Mineralisches ist. Gibt man es jedoch in einen Topf mit kochendem Wasser, so wird es wieder weiß wie eine Schneeflocke und zum exzellenten Stockfisch für ein Abendessen am Samstag. Als Nächstes die spanischen Felle, an denen noch die Schweife sitzen, in der gleichen Stellung wie damals, als die Ochsen in diesen Fellen durch die südamerikanische Pampa stürmten. Da haben wir ein typisches Beispiel der Halsstarrigkeit und einen starken Beweis dafür, dass alle konstitutionellen Fehler hoffnungslos und unheilbar sind. Ich gebe zu, dass ich, wenn ich den wahren Charakter eines Menschen einmal kennengelernt habe, nicht hoffe, ihn in dieser Welt noch zum Guten oder Schlechten verändern zu können. Wie die Orientalen sagen: »Man kann den Schwanz eines Köters erhitzen, pressen und fest umwickeln; er wird auch nach zwölf Jahren Arbeit wieder seine natürliche Form annehmen.« Gegen eine solche Widerspenstigkeit hilft nur, die Schwänze zu Leim zu verarbeiten, wie es, soviel ich weiß, meist der Fall ist. Dann tun sie, was man will, und kleben fest. Hier kommt ein großes Fass Sirup oder Schnaps für John Smith, Cuttingsville, Vermont, einen Händler in den Green Mountains, der Waren für die Farmer rund um seine Waldlichtung importiert. Gerade jetzt beugt er sich vielleicht über seine Ladentheke und denkt über die letzten Wareneingänge nach und wie sie sich auf seine Preise auswirken werden. Er erzählt seinen Kunden, was er ihnen heute Morgen schon zwanzig Mal erzählt hat: dass er mit dem nächsten Zug erstklassige Ware erwarte. Er hat es auch schon in der Lokalzeitung für Cuttingsville angekündigt.

Während diese Dinge in den Norden wandern, gehen andere in den Süden. Ein Zischlaut lässt mich von meinem Buch aufblicken, und da sehe ich eine mächtige Kiefer, die irgendwo im Norden auf einem Hügel gefällt wurde und, nachdem sie über die Green Mountains und den Connecticut River gejagt ist, wie ein Pfeil in kaum Minuten durch unser Stadtgebiet schießt; kaum einer hat sie überhaupt gesehen! Sie geht dahin,

»um eines Admirals stolzes Schiff
als Mast zu zieren«.

Und hört! Da kommt der Viehzug, der das Vieh von tausend Bergen bringt, Schaf-, Pferde- und Kuhställe preschen durch die Lüfte, Treiber mit ihren Stöcken und Hirtenjungen inmitten ihrer Herden – außer den Weiden an den Berghängen wirbelt alles vorüber wie Laub im frischen Septemberwind. Die Luft ist erfüllt vom Blöken der Kälber und Schafe, vom Brüllen der Ochsen, als ob ein Hirtental vorbeizöge. Wenn der alte Leithammel an der Spitze seine Glocke schüttelt, hüpfen die Berge wie Lämmer und die Hügel wie junge Schafe. Ein Waggon in der Mitte ist voller Viehtreiber, die jetzt mit den Getriebenen auf einer Stufe stehen; ihr Beruf ist jetzt zwecklos, und doch klammern sie sich an das Symbol ihres Amts, die überflüssigen Stöcke. Aber wo sind ihre Hunde? Sie haben die Spur verloren. Ich bilde mir ein, ihr Bellen hinter den Peterborough Hills zu hören, oder wie sie den Westabhang der Green Mountains hinaufhecheln. Sie werden nicht dabei sein, wenn ihr Wild verendet. Auch ihr Beruf ist dahin, ihre Treue und ihr Spürsinn sind wertlos geworden. In Ungnade gefallen, schleichen sie sich in ihre Hundehütten zurück oder verwildern und tun sich mit Fuchs und Wolf zusammen. So wird euer pastorales Leben fortgewirbelt. Doch da tönt die Zugglocke – ich muss aus dem Gleis gehen, um die Wagen vorbeizulassen:

»Was kümmert mich die Eisenbahn?
Um zu sehen, wo sie endet,
Hab ich niemals Zeit verschwendet.
Ein paar Gräben füllt sie aus,
Schwalben bauen dort ihr Haus,
Sie pustet den Sand
über ihren Brombeerrand.«

Ich aber schreite über die Gleise wie über einen Waldpfad. Ich will mir weder Augen noch Ohren von ihrem Rauch und Dampf und Zischen verderben lassen.

Jetzt sind die Wagen und die rastlose Welt mit ihnen vorüber. Die Fische im See spüren das Gerumpel nicht mehr, und ich bin mehr allein denn je. Den Rest des langen Nachmittags werden meine Meditationen vielleicht nur noch durch das schwache Gerassel eines Wagens oder eines Ochsenkarrens auf der fernen Landstraße unterbrochen.

Bei günstigem Wind hörte ich an manchen Sonntagen die Glocken von Lincoln, Acton, Bedford oder Concord, eine schwache, süße und sozusagen natürliche Melodie, würdig, hier die Wildnis zu durchdringen. Wenn sie sich über die Wälder entfernt, nimmt diese Melodie einen zitternden, summenden Klang an, als striche sie über die Kiefernnadeln am Horizont wie über die Saiten einer Harfe. Aus größtmöglicher Entfernung erzeugt jeder Laut dieselbe Wirkung, eine Schwingung auf der Lyra des Universums, wie auch die Atmosphäre einen fernen Erdhügel für unser Auge anziehend macht, indem sie einen bläulichen Hauch über ihn breitet. In diesem Fall hörte ich eine Luftmelodie, die mit allen Blättern und Nadeln des Waldes Zwiesprache gehalten hatte, jener Teil eines Klangs, den die Elemente aufgesogen, moduliert und als Echo von Tal zu Tal getragen hatten. Das Echo ist bis zu einen gewissen Grad ein ursprünglicher Klang; darin liegt sein Zauber und sein Reiz. Es ist nicht nur eine Wiederholung dessen, was vom Glockenklang der Wiederholung wert war, sondern zum Teil die Stimme des Walds – die gleichen, verbrauchten Worte und Töne, aber von einer Waldnymphe gesungen.

Abends erklang hinter den Wäldern am Horizont das

Muhen einer Kuh so lieblich und melodisch, dass ich es zuerst für die Stimmen einiger fahrender Musikanten hielt, die mir bisweilen ein Ständchen brachten. Doch bald wurde ich angenehm überrascht, wenn es sich als die schlichte und natürliche Musik einer Kuh herausstellte. Wenn ich den Gesang der Jünglinge mit der Musik der Kuh vergleiche, so möchte ich nicht über sie spotten, sondern nur meiner Wertschätzung Ausdruck verleihen; beide Klänge sind schließlich ein Ausdruck der Natur.

In einem bestimmten Abschnitt des Sommers, immer um halb acht, wenn der Abendzug schon vorbeigebraust war, sangen auf einem Baumstumpf neben meiner Tür oder auf dem Giebel meines Hauses eine halbe Stunde lang die Nachtfalken ihren Abendgesang. Sie begannen so pünktlich wie eine Uhr: stets fünf Minuten nach Sonnenuntergang. Ich hatte die seltene Gelegenheit, mit ihren Gepflogenheiten vertraut zu werden. Manchmal hörte ich vier oder fünf von ihnen gleichzeitig in verschiedenen Teilen des Walds. Ihr Gesang war je um einen Takt versetzt und so nah, dass ich nicht nur das Glucksen nach jedem Ton hören konnte, sondern oft auch ein eigenartiges Summen, wie es eine Fliege im Spinnennetz erzeugt, nur verhältnismäßig lauter. Manchmal flog einer der Nachtfalken nur einige Fuß von mir entfernt immer im Kreis um mich herum, als wäre er durch einen Faden mit mir verbunden, wahrscheinlich weil ich in der Nähe seiner Eier war. Diese Vögel sangen mit kurzen Unterbrechungen die ganze Nacht hindurch, und doch war ihr Gesang vor oder bei Tagesanbruch noch ebenso melodisch wie zuvor.

Wenn die anderen Vögel schweigen, beginnen die Kreischeulen ihren Gesang wie Klageweiber ihr uraltes

»U–lu–lu«. Diese weisen Mitternachtshexen! Ihr jammervolles Angstgeschrei klingt ganz nach Ben Jonson. Es ist nicht das einfache »Tu-whit tu-who« der Poeten, sondern – ich scherze nicht – ein feierliches Friedhofslied, die gegenseitige Tröstung eines Liebespaars, das gemeinsam den Tod gesucht hat und sich in der Unterwelt der Qualen und Wonnen himmlischer Liebe erinnert. Und doch höre ich ihr Trauerlied gern, ihre kummervollen Antworten, die den Waldrand entlangschweben. Es kommt mir vor wie die düstere und schwermütige Seite der Musik, ein Sehnen und Seufzen, das im Lied Erlösung finden möchte. Diese Vögel sind die dunklen Geister gefallener Seelen, die einst in Menschengestalt auf Erden wandelten und finstere Taten begingen und jetzt am Schauplatz ihrer Verbrechen mit Klageliedern für ihre Sünden büßen. Sie verdeutlichen mir auf neue Weise die Vielfalt und Kraft der Natur, unserer gemeinsamen Herberge. »Oh–o–o–o, wär ich doch nie geb–o–r–r–r–ren«, jammert es auf dieser Seite des Sees und schwingt sich mit der Rastlosigkeit der Verzweiflung auf einen anderen Zweig der grauen Eichen. »Wär ich nie geb–o–r–r–r–ren«, klagt es vom anderen Ufer mit ehrlichem Schmerz zurück, und »geb–o–r–r–ren« ertönt es leise aus den weiter entfernten Lincoln Woods.

Auch vom Streifenkauz wurde mir häufig ein Ständchen gebracht, das man aus der Nähe für das melancholischste Lied der Natur halten könnte – als ob sie in ihm das Stöhnen eines sterbenden Menschen verewigen wollte, der jede Hoffnung bereits hinter sich gelassen hat und jetzt, beim Betreten des dunklen Tals, heult wie ein Tier und zugleich schluchzt wie ein Mensch, was durch eine gurgelnde Begleitmelodie nur umso furchtbarer klingt. Wenn ich versuche, es nachzuahmen, beginne ich instinktiv mit den Buchstaben »gl«, die einen Geisteszustand ausdrücken sollen, in dem jeder gesunde und mutige Gedanke bereits verflüssigt und schleimig entartet ist. Es erinnerte mich an das Geheul von Dämonen, Idioten und Wahnsinnigen. Doch jetzt antwortete einer aus den tiefsten Wäldern, dessen Gesang aus dieser Entfernung sehr melodisch klang: »Hu–hu–hu–hurru–huh«, und dieser Ruf erweckte tatsächlich meist nur angenehme Assoziationen, ob man ihn bei Tag oder Nacht, im Sommer oder im Winter hörte.

Ich bin froh, dass es Eulen gibt. Sie mögen das blödsinnige und tolle Heulen für die Menschen besorgen. Es ist ein Klang, der wunderbar zu Sümpfen und Zwielichtwäldern passt, in die kein Tageslicht dringt. Er lässt uns eine reiche, ungezähmte Natur erahnen, die der Mensch noch nicht erschlossen hat. Die Eule ist das Symbol des düsteren Zwielichts, der unbefriedigten Gedanken, die uns alle quälen. Den ganzen Tag hat die Sonne auf die Oberfläche eines wilden Moors geschienen, dort wo die einsame, weiße, flechtenbedeckte Fichte steht. Kleine Falken kreisen darüber und die Schwarzmeise zwitschert im Immergrün, wo sich Rebhuhn und Kaninchen verstecken. Doch nun dämmert ein trüberer Tag, und eine andere Gattung von Geschöpfen erwacht, um von der Bedeutung der Natur zu künden.

Spätabends hörte ich das ferne Rumpeln von Lastwagen, die über Brücken fuhren – kein Geräusch kann man nachts weiter hören als dieses –, das Bellen von Hunden und vereinzelt das Muhen einer trostlosen Kuh in ihrem fernen Stall. Inzwischen begannen die Ochsenfrösche das ganze Ufer entlang ihr Trompetenkonzert, diese trotzigen, immer noch reulosen Geister alter Weinsäufer und Zecher, die versuchen, in ihrem stygischen See einen Rundgesang anzustimmen – die Waldennymphen werden mir den Vergleich verzeihen, denn wenn es dort auch keine Wasserpflanzen gibt, Frösche gibt es reichlich. Gern möchten sie die lustigen Regeln ihrer einstigen Festgelage aufrechterhalten, obwohl ihre Stimmen heiser und feierlich tief geworden sind – welche Ironie auf ihre Fröhlichkeit –, der Wein seine Blume verloren hat und zu bloßem Alkohol herabgesunken ist, der ihnen den Wanst auftreibt, und auch jener süße Rauschzustand nicht mehr eintreten will, der Vergangenes vergessen lässt, sondern nur ein Gefühl der Übersättigung und Fülle. Der Alterspräside, dessen Kinn auf einem Herzblatt ruht, das seinem Sabbermaul als Serviette dient, nimmt am Nordufer einen tiefen Zug vom einst verachteten Wasser und reicht dann mit dem Ruf »Tr–r–r–uunk, Tr–r–r–r–uunk, Tr–r–r–r–unk!« den Becher in die Runde weiter. Und schon wird aus irgendeiner fernen Bucht, wo der Nächste in Alter und Umfang seinen Schluck heruntergestürzt hat, über das Wasser hinweg das gleiche Kommando wiederholt. Und hat dieses Gelage das Ufer einmal umrundet, ruft der Zeremonienmeister aufs Neue »Tr–r–r–r–uunk!«, und alle tun es ihm der Reihe nach gleich, bis hin zum am wenigsten aufgedunsenen Schlappwanst, damit nur ja keiner übergangen wird. Wieder und wieder kreist der Becher, bis die Sonne den Morgennebel zerstreut. Nur der Patriarch ist auch dann noch nicht in die Tiefe getaucht; er brüllt noch ab und zu sein »Tr–r–unk« und lauscht vergeblich auf eine Antwort.

Ich weiß nicht genau, ob ich von meiner Waldlichtung aus je einen Hahnenschrei gehört habe, und habe mich sogar gefragt, ob es nicht die Mühe wert wäre, sich nur seiner musikalischen Eigenschaften wegen einen jungen Hahn als Singvogel zu halten. Der Schrei dieses einst wilden, indischen Fasans ist zweifellos der bemerkenswerteste Vogelgesang. Müssten wir diese Tiere nicht zähmen und könnten sie in die Freiheit entlassen, so wäre ihr Krähen sicher bald der berühmteste Ton unserer Wälder, mehr noch als das Schreien der Wildgänse oder das Kreischen der Eulen. Und erst das Gackern der Hennen, das in den Pausen ertönen würde, wenn die Trompete des gnädigen Herrn schweigt! Kein Wunder, dass der Mensch diese Vögel seinen Haustieren zugesellt hat – ganz zu schweigen von seinen Eiern und saftigen Schenkeln. An einem Wintermorgen durch einen Wald zu gehen, wo es von wilden Hähnen in freier Wildbahn wimmelt, die so hell und durchdringend krähen, dass es meilenweit über die Erde hallt und die leisen Gesänge anderer Vögel übertönt – man stelle sich das einmal vor! Ganze Völker könnten auf diese Weise alarmiert werden! Wer möchte nicht gern früh aufstehen, früher und früher an jedem weiteren Tag seines Lebens, bis er unaussprechlich gesund, reich und weise würde? Dichter aller Welt haben den Gesang dieses fremdartigen Vogels zusammen mit den Liedern ihrer heimischen Sänger gepriesen. Jedes Klima sagt dem tapferen Gockel zu. Er ist einheimischer als die Einheimischen. Seine Gesundheit ist immer gut, seine Lungen immer kräftig, seine Stimmung niemals trüb. Selbst der Seemann auf dem Pazifik oder Atlantik wird von seinem schrillen Schrei geweckt – nur mich scheuchte er nie aus dem Schlaf. Ich hielt weder Hund noch Katze noch Kuh noch Schwein noch Hühner. Man hätte geradezu sagen können, dass es mir an heimischen

Klängen fehlte. Kein Butterfass oder Spinnrad, kein singender Wasserkessel oder Kindergeschrei trugen zu einer vertrauten Geräuschkulisse bei. Ein altmodischer Mensch wäre wahnsinnig geworden oder gestorben vor Langeweile. Nicht einmal Ratten in den Wänden gab es, denn sie hungerten aus oder wurden gar nicht erst angelockt – nur Eichhörnchen auf dem Dach und unter dem Fußboden, ein Nachtfalke auf dem Dachfirst, ein Blauhäher, der unter dem Fenster schreit, ein Hase oder ein Murmeltier unter dem Haus, eine Kreischeule oder ein Waldkauz dahinter, eine Schar Wildgänse oder ein lachender Taucher auf dem See und in der Nacht ein bellender Fuchs. Selbst Lerchen oder Trupiale, diese zutraulichen Plantagenvögel, kommen nicht auf meine Lichtung. Kein Hahn, der kräht, keine Henne, die im Hof gackert! Kein Hof! Unumzäunt erstreckt sich die Natur bis an die Türschwelle. Ein junger Wald wächst vor dem Fenster, wilder Sumach und Brombeerranken wuchern in den Keller hinein. Trotzig reiben und knarren Pechkiefern an den Schindeln, um sich Platz zu schaffen; ihre Wurzeln strecken sie tief unters Haus. Statt eines vom Sturm abgerissenen Dachfensters oder Fensterladens liegt eine entwurzelte Kiefer als Feuerholz hinterm Haus. Durch den tiefen Schnee führt kein Pfad zum Vorgartentor – kein Tor – kein Vorgarten – kein Pfad zur zivilisierten Welt.

Joseph Conrad

Dem Traum folgen

Dieser Stein war ein vermögender und angesehener Kaufmann. Sein »Haus« (denn es war ein Haus, Stein & Co.; und es gab auch irgendeinen Teilhaber, der, wie sich Stein ausdrückte, »auf die Molukken aufpasste«) hatte ein großes interinsulares Geschäft, mit einer Anzahl Handelsstationen an den entlegensten Plätzen, zum Einsammeln der Produkte. Sein Reichtum und sein Ansehen waren jedoch nicht vornehmlich die Veranlassung, warum ich seinen Rat nachsuchte. Ich hatte den Wunsch, ihm meine Notlage anzuvertrauen, weil er einer der zuverlässigsten Männer war, die mir vorgekommen sind. Auf seinem langen, bartlosen Gesicht lag der Glanz einer schlichten, sozusagen unverbrauchten und klugen Herzensgüte. Es hatte tiefe Falten bis über das Kinn, und die Hautfarbe war die eines Mannes, der eine sitzende Lebensweise führt, – was aber in Wirklichkeit durchaus nicht zutraf. Sein dünnes Haar war glatt von einer hohen, massigen Stirn zurückgebürstet. Man konnte meinen, dass er mit zwanzig ungefähr ebenso ausgesehen haben musste wie jetzt mit sechzig. Es war das Gesicht eines Gelehrten; nur die fast ganz weißen, dichten und buschigen Augenbrauen und der entschlossene, durchdringende Blick, der darunter hervorkam, waren nicht ganz in Einklang mit seinem, ich möchte sagen, studierten Aussehen. Er war groß und gelenkig; seine leicht vorgebeugte Haltung und ein unschuldiges Lächeln ließen ihn wohlwollend geneigt erscheinen, einem sein Ohr zu leihen; seine großen, blassen, an langen Armen sitzenden Hände machten spärliche, bedächtige Gesten, die hinweisend und erläuternd wirkten. Ich spreche ausführlich von ihm, weil sich unter dem Äußeren dieses Mannes mit dem aufrechten, gütigen Wesen eine Unerschrockenheit des Geistes und ein körperlicher Mut bargen, die man hätte Waghalsigkeit nennen können, wären sie nicht wie eine natürliche Funktion des Körpers – beispielsweise eine gute Verdauung – völlig unbewusst gewesen. Es wird manchmal von einem Mann gesagt, dass er sein Leben in seiner Hand trägt. Diese Redensart hätte auf ihn nicht gepasst; in der ersten Zeit seines Aufenthalts im Osten hatte er Ball damit gespielt. All dies gehörte der Vergangenheit an, aber ich kenne die Geschichte seines Lebens und den Ursprung seines Vermögens. Er war auch ein Naturforscher von einiger Bedeutung, oder vielleicht sollte ich sagen, ein gelehrter Sammler. Entomologie war sein Spezialfach. Seine Sammlung von Prachtkäfern und Langfühlern – schrecklichen, noch im Tod bösartig aussehenden Miniaturungeheuern – und sein Schmetterlingskabinett, das die seltensten Exemplare aufwies, hatten seinen Ruhm weit über die Lande verbreitet. Der Name dieses Kaufmanns, Abenteurers, ehemaligen Ratgebers eines malaiischen Sultans (von dem er nie anders sprach als von »meinem armen Mohammed Bonso«) war aufgrund von ein paar Scheffeln toter Insekten der gelehrten Welt Europas bekannt geworden, die von seinem Leben und Charakter keinen Begriff haben konnte und sicher auch keinen Wert darauf gelegt hätte.

Ich, der über ihn Bescheid wusste, hielt ihn für besonders geeignet, meine vertraulichen Mitteilungen über Jim und seine missliche Lage entgegenzunehmen.

Spätabends betrat ich sein Studierzimmer, nachdem ich einen matt erleuchteten, prunkvollen, aber leeren Speisesaal durchschritten hatte. Das Haus war ganz still. Ein ältlicher, schweigsamer javanischer Diener, in einer Art Livree von weißer Jacke und gelbem Sarong, schritt mir voran; nachdem er die Tür geöffnet und mit leiser Stimme »O Herr!« gesagt hatte, trat er beiseite und verschwand auf so geheimnisvolle Weise, als wäre er ein Geist gewesen und hätte sich nur für diesen besonderen Dienst einen Augenblick lang verkörpert. Stein rückte mit seinem Stuhl herum und schob gleichzeitig seine Brille über die Stirn hinauf. Er begrüßte mich mit seiner ruhigen, warmen Stimme. Nur eine Ecke des großen Zimmers, wo sein Schreibpult stand, war von einer verschleierten Studierlampe hell erleuchtet; der übrige Teil des geräumigen Gemachs verschwamm in formloser Dunkelheit, wie eine Höhle. Enge Regale mit dunklen Kästen von gleichmäßiger Form und Farbe reihten sich an den Wänden, nicht vom Fußboden bis zur Decke, sondern wie ein schwarzer, etwa vier Fuß breiter Gürtel. Käferkatakomben. Hölzerne Tafeln hingen in unregelmäßigen Zwischenräumen darüber. Auf eine von ihnen fiel das Licht, und das Wort *Coleoptera* glänzte in seinen goldenen Buchstaben geheimnisvoll auf. Die Glaskästen, die die Schmetterlingssammlung enthielten, waren in drei langen Reihen auf dünnbeinigen kleinen Tischen aufgestellt. Einer dieser Kästen war von seinem Platz genommen worden und stand auf dem Pult, das mit länglichen, von einer sehr kleinen Handschrift bedeckten Papierstreifen vollgestreut war.

»So sehen Sie mich – so«, sagte er. Seine Hand lag über dem Kasten, wo ein Schmetterling in einsamer Größe seine dunkelbronzenen, etwa sieben Zoll breiten, von zartweißem Geäder durchzogenen und prachtvoll gelb gepunktet umsäumten Flügel ausspannte. »Nur ein einziges solches Exemplar haben Sie in Ihrem London, und das ist alles. Ich werde diese meine Sammlung meiner kleinen Geburtsstadt vermachen. Ein Teil von mir. Das beste.«

Er lehnte sich im Stuhl vor und schaute angespannt, das Kinn über den Kasten gebeugt. Ich stand hinter ihm. »Wunderbar«, flüsterte er und schien meine Gegenwart zu vergessen. Seine Geschichte war merkwürdig. Er war in Bayern geboren und hatte als zweiundzwanzigjähriger junger Mensch tätigen Anteil an der revolutionären Bewegung von 1848 genommen. Da seine Freiheit bedenklich bedroht war, musste er fliehen und fand zuerst eine Zuflucht bei einem armen republikanischen Uhrmacher in Triest. Von da machte er seinen Weg nach Tripolis, mit einer Mustersammlung billiger Uhren, die er auf den Straßen feilbot. – Allerdings kein sehr großartiger Anfang, der aber doch sein Gutes hatte, denn dort in Tripolis war es, wo er die Bekanntschaft eines holländischen Reisenden machte, eines sehr berühmten Mannes, glaube ich, dessen Name mir aber entfallen ist. Er war Naturforscher, engagierte Stein als eine Art Assistenten und nahm ihn nach dem fernen Osten mit. Sie reisten zusammen und getrennt vier Jahre oder noch länger im Archipel herum und sammelten Insekten und Vögel. Dann kehrte der Naturforscher in seine Heimat zurück, und Stein, der keine Heimat hatte, blieb bei einem alten Händler, den er auf seinen Reisen im Inneren von Celebes – wenn man sagen kann, dass Celebes ein Inneres hat – kennengelernt hatte. Dieser alte Schotte, der einzige Weiße, dem zu jener Zeit in dem Land zu leben gestattet war, war ein Günstling des Oberhauptes der Wajostaaten, das eine Frau war. Stein hat es mir oft erzählt, wie dieser Mensch, der auf der einen Seite leicht gelähmt war, ihn, kurz bevor ein neuer Schlaganfall ihm den Rest gab, am eingeborenen Hof eingeführt hatte. Er war ein großer Mann mit weißem Patriarchenbart und von ehrfurchtgebietender Gestalt. Er kam in die Ratshalle, wo all die Rajahs, Schranzen und Häuptlinge um ihre Königin versammelt waren, eine fette, runzlige Frau (sehr frei in ihrer Rede, wie Stein sagte), die auf hohem Lager unter einem Baldachin lehnte. »Sieh her, Königin, und ihr, Rajahs, dies ist mein Sohn«, proklamierte er mit Stentorstimme. »Ich habe mit euren Vätern gehandelt, und wenn ich tot bin, soll er mit euch und euren Söhnen handeln.«

In dieser einfachen Form erbte Stein des Schotten Ausnahmestellung und sein ganzes Handelskapital zugleich mit einem befestigten Haus am Ufer des einzigen schiffbaren Flusses im Land. Kurz danach starb die alte Königin, die so frei in ihrer Rede war, und das Land wurde von verschiedenen Thronanwärtern in Unruhen gestürzt. Stein schloss sich der Partei eines jüngeren Sohnes an, desselben, von dem er dreißig Jahre später nie anders sprach als von »meinem armen Mohammed Bonso«. Sie vollbrachten beide ungezählte Heldentaten; sie bestanden wundervolle

Abenteuer und hielten einmal eine vierwöchige Belagerung im Haus des Schotten mit einer Gefolgschaft von nur zwanzig Mann gegen eine ganze Armee aus. Ich glaube, die Eingeborenen sprechen von diesem Krieg bis auf den heutigen Tag. Mittlerweile scheint es Stein aber nicht versäumt zu haben, auf eigene Faust jeden Schmetterling oder Käfer zu beschlagnahmen, dessen er habhaft werden konnte. Nach acht Jahren voll Krieg, Unterhandlungen, falschen Waffenstillständen, plötzlichen Ausfällen, Versöhnung, Verrat und so fort und gerade, als der Friede endgültig befestigt schien, wurde sein armer Mohammed Bonso vor den Toren seiner eigenen Residenz, als er in angeregtester Stimmung von einer erfolgreichen Jagd auf Rehwild zurückkehrte, ermordet. Dieses Ereignis machte Steins Stellung äußerst unsicher, aber er wäre vielleicht geblieben, hätte er nicht kurze Zeit danach Mohammeds Schwester verloren (»meine teure Gattin, die Prinzessin«, pflegte er feierlich zu sagen), die ihm eine Tochter geschenkt hatte. Mutter und Kind starben binnen drei Tagen an einer ansteckenden Krankheit. Er verließ das Land, das ihm durch seinen grausamen Verlust unerträglich geworden war. So endete der erste, abenteuerliche Teil seines Lebens. Der folgende war davon so verschieden, dass, wäre nicht die Wirklichkeit seines Kummers gewesen, diese ganze seltsame Vergangenheit ihm wie ein Traum hätte erscheinen müssen. Er hatte etwas Geld; er fing das Leben neu an und erwarb im Lauf der Jahre ein beträchtliches Vermögen. Anfangs war er ziemlich viel durch die Inseln gereist, aber das Alter kam über ihn, und in der letzten Zeit verließ er nur selten sein geräumiges Haus, das drei Meilen von der Stadt entfernt in einem ausgedehnten Garten gelegen und von Stallungen, Kanzleien und

Bambushütten für seine vielen Diener und Untergebenen umgeben war. Er fuhr jeden Morgen in seinem Einspänner zur Stadt, wo er ein Kontor mit weißen und chinesischen Angestellten hatte. Er besaß eine kleine Flotte von Schonern und einheimischen Fahrzeugen und handelte mit Inselprodukten in großem Maßstab. Im Übrigen lebte er einsam, aber nicht menschenscheu, mit seinen Büchern und seiner Sammlung, klassifizierte und ordnete Exemplare ein, stand in Briefverkehr mit den Entomologen ganz Europas und arbeitete an einem beschreibenden Katalog seiner Schätze. Dies war die Geschichte des Mannes, dessen Rat ich über Jims Fall einzuholen gekommen war, ohne eine bestimmte Hoffnung. Bloß zu hören, was er zu sagen hatte, würde schon eine Erleichterung sein. Ich war sehr erwartungsvoll, aber ich achtete die tiefe, fast leidenschaftliche Versunkenheit, mit der er einen Schmetterling betrachtete, als könnte er in dem bronzenen Schimmer dieser zarten Schwingen, ihren weißen Linien, der prächtigen Zeichnung andere Dinge erblicken, ein Bild von etwas Unvergänglichem, das der Zerstörung widerstand, wie diese leblosen Gewebe, die einen vom Tod unberührten Glanz entfalteten.

»Wunderbar!«, wiederholte er und blickte zu mir auf. »Sehen Sie! Die Schönheit – aber das ist noch nichts –, sehen Sie die Vollendung, das Ebenmaß! Und so zart! Und so stark! Und so genau! Das ist Natur – der Ausgleich ungeheurer Kräfte. Jeder Stern ist so – und jeder Grashalm steht so – und der mächtige Kosmos in vollkommenem Gleichgewicht bringt – dies hervor. Dieses Wunder, dieses Meisterwerk der Natur – der großen Künstlerin.«

»Ich habe noch nie einen Entomologen so schwärmen hören«, bemerkte ich aufgeräumt. »Meisterwerk! Und was sagen Sie zum Menschen?«

»Der Mensch ist erstaunlich, aber er ist kein Meisterwerk«, gab er zur Antwort, ohne seine Augen von dem Glaskasten zu erheben. »Vielleicht war die Künstlerin nicht ganz bei Sinnen. He? Was meinen Sie? Manchmal will es mir so scheinen, als wäre der Mensch dahin gekommen, wo er nicht vonnöten, wo kein Platz für ihn ist; denn warum sollte er sich sonst so breitmachen? Warum sollte er von einem Ort zum anderen rennen und ein schreckliches Wesen von sich machen, von den Sternen reden, Grashalme zertreten? ...«

»Und Schmetterlinge fangen«, fiel ich ein.

Er lächelte, warf sich in seinen Stuhl zurück und streckte die Beine aus. »Setzen Sie sich«, sagte er. »Ich fing dieses seltene Exemplar an einem sehr schönen Morgen. Es war ein großes Erlebnis für mich. Sie können sich nicht vorstellen, was es für einen Sammler bedeutet, solch seltenes Exemplar zu fangen.«

Ich schmunzelte behaglich in meinem Schaukelstuhl. Seine Augen schienen sich weit über die Wand hinaus, auf die sie sich hefteten, in unbestimmte Ferne zu verlieren; und er erzählte, wie, eines Nachts, ein Bote von seinem »armen Mohammed« kam und ihn aufforderte, nach der »Residenz« – wie Stein es nannte – zu kommen, die neun oder zehn Meilen weit entfernt war und zu der man auf einem Reitweg über eine bebaute Ebene gelangte, hie und da mit Waldinseln durchsetzt. Früh am Morgen brach er von seinem befestigten Haus auf, nachdem er seine kleine Emma in die Arme geschlossen und der »Prinzessin«, seinem Weib, das Kommando übertragen hatte. Er beschrieb, wie sie ihm, eine Hand auf dem Bug des Pferdes, bis ans Tor das Geleit gab; sie trug eine weiße Jacke, goldene Nadeln im Haar und über der linken Schulter einen braunen Ledergürtel mit einem Revolver darin. »Sie redete, wie Frauen reden«, sagte er, »legte mir ans Herz, dass ich mich in Acht nehmen und vor Anbruch der Nacht zurück sein sollte und wie unrecht es von mir sei, allein zu gehen. Es war Krieg und das Land nicht sicher; meine Leute legten kugelfeste Läden an das Haus und luden ihre Gewehre, und sie bat mich, ihretwegen nicht in Sorge zu sein. Sie könnte das Haus gegen jedermann verteidigen, bis ich zurückkehrte. Und ich lachte vor Vergnügen. Ich freute mich, sie so tapfer und jung und stark zu sehen. Auch ich war damals noch jung. Am Tor fasste sie meine Hand, drückte sie einmal heftig und ließ sie fallen. Ich hielt mein Pferd draußen an, bis sich die Riegel des Tores hinter mir geschlossen hatten. Einer meiner schlimmen Feinde, ein Mann von sehr hoher Abkunft – und dazu ein großer Schurke –, schweifte mit einer Bande in der Gegend umher. Ich ritt vier, fünf Meilen in kurzem Galopp; es hatte in der Nacht geregnet, aber die Nebel waren aufgestiegen, und das Antlitz der Erde war rein; es lächelte mich an, frisch und unschuldig wie das eines kleinen Kindes. Plötzlich wird eine Salve abgefeuert – zwanzig Schüsse auf einmal mindestens, schien es mir. Ich höre das Schwirren der Kugeln an meinem Ohr, und mein Hut rutscht mir in den Nacken. Es war eine kleine Intrige, Sie verstehen. Sie veranlassten meinen armen Mohammed, nach mir zu schicken, und legten mir dann einen Hinterhalt. Ich übersehe alles in einer Minute und überlege – dies erfordert ein bisschen Geschicklichkeit. Mein Pony wiehert, bäumt sich und steht still, und ich sinke langsam mit meinem Kopf auf seine Mähne. Es fängt zu gehen an, und mit einem Auge sehe ich über seinen Hals hinweg, zu meiner Linken, vor einem Busch Bambusstauden eine dünne Rauchwolke hängen. Ich denke: Aha! Meine Freunde, warum wartet ihr nicht ein bisschen länger, bevor ihr schießt? Dies ist euch noch nicht gelungen. O nein! Ich greife mit der Rechten – leise – leise – nach meinem Revolver. Es waren im Ganzen nur sieben solche Kerle. Sie stehen vom Gras auf und machen sich mit aufgenommenen Sarongs ans Rennen, schwingen Speere über ihren Köpfen und schreien einander zu, das Pferd zu greifen, weil ich tot sei. Ich ließ sie so nah kommen wie diese Tür hier, und dann – puff, puff, puff, jedes Mal gezielt noch dazu. Noch einen Schuss feuere ich auf eines Mannes Rücken, aber ich verfehle ihn. Zu weit schon. Und dann sitze ich allein auf meinem Pferd, den klaren Himmel über mir und die Körper dreier Männer vor mir auf der Erde. Der eine war wie ein Hund zusammengekauert, der andere lag auf dem Rücken und hatte einen Arm über den Augen, als wollte er sich vor der Sonne schützen, und der dritte zieht sein Bein sehr langsam hoch und streckt es mit einem Stoß wieder gerade. Ich beobachte ihn aufmerksam von meinem Pferd aus, aber er bleibt ganz ruhig, rührt sich nicht mehr. Und wie ich nach seinem Gesicht blicke, um noch ein Zeichen des Lebens zu entdecken, sehe ich einen schwachen Schatten über seine Stirn huschen. Es war der Schatten dieses Schmetterlings. Sehen Sie sich die Form des Flügels an. Diese Art fliegt hoch

und sehr rasch. Ich hob meine Augen und sah ihn davonflattern. Ich denke: Kann es möglich sein? Und dann verlor ich ihn. Ich stieg herunter, nahm mein Pferd am Zügel und meinen Revolver in die andere Hand und blickte rechts und links, nach allen Seiten. Schließlich sah ich ihn zehn Fuß weit entfernt auf einem kleinen Schmutzhaufen sitzen. Mein Herz fing heftig an zu schlagen. Ich lasse mein Pferd los, halte meinen Revolver in der einen Hand und reiße mit der anderen meinen weichen Filzhut vom Kopf. Ein Schritt. Sachte. Noch ein Schritt. Patsch! Ich hatte ihn! Als ich mich erhob, zitterte ich vor Erregung wie eine Feder, und als ich diese wundervollen Flügel öffnete und mich überzeugte, was für ein seltenes und außergewöhnlich vollkommenes Exemplar ich hatte, drehte sich mir der Kopf, und meine Beine überkam eine solche Schwäche, dass ich mich auf die Erde setzen musste. Als ich noch für den Professor sammelte, war es mein sehnlicher Wunsch gewesen, ein solches Exemplar zu erjagen. Ich unternahm lange Reisen und legte mir große Entbehrungen auf. Ich hatte in meinem Schlaf von ihm geträumt, und hier hatte ich ihn plötzlich in meinen Fingern – ganz für mich! Wie der Dichter sagt:
›So halt' ich's endlich denn in meinen Händen
Und nenn' es in gewissem Sinne mein.‹«

Er sprach das letzte Wort mit verschwebender Stimme, wodurch es einen besonderen Nachdruck erhielt, und wandte sein Gesicht langsam von mir ab. Er begann schweigend und emsig eine langgestielte Pfeife zu stopfen und blickte mich dann wieder, den Daumen auf die Öffnung des Pfeifenkopfs drückend, bedeutsam an.

»Ja, ja, mein guter Freund. An jenem Tag blieb mir nichts mehr zu wünschen übrig. Ich hatte meinen Hauptfeind tüchtig geärgert; ich war jung, stark; ich besaß Freundschaft; die Liebe einer Frau war mein; ich hatte ein Kind, das mein Herz erfüllte – und selbst das, wovon ich in meinem Schlaf geträumt hatte, war mir in die Hände gefallen!«

Er zündete ein Streichholz an, das hell aufflackerte. Sein gedankenvolles, ruhiges Gesicht zuckte flüchtig.

»Freund, Weib, Kind«, sagte er langsam und starrte auf die kleine Flamme – »phh!« Das Streichholz war ausgeblasen. Er seufzte und wandte sich wieder zum Glaskasten. Die zarten, herrlichen Flügel bebten leise, als hätte sein Atem für einen Augenblick dieses prachtvolle Ziel seiner Träume wiederbelebt.

»Die Arbeit«, begann er dann wieder in seinem gewöhnlichen sanften und heiteren Ton und deutete auf die Papierstreifen auf seinem Pult, »schreitet tüchtig vorwärts. Ich war dabei, dies seltene Exemplar zu beschreiben … Na! Und was bringen Sie Neues?«

»Um Ihnen die Wahrheit zu sagen, Stein«, sagte ich mit einer Anstrengung, die mich überraschte, »ich kam hierher, um Ihnen auch ein Exemplar zu beschreiben …«

»Schmetterling?«, fragte er ungläubig und belustigt.

»Nichts so Vollkommenes«, antwortete ich, plötzlich von allerhand Zweifeln entmutigt. »Einen Menschen!«

»Ach so!«, murmelte er, und sein mir zugewandtes, lächelndes Gesicht wurde ernst. Dann sagte er langsam, während er mich ansah: »Nun – ich bin auch ein Mensch.«

Da habt ihr ihn, wie er war; er wusste einen so großmütig zu ermuntern, dass ein überängstlicher Mann dicht vor dem Bekenntnis fast noch ein wenig zögern konnte; wenn ich aber zögerte, so war es nicht für lange.

Er saß mit gekreuzten Beinen da und hörte mich bis zu Ende an. Bisweilen verschwand sein Kopf völlig in einer dicken Rauchwolke, und ein teilnehmendes Knurren ertönte dahinter vor. Als ich geendet hatte, setzte er sich gerade, legte seine Pfeife nieder und beugte sich, die Ellbogen auf die Armlehne seines Stuhls gestützt und die Fingerspitzen aneinandergeschlossen, mit ernster Miene zu mir vor.

»Ich verstehe sehr gut. Er ist romantisch.«

Er hatte die Diagnose des Falls für mich gestellt, und ich war zuerst ganz verwundert darüber, wie einfach die Sache war. In der Tat glich unser Beisammensein so sehr einer ärztlichen Konsultation – Stein, mit seinem gelehrten Aussehen, in einem Armstuhl vor seinem Tisch; ich, besorgt, etwas seitlich von ihm –, dass es ganz natürlich schien, zu fragen:

»Was ist da zu machen?«

Er hob einen langen Zeigefinger in die Höhe.

»Es gibt nur ein Mittel. Nur eines kann uns davon heilen, dass wir wir selber sind!« Der Finger kam mit einem kurzen Schlag auf das Pult herunter. Der Fall, den er vorhin so einfach hingestellt hatte, wurde womöglich noch einfacher – allerdings gänzlich hoffnungslos. Es entstand eine Pause. »Ja«, sagte ich, »streng genommen ist die Frage nicht, wie man geheilt werden kann, sondern wie man leben soll.«

Er stimmte mit einem Kopfnicken zu, etwas trübe, wie mir schien. »Ja! Ja! Wie Ihr großer Dichter sagt: Das ist die Frage ...« Er nickte nochmals. »Ach ja! Sein ... wie das!«

Er erhob sich, die Fingerspitzen auf den Tisch gestützt. »Wir wollen auf so verschiedene Weise sein. Dieser prachtvolle Schmetterling findet einen kleinen Schmutzhaufen und bleibt still darauf sitzen; aber der Mensch will niemals auf seinem Schmutzhaufen stillsitzen. Bald will er so sein, und bald will er wieder so sein ...« Er hob die Hand und ließ sie wieder sinken ... »Er will ein Heiliger sein, und er will ein Teufel sein, und so oft er die Augen zumacht, sieht er sich als einen sehr feinen Kerl – so fein, wie er niemals sein kann ... Im Traum ...«

Er ließ den Glasdeckel herunter, der mit scharfem Klang in das automatische Schloss einschnappte, nahm den Kasten mit beiden Händen auf und trug ihn mit priesterlicher Würde an seinen Platz zurück, schritt aus dem hellen Kreis der Lampe in das mattere Licht – in formlose Dämmerung zuletzt. Es machte einen seltsamen Eindruck – als hätten die paar Schritte ihn aus dieser dinglichen, verworrenen Welt hinausgeführt. Seine große Gestalt schwebte, als wäre sie ihrer Körperlichkeit entkleidet, lautlos, mit unbestimmten Bewegungen, über unsichtbaren Dingen; seine Stimme kam aus der Ferne her, wo man ihn schattenhaft hantieren sah, und klang nicht mehr eindringlich und nüchtern, sondern dröhnte voll und schwer – gedämpft durch die Entfernung.

»Und weil man die Augen nicht immer geschlossen halten kann, kommt dann das wirkliche Leid – der Seelenschmerz – der Weltschmerz. Ich sage Ihnen, mein Freund, es ist keine leichte Sache, dahinterzukommen, dass man seinen Traum nicht verwirklichen kann, dass man nicht stark genug oder nicht gescheit genug dazu ist. Ja! ... Und dabei ist man doch solch feiner Kerl! Wie? Was? Gott im Himmel! Wie ist das möglich? Ha! Ha! Ha!«

Der Schatten, der sich zwischen den Gräbern der Schmetterlinge zu schaffen machte, lachte geräuschvoll.

»Ja! Diese schreckliche Sache ist sehr merkwürdig. Ein Mensch, der dazu geboren ist, fällt in einen Traum, wie ein anderer ins Meer fällt. Wenn er versucht, in die Luft herauszuklettern, wie unerfahrene Menschen es mitunter wagen, so ertrinkt er – nicht wahr? ... Nein! Ich sage Ihnen: Das Rechte ist, sich dem toddrohenden Element zu unterwerfen und mit der Bewegung der Hände und Füße im Wasser zu bewirken, dass das tiefe, tiefe Meer einen trägt. Wenn Sie mich also fragen – wie man sein soll?«

Seine Stimme gewann außerordentlich an Kraft, als wäre er dort im Schatten durch eine geflüsterte Eingebung erleuchtet worden. »Ich will es Ihnen sagen! Auch hierfür gibt es nur einen Weg.«

Mit einem eiligen Schlurren seiner Pantoffel tauchte er im gedämpften Licht und gleich darauf im hellen Schein der Lampe auf. Seine ausgestreckte Hand zielte auf meine Brust wie eine Pistole; seine tiefliegenden Augen schienen mich zu durchbohren, aber seine zuckenden Lippen brachten kein Wort hervor, und das streng erhabene Gefühl einer Gewissheit, die ihm das Dunkel eingegeben hatte, schwand aus seinem Gesicht. Die Hand, die nach meiner Brust gezeigt hatte, sank, er trat einen Schritt näher an mich heran und legte sie mir auf die Schulter. Es gebe Dinge, sagte er voll Trauer, die vielleicht nie gesagt werden könnten, doch habe er so viel allein gelebt, dass er manchmal vergesse – er vergesse. Das Licht hatte die Sicherheit zerstört, die ihn im fernen Schatten beseelt hatte. Er setzte sich und rieb sich, beide Ellbogen auf das Pult gestützt, die Stirn. »Und dennoch ist es wahr – es ist wahr. Sich dem toddrohenden Element hingeben …« Er sprach in gedämpftem Ton, ohne mich anzusehen, die Hände zu beiden Seiten des Gesichts. »Das war der Weg. Dem Traum folgen, und nochmals dem Traum folgen – und so – ewig – usque ad finem …« Sein überzeugtes Flüstern schien vor mir eine ausgedehnte, unbestimmte Weite aufzutun, wie die eines dämmerigen Horizonts über einer Ebene, bei Morgengrauen – oder vielleicht bei einbrechender Nacht? Es ließ sich schwer entscheiden; aber es war ein bezauberndes und trügerisches Licht, das seinen linden Schleier über Fallstricke und Gräber warf. Steins Leben hatte mit Aufopferung begonnen; mit der Begeisterung für große Ideen, er war sehr weit gereist, auf verschiedenen Wegen, auf seltsamen Pfaden, und was immer er unternommen, er hatte es getan, ohne zu wanken, und darum ohne Scham und ohne Reue. Insofern hatte er recht. Das war der Weg, ohne Zweifel. Trotzdem lag die große Ebene, auf der die Menschen zwischen Gräbern und Fallstricken umherirren, sehr öde da unter dem linden Schleier des Dämmerlichts, verdunkelt in ihrem Mittelpunkt und von einem grellen Rand umsäumt, als ob ein Flammenabgrund sie umkreiste. Als ich schließlich das Schweigen brach, war es, um der Meinung Ausdruck zu geben, dass niemand romantischer sein könnte als er selbst. Er schüttelte langsam den Kopf und sah mich dann mit einem geduldigen und forschenden Blick an. Es sei eine Schande, sagte er. Da säßen wir und plauderten wie zwei Knaben, anstatt unsere Köpfe zusammenzustecken, um etwas Zweckmäßiges herauszufinden. – Ein zweckmäßiges Gegenmittel – gegen das Übel – gegen das große Übel – wiederholte er mit einem milden, nachsichtigen Lächeln. Doch unser Gespräch wurde darum doch nicht sachlicher. Wir vermieden, Jims Namen auszusprechen, als hätten wir Fleisch und Blut aus unserer Unterhaltung ausschalten wollen oder als wäre er nichts als ein irrender Geist, ein leidender und namenloser Schatten gewesen. »Na!«, sagte Stein und erhob sich. »Heute Nacht schlafen Sie hier, und am Morgen werden wir etwas Zweckmäßiges – Zweckmäßiges tun …« Er zündete einen zweiarmigen Leuchter an und ging mir voran. Wir kamen durch leere, dunkle Zimmer, vom Licht der Kerzen in Steins Hand begleitet. Der Schein glitt über gewachste Böden, hie und da über die glatte Fläche eines Tisches, hüpfte über die vorspringende Biegung eines Möbelstückes oder sprang senkrecht in fernen Spiegeln aus und ein, während man die Gestalten zweier Männer und das Flackern zweier Flammen kurz die glasige Leere durchqueren sah. Er ging langsam, artig vorgebeugt, einen Schritt voraus; eine tiefe, sozusagen lauschende Ruhe lag auf seinem Gesicht; die langen, lachsfarbenen, von weißen Fäden durchzogenen Locken hingen spärlich über seinen leicht gebogenen Nacken.

»Er ist romantisch – romantisch«, wiederholte er. »Und das ist sehr schlimm – sehr schlimm … Auch sehr gut«, fügte er hinzu. – »Aber ist er?«, fragte ich.

»Gewiss«, sagte er und stand mit dem Leuchter in der Hand still, doch ohne mich anzusehen. »Offenbar! Was ist es, das durch inneren Schmerz ihn sich selbst erkennen lässt? Was ist es, das für Sie und mich ihm – Sein gibt?«

In diesem Augenblick war es schwer, an Jims Dasein zu glauben – der aus einem ländlichen Pfarrhaus kam, im menschlichen Getriebe wie hinter Staubwolken untergetaucht, von den über ihm zusammenschlagenden Forderungen des Lebens und des Todes in einer kalten Welt erdrückt schien – doch seine unvergängliche Wirklichkeit drängte sich mir mit überzeugender, mit unwiderstehlicher Macht auf! Ich sah sie in lebhaften Farben, als wären wir auf unserem Gang durch die hohen, stillen Räume, bei den tanzenden Glanzlichtern und den in unergründlichen, durchsichtigen Tiefen plötzlich auftauchenden menschlichen Gestalten mit flackernden Kerzen, der nackten Wahrheit nähergekommen, die, wie die Schönheit selbst, rätselhaft, trügerisch, von Wellen überschäumt, in den stillen Wassern des Geheimnisses treibt. »Vielleicht ist er«, gab ich mit einem leichten Lachen zu, dessen unvermutet lauter Schall mich sofort die Stimme dämpfen ließ; »aber ich bin sicher, dass Sie sind.« Er schritt weiter mit hochgehaltenem Licht und auf die Brust gesenktem Kopf. »Nun ja – ich bin auch«, sagte er.

Er ging mir voran. Meine Augen folgten seinen Bewegungen, aber ich sah nicht das Haupt der Firma, den willkommenen Gast bei Nachmittagsempfängen, den Korrespondenten gelehrter Gesellschaften und Gastfreund wandernder Naturforscher; ich sah nur die Wesenhaftigkeit seines Schicksals, dem er mit nie wankenden Schritten zu folgen verstanden hatte, dieses in bescheidener Umgebung begonnene Leben, das reich war an großherziger Begeisterung, an Freundschaft, Liebe, Krieg – an all dem überschwänglichen Beiwerk der Romantik. An der Tür meines Zimmers sah er mir ins Gesicht. »Ja«, sagte ich, als führte ich in einem Gespräch fort, »und unter anderem träumten Sie törichterweise von einem gewissen Schmetterling; aber als Ihnen eines Morgens Ihr Traum in den Weg kam, ließen Sie sich die glänzende Gelegenheit nicht entgehen. Nicht wahr? Während er …« Stein erhob die Hand. »Und wissen Sie denn, wie viele Gelegenheiten ich mir entgehen, wie viele Träume ich fahren ließ, die mir begegnet waren?« Er schüttelte bedauernd den Kopf. »Mir scheint, dass manche davon sehr schön gewesen wären – wenn ich sie verwirklicht hätte. Wissen Sie, wie viele? Vielleicht weiß ich es selbst nicht.« – »Ob nun seine Träume schön waren oder nicht«, sagte ich, »er weiß von einem, den er bestimmt nicht greifen konnte.« – »Jedermann weiß von einem oder mehreren solchen«, erwiderte Stein; »und das ist der Kummer – der große Kummer.« Er gab mir auf der Schwelle die Hand und warf unter seinem erhobenen Arm einen Blick in mein Zimmer. »Schlafen Sie wohl. Und morgen müssen wir etwas Zweckmäßiges – etwas Zweckmäßiges tun ...«

Obwohl sein eigenes Zimmer neben dem meinen lag, sah ich ihn den Weg zurückgehen, den wir gekommen waren. Er ging noch einmal zu seinen Schmetterlingen.

James Hilton

Leb wohl, Mister Chips

I

Wenn man in die Jahre kommt (aber nicht krank ist, das nicht), ist einem bisweilen sehr schläfrig zumute, und die Stunden scheinen dahinzuziehen wie träge Kühe durch eine Landschaft. So war es für Chips, als das Herbsttrimester seinen Gang nahm und die Tage kürzer wurden, bis man tatsächlich zum abendlichen Appell schon das Gas anzünden musste. Denn Chips, wie ein alter Käpt'n auf See, maß seine Zeit noch nach den altbekannten Begriffen, und das nahm nicht wunder, denn seine Wohnung bei Mrs Wickett lag gleich gegenüber der Schule. Schon seit gut zehn Jahren lebte er dort, seit er seine Stelle als Master endgültig aufgegeben hatte; und statt der Greenwich- hielten er und seine Wirtin sich eher an die Brookfield-Zeit. »Mrs Wickett«, rief er etwa, mit seiner hohen, schnarrenden Stimme, die immer noch ziemlich rüstig klang, »Sie könnten mir vor dem Silentium ein Tässchen Tee bringen, seien Sie so nett.«

Wenn man in die Jahre kommt, sitzt man gern am Kaminfeuer und trinkt ein Tässchen Tee und lauscht der Schulglocke, wie sie zu Abendessen, Appell, Silentium und zum

Schlafengehen läutet. Nach diesem letzten Glockenschlag zog Chips stets die Uhr auf; dann stellte er das Gitter vor den Kamin, drehte das Gaslicht aus und ging mit einem Kriminalroman zu Bett. Selten las er mehr als eine Seite, so schnell und friedlich kam der Schlaf, eher wie bei einem Mystiker, der in einen höheren Bewusstseinszustand übergeht, als durch spürbaren Wechsel in eine andere Welt. Denn seine Tage waren wie seine Nächte von Träumen erfüllt.

Er war nicht mehr der Jüngste (aber nicht krank, das nicht); ja, Doktor Merivale sagte, im Grunde fehlte ihm gar nichts. »Mein lieber Freund«, pflegte Merivale, wenn er ungefähr alle vierzehn Tage vorbeischaute, bei seinem Glas Sherry zu sagen, »Sie sind besser dran als ich. Über das Alter, in dem die Leute all diese schrecklichen Krankheiten bekommen, sind Sie hinaus; Sie werden einer der wenigen Glücklichen sein, die tatsächlich eines natürlichen Todes sterben. So Sie denn überhaupt sterben. Sie sind ein solches Prachtexemplar, da weiß man nie.« Aber wenn Chips eine Erkältung hatte oder der Ostwind über die Fens fegte, nahm Merivale manchmal Mrs Wickett im Hausflur beiseite und flüsterte: »Passen Sie gut auf ihn auf, meine Liebe. Seine Bronchien ... das ist eine Belastung fürs Herz. Eigentlich ist es nichts – nur Anno Domini, aber am Ende ist das die tödlichste Krankheit von allen ...«

Anno Domini ... das konnte man wahrlich sagen. 1848 geboren, fast noch als Krabbelkind mit auf die Weltausstellung genommen – nur wenige Lebende konnten das von sich behaupten. Ja, Chips erinnerte sich sogar, wie Brookfield zu Wetherbys Zeiten gewesen war. Es war ein Phänomen. Wetherby war damals ein alter Mann gewesen – 1870, leicht zu merken wegen des Deutsch-Französischen Krieges. Chips hatte sich auf die Stelle in Brookfield nach einem Jahr in Melbury beworben, wo es ihm nicht gefallen hatte, denn die Schüler hatten ihm viele Streiche gespielt. Brookfield hingegen hatte ihm gefallen, praktisch vom ersten Augenblick an. Er erinnerte sich an das Vorstellungsgespräch – ein sonniger Tag im Juni, die Luft erfüllt vom Duft der Blumen und vom Plick-Plock auf dem Cricketplatz. Brookfield spielte gegen Barnhurst, und ein Junge aus Barnhurst, ein rundlicher kleiner Bursche, hatte mit einem erstklassigen Hundert geglänzt. Seltsam, dass einem gerade so etwas so deutlich im Gedächtnis blieb. Wetherby selbst war ein sehr väterlicher, höflicher Mensch gewesen; er musste damals schon krank gewesen sein, der arme Mann, denn er starb noch in den Sommerferien, bevor Chips sein erstes Trimester begann. Aber die beiden waren sich begegnet, sie hatten miteinander gesprochen.

Oft überlegte Chips, wenn er bei Mrs Wickett am Kamin saß: Wahrscheinlich bin ich der letzte Mensch auf Erden, der sich noch lebhaft an den alten Wetherby erinnert … Ja, lebhaft; das Bild kam ihm häufig in den Sinn, jener Sommertag, an dem die Staubkörnchen in Wetherbys Studierstube getanzt hatten. »Sie sind ein junger Mann, Mr Chipping, und Brookfield ist ein altehrwürdiges Haus. Jugend und Alter verstehen einander oft gut. Legen Sie sich für Brookfield ins Zeug, und Brookfield wird sich dafür revanchieren. Und lassen Sie nicht zu, dass jemand seinen Schabernack mit Ihnen treibt. Wenn ich – ähm – recht verstehe, war Disziplin nicht unbedingt Ihre Stärke in Melbury?«

»So könnte man es sagen, Sir.«

»Machen Sie sich nichts draus. Sie sind noch so jung; hauptsächlich ist es eine Frage der Erfahrung. Hier bekommen Sie eine zweite Chance. Zeigen Sie Stärke, von Anfang an – das ist das ganze Geheimnis.«

Vielleicht war es das. Er erinnerte sich noch genau an die Qual, als er zum ersten Mal das Silentium beaufsichtigte; Sonnenuntergang im September, über ein halbes Jahrhundert her; ein ganzer Saal voller vorwitziger Barbaren, die sich gleich auf ihn stürzen würden, ihre legitime Beute. Seine Jugend, sein frisches Gesicht, der hohe Kragen, der Backenbart (seltsame Moden, die die Leute damals hatten), ausgeliefert fünfhundert unbändigen Raufbolden, für die ihre Hetzjagd auf den Neuen eine hohe Kunst war, ein aufregender Sport und auch eine Art Tradition. Jeder für sich genommen ein anständiger kleiner Kerl, aber zusammen, in der Meute, gnadenlos, durch nichts zu beschwichtigen. Die plötzliche Stille, als er seinen Platz auf dem Podest einnahm, die finstere Miene, die er aufsetzte, um seine innere Unruhe zu verbergen; die große Standuhr, die hinter ihm tickte, und der Geruch von Tinte und Bohnerwachs; die letzten blutroten Sonnenstrahlen, schräge Streifen durch die Buntglasfenster. Einer ließ einen Pultdeckel knallen – rasch, jetzt musste er sie alle überrumpeln; er musste ihnen zeigen, dass mit ihm nicht zu spaßen war. »Sie da in der fünften Reihe – Sie mit dem roten Haar – wie heißen Sie?«

»Colley, Sir.«

»Sehr schön, Colley, Sie schreiben mir hundert Zeilen.«

Danach keinerlei Ärger mehr. Die erste Runde hatte er gewonnen.

Und Jahre später, als Colley Ratsherr in London war und Baronet und noch allerlei mehr, schickte er seinen Sohn (ebenfalls rothaarig) nach Brookfield, und Chips sagte zu ihm: »Colley, Ihr Vater war der erste Schüler, der von mir eine Strafe bekam, vor fünfundzwanzig Jahren, als ich hier anfing. Er verdiente es damals, und Sie verdienen es jetzt.« Was hatten sie da alle gelacht, und was lachte Sir Richard, als sein Sohn ihm die Geschichte im nächsten Sonntagsbrief schrieb!

Und wiederum Jahre später, viele Jahre danach, war der Scherz gar noch größer. Denn ein weiterer Colley hatte sich eingestellt – Sohn des Colley, der der Sohn des ersten Colley gewesen war. Und Chips sagte, seine Worte stets unterbrochen von den »Hmph«- und »Hmn«-Lauten, die ihm mittlerweile zur Gewohnheit geworden waren: »Colley, Sie sind – hmn – ein hervorragendes Beispiel dafür, wie sich – hmn – Traditionen vererben. Ich erinnere mich an Ihren Großvater – hmn –, der hat den Ablativus absolutus nie begriffen. Ein Dummkopf, Ihr Großvater. Und Ihr Vater auch – hmn –, an den erinnere ich mich ebenfalls – saß immer an dem Pult dort hinten an der Wand –, der war auch nicht viel besser. Aber ich glaube tatsächlich – mein lieber Colley –, dass Sie – hmn – von allen dreien der größte Dummkopf sind!« Brüllendes Gelächter.

Ja, es war schon ein Witz, dieses Altwerden, ein großer Witz – aber auf seine Art auch ein trauriger. Und wenn Chips an seinem Feuer saß und die Herbststürme an den Fenstern rüttelten, überkamen ihn Heiterkeit und Kummer häufig in solchen Wellen, dass die Tränen kullerten, und wenn Mrs Wickett dann mit seiner Tasse Tee hereinkam, wusste sie nicht, ob er gerade gelacht hatte oder geweint. Und Chips selbst wusste es auch nicht.

2

Jenseits der Straße, hinter einem Schutzwall aus uralten Ulmen, lag Brookfield, rostrot in seinem herbstlichen Mantel aus Klettergesträuch. Eine Gruppe von Gebäuden aus dem achtzehnten Jahrhundert rings um einen Innenhof, und dahinter die Sportplätze; dann kam das kleine Dorf, das ganz von der Schule lebte, danach die Weite des Fenlands. Brookfield war, wie Wetherby schon gesagt hatte, ein altehrwürdiges Haus; gegründet unter der Herrschaft von Königin Elisabeth als Lateinschule, hätte es mit ein wenig Glück genauso berühmt werden können wie Harrow. Ein solches Glück hatte es aber nicht gehabt; manchmal ging es mit der Schule aufwärts, dann wieder abwärts, zu einer Zeit war sie so sehr geschrumpft, dass es sie kaum noch gab, zu einer anderen brachte sie es beinahe zu so etwas wie Ruhm. In einer dieser erfolgreichen Zeiten, unter König Georg I., erneuerte man das Hauptgebäude, große neue Bauten kamen hinzu. Später, nach den Napoleonischen Kriegen und bis in die Mitte der viktorianischen Zeit, ging es wieder abwärts mit der Schule, nicht nur was die Zahl der Schüler, auch was das Ansehen betraf. Wetherby, der 1840 kam, stellte ihren Ruf halbwegs wieder her, aber die erste Liga erreichte die Schule nie. Aber sie war immerhin eine gute Schule der zweiten. Etliche angesehene Familien unterstützten sie; sie konnte unter ihren Absolventen eine beträchtliche Zahl von Männern vorweisen, die ihre Zeit geprägt hatten – Richter, Parlamentarier, Kolonialbeamte, ein paar Peers und Bischöfe. Hauptsächlich brachte sie allerdings Kaufleute hervor, Industrielle, Angehörige gehobener Berufsstände, mit einem guten Anteil an Landadeligen und Pfarrern. Es war die Art Schule, bei der Snobs, wenn die Rede darauf kam, bisweilen gestanden, ja, sie hätten den Namen wohl schon einmal gehört.

Aber wäre es nicht diese Art Schule gewesen, hätte sie Chips vermutlich nicht genommen. Denn Chips war im gesellschaftlichen wie im akademischen Sinne zwar ebenso respektabel, aber auch nicht herausragender als Brookfield selbst.

Es hatte eine ganze Weile gedauert, bis ihm das aufgegangen war. Nicht dass er eitel oder prahlerisch gewesen wäre, aber mit Anfang zwanzig war er doch auch nicht weniger ehrgeizig als die meisten Menschen in diesem Alter. Er hatte davon geträumt, es auf lange Sicht bis zur Direktorsstelle zu bringen, oder wenigstens zum Oberlehrer an einer wirklich erstklassigen Schule; erst nach und nach, nach mehreren vergeblichen Anläufen, hatte er eingesehen, dass er dafür einfach nicht gut genug war. Sein Abschluss zum Beispiel war nicht bemerkenswert, und er konnte, auch wenn er sich gut hielt und zusehends besser wurde, nicht unter allen Umständen für Disziplin sorgen. Er besaß kein Vermögen, seine Familie hatte keine nennenswerten Verbindungen. Um das Jahr 1880, als er schon ein Jahrzehnt in Brookfield war, sah er allmählich ein, dass es sehr unwahrscheinlich war, dass er sich durch einen Wechsel noch würde verbessern können; aber zu ebenjener Zeit hatte es sich auch die Vorstellung, dass er einfach bleiben konnte, wo er war, in seiner Gedankenwelt bequem gemacht. Mit vierzig hatte er sich in seinem Leben eingerichtet, hatte Wurzeln geschlagen und war nicht unglücklich dabei. Mit fünfzig war er im Kollegium schon der Älteste und Weiseste, und mit sechzig, unter einem neuen, jugendlichen Schulleiter, da *war* er Brookfield – der Ehrengast, wenn die Ehemaligen sich zum Dinner versammelten, Berufungsinstanz bei allem, was mit Tradition und Geschichte von Brookfield zu tun hatte. Und im Jahr 1913, als er fünfundsechzig wurde, setzte er sich zur Ruhe, bekam zum Abschied einen Scheck und einen Schreibtisch und eine Uhr und mietete sich auf der anderen Straßenseite bei Mrs Wickett ein. Ein anständiges Berufsleben, mit Anstand abgeschlossen; der alte Chips, er lebe hoch, riefen sie alle beim turbulenten Trimesterabschlussessen, dreimal hoch.

Jaja, dreimal; aber damit war die Sache noch nicht zu Ende, es sollte noch etwas kommen, ein Epilog, mit dem keiner gerechnet hatte, eine Zugabe, gespielt vor einem Tragödienpublikum.

3

Es war ein kleines, doch sonniges und sehr gemütliches Zimmer, das Mrs Wickett ihm vermietete. Das Haus selbst war hässlich und protzig; aber das machte nichts. Es war praktisch – und darauf kam es an. Denn er ging gern, wenn das Wetter milde genug war, am Nachmittag zu den Sportfeldern, als Zuschauer beim Spiel. Er lächelte gern den Jungen zu, wenn sie sich zum Gruß an die Kappe tippten, und wechselte ein paar Worte mit ihnen. Sehr wichtig war es ihm, die neuen Schüler kennenzulernen, und er lud sie alle in ihrem ersten Trimester zu sich zum Tee. Von Reddaway im Dorf bestellte er jedes Mal einen Walnusskuchen mit leuchtend rotem Zuckerguss, und im Wintertrimester gab es auch Crumpets – einen kleinen Stapel davon vor dem Kaminfeuer, mit Butter getränkt, sodass der unterste von ihnen in einer kleinen flachen Pfütze lag. Seine Gäste amüsierten sich, wenn er den Tee zubereitete – mit Bedacht mischte er ihn löffelweise aus verschiedenen Dosen. Und er erkundigte sich bei den Neuen, woher sie kämen und ob aus ihrer Familie schon jemand in Brookfield gewesen sei. Er achtete darauf, dass ihr Teller niemals leer wurde, und pünktlich um fünf, nachdem die Zusammenkunft genau eine Stunde gedauert hatte, schaute er dann auf die Uhr und sagte: »Nun also – hmn – es ist mir eine Freude gewesen, Sie – hmn – alle kennenzulernen –, und es tut mir leid – hmn –, dass Sie nicht bleiben können …« Und er lächtelte ihnen zu und schüttelte ihnen unter dem Vordach die Hände, und dann entließ er sie, sodass sie wieder hinüber zur Schule stürmen konnten, unter Bemerkungen wie: »Anständiger alter Knabe, der Chips. Jedenfalls kriegt man einen richtig guten Tee, und wenn er einen loswerden will, dann weiß man's …«

Und auch Chips machte seine Bemerkungen – Mrs Wickett gegenüber, wenn sie ins Zimmer kam, um nach der Teegesellschaft aufzuräumen. »Ein – hmn – ausgesprochen interessanter Nachmittag, Mrs Wickett. Vom jungen Branksome höre ich, dass – hmn – sein Onkel Major Collingwood war – der Collingwood, den wir hier hatten im – im Jahre null-zwo, glaube ich. Liebe Güte, ich kann mich an Collingwood noch so gut erinnern. Einmal habe ich ihm eine Tracht Prügel verabreicht. Er – hmn – er war aufs Dach der Turnhalle geklettert – um einen Ball aus der Dachrinne zu holen. Hätte sich den – hmn –, den Hals brechen können, der Rabauke. Erinnern Sie sich an ihn, Mrs Wickett? Das muss doch zu Ihrer Zeit gewesen sein.«

Bevor sie genug gespart hatte, hatte Mrs Wickett die Wäschekammer der Schule verwaltet.

»Ja, Sir, den hab ich gekannt. Frech war der zu mir, die meiste Zeit. Aber böse Worte sind zwischen uns nie gefallen. Nur einfach frech. Hat er nicht übel gemeint. Tut die Art Jungs nie, Sir. War das nicht der, Sir, der den Orden bekommen hat?«

»Doch. Einen Verdienstorden.«

»Werden Sie noch etwas brauchen, Sir?«

»Nein, das wäre alles – hmn – bis zur Andacht. Er ist gefallen – in Ägypten, glaube ich – Ja – hmn – um die Zeit können Sie mir mein Abendessen bringen.«

»Sehr wohl, Sir.«

Ein schönes, friedliches Leben hier bei Mrs Wickett. Er hatte keine Sorgen; seine Pension reichte aus, und ein klein wenig hatte er auch gespart. Er konnte sich alles leisten, wonach ihm der Sinn stand. Die Ausstattung seines Zimmers war einfach, ganz nach dem Geschmack eines Schulmeisters: ein paar Regalbretter für Bücher und Sporttrophäen, auf dem Kaminsims Cricket-Spielpläne, signierte Fotografien von Schuljungen und Erwachsenen, ein abgeschabter Orientteppich, dicke Polstersessel, an der Wand Bilder von Akropolis und Forum Romanum. Fast alles stammte aus seinem alten Hausvorsteherzimmer in der Schule. Die Bücher waren hauptsächlich griechische und lateinische Klassiker, denn die Altphilologie war sein Fach gewesen, aber auch ein wenig Geschichte und schöne Literatur war dabei. Auf dem untersten Brett stapelten sich billige Kriminalromane. Die las Chips mit Vorliebe. Manchmal griff er zu Vergil oder Xenophon und blätterte ein wenig darin, doch immer kehrte er bald zu Doktor Thorndyke oder Inspector French zurück. All die Jahre hatte er seine Fächer gewissenhaft gelehrt, aber ein großer Philologe war er trotzdem nicht; ja, das Lateinische und Griechische waren für ihn weit eher tote Sprachen, aus denen ein englischer Gentleman ein paar Zitate kennen sollte, als lebendige, die lebendige Menschen einmal gesprochen hatten. Es machte ihm Freude, wenn er in einem kurzen Leitartikel der *Times* ein paar Worte eingeflochten fand, die er kannte. Er gehörte zu den immer seltener werdenden Menschen, die dergleichen verstanden – eine Geheimwissenschaft, die er schätzte, eine Art Freimaurertum; das, schien ihm, war schon der beste Nutzen, der sich aus einer klassischen Bildung ziehen ließ.

So lebte er also, bei Mrs Wickett, mit den stillen Freuden des Lesens, der Plaudereien und der Erinnerung; ein alter Mann, weißhaarig, aber noch kaum kahl, noch recht rüstig für sein Alter, trank Tee, empfing Besucher, schuf sich Beschäftigung mit den Korrekturen für die nächste Ausgabe des Brookfielder Schülerkalenders, schrieb dann und wann Briefe in einer dünnen, krakeligen, doch stets leserlichen Schrift. Er lud neu angekommene Lehrer zum Tee, so wie er die neuen Schüler einlud. Zwei neue Lehrkräfte hatten in jenem Herbsttrimester angefangen, und auf dem Rückweg von ihrem Besuch meinte einer zum anderen: »Schon ein Original, der alte Knabe, was? Das ganze Theater, wie er den Tee mischt – ein Hagestolz, wie er im Buche steht.«

Aber damit hatte er, so seltsam das war, unrecht; denn Chips war gar kein Hagestolz. Er war verheiratet gewesen, aber das lag schon so lange zurück, dass in der Belegschaft von Brookfield nun kein Einziger mehr war, der seine Frau noch gekannt hatte.

4

Tausend verschlungene Erinnerungen an alte Zeiten stellten sich ein, angeregt von der Wärme des Feuers und dem milden Aroma des Tees. Frühling – der Frühling des Jahres 1896. Da war er achtundvierzig gewesen – ein Alter, in dem die Gewohnheiten sich verfestigen. Er war eben Hausvorsteher geworden; damit und mit dem Latein- und Griechischunterricht hatte er für sich ein warmes, gemütliches Plätzchen im Leben gefunden. In den Sommerferien reiste er mit Rowden, einem Kollegen, in den Lake District; eine Woche lang wanderten sie gemeinsam, bestiegen die Berge, dann musste Rowden wegen einer Familiengeschichte plötzlich fort. Chips blieb allein in Wasdale Head und suchte sich ein Zimmer in einem kleinen Bauernhaus.

Einmal, beim Aufstieg auf den Great Gable, bemerkte er eine junge Frau, die aufgeregt von einem gefährlich aussehenden Felsvorsprung aus winkte. Im Glauben, sie sei in Gefahr, lief er los in ihre Richtung, doch in seiner Hast rutschte er selbst ab und verstauchte sich den Knöchel. Wie sich herausstellte, war sie gar nicht in Schwierigkeiten gewesen, sondern hatte nur einer Freundin weiter unten am Berg Zeichen gegeben; sie war eine geübte Bergsteigerin, sogar besser als Chips, der selbst durchaus geschickt darin war. So war er nun nicht der Retter, sondern der Gerettete; und keine von beiden Rollen war eine, die ihm so recht behagte. Denn er machte sich, wie er wohl gesagt hätte, nicht viel aus Frauen, er fühlte sich nie ganz wohl, nie entspannt in ihrer Gesellschaft, und das ungeheuerliche Wesen, von dem damals immer häufiger zu hören war, die »Neue Frau« der Neunziger, erfüllte ihn mit Schrecken. Er war ein stiller, zurückhaltender Mann, und wenn er von seiner sicheren Zuflucht in Brookfield aus die Welt betrachtete, schien sie ihm voller unerfreulicher Neuerungen; da war ein Bursche namens Bernard Shaw, der die seltsamsten, ja empörendsten Ansichten vertrat, da war auch Ibsen mit seinen verstörenden Stücken, und da war diese neue Mode des Radfahrens, der die Frauen mit der gleichen Begeisterung huldigten wie die Männer. Chips hielt nichts von all diesem neumodischen Zeug, von so viel Freiheit. Hätte er je sagen sollen, was für eine Vorstellung von Frauen er hegte, wäre es wohl das unbestimmte Gefühl gewesen, dass eine angenehme Frau ein schwaches Geschöpf war, furchtsam, zerbrechlich, und dass angenehme Männer sie mit einer höflichen, doch recht kühlen Ritterlichkeit behandelten. Folglich hatte er auch nicht damit gerechnet, am Great Gable auf eine Frau zu treffen; aber als er nun auf eine gestoßen war, die anscheinend männliche Hilfe brauchte, schreckte es ihn umso mehr, als diese plötzlich den Spieß umdrehte und *ihm* zu Hilfe kam. Denn das tat sie. Ihr und ihrer Freundin blieb nichts anderes übrig. Er konnte kaum gehen, und nur unter großen Mühen schafften sie ihn über den steilen Pfad wieder nach Wasdale zurück.

Sie hieß Katherine Bridges, und sie war fünfundzwanzig – jung genug, um Chipsens Tochter zu sein. Sie hatte strahlend blaue Augen, Sommersprossen auf den Wangen und glattes strohblondes Haar. Auch sie hatte sich auf einem Bauernhof eingemietet, machte Urlaub mit einer Freundin, und da sie nach ihren Begriffen die Schuld an Chipsens Unfall trug, kam sie, per Fahrrad am Seeufer entlang, regelmäßig herüber zu dem Haus, wo dieser stille, ernsthaft dreinblickende Mann mittleren Alters auf seinem Lager lag.

Denn als solchen sah sie ihn zunächst. Und er, weil sie Fahrrad fuhr und nichts dabei fand, ohne Begleitung einen Mann im Wohnzimmer eines Bauernhauses aufzusuchen, fragte sich ein wenig verwundert, was aus der Welt noch werden sollte. Der verstauchte Fuß lieferte ihn ihrer Barmherzigkeit aus, und bald begriff er, wie sehr er diese Barmherzigkeit tatsächlich brauchte. Sie war Gouvernante, derzeit ohne Anstellung, hatte ein wenig Geld gespart, las und bewunderte Ibsen, fand, dass auch Frauen zum Studium zugelassen werden müssten, ja fand sogar, dass sie das Wahlrecht haben sollten. Politisch gesprochen war sie eine Radikale und neigte zu den Ansichten von Leuten wie Bernard Shaw und William Morris. All ihre Ideen und Ansichten breitete sie an jenen Sommernachmittagen in Wasdale Head vor Chips aus, und er, in Diskussionen wenig geübt, fand es anfangs der Mühe nicht wert, ihnen zu widersprechen. Ihre Freundin reiste ab, aber sie blieb; was *sollte* man, fragte sich Chips, mit so einer Person bloß machen? Auf Krücken schleppte er sich oft über einen Fußpfad zu der winzigen Kirche; es gab dort eine steinerne Sitzbank an der Mauer, und dort saß er gern und ließ sich von der Sonne bescheinen, betrachtete die grünbraune Pracht des Gable und lauschte den Plaudereien eines – ja, das musste Chips schon zugeben – sehr schönen Mädchens.

Eine wie sie war ihm noch nie begegnet. Er hatte immer geglaubt, dass der moderne Typ, diese ganze Geschichte mit der »Neuen Frau«, ihn abstoßen würde; und jetzt freute er sich regelrecht, wenn er sie auf ihrem neumodischen Rad am Seeufer kommen sah. Und auch sie hatte noch nie jemanden kennengelernt wie *ihn*. Sie hatte immer geglaubt, dass Männer mittleren Alters, die die *Times* lasen und nichts von der modernen Zeit hielten, fürchterliche Langweiler sein müssten; und jetzt saß er hier und weckte ihr Interesse und ihre Aufmerksamkeit weit mehr als die jungen Männer ihres eigenen Alters. Anfangs mochte sie ihn, weil es so schwer war, ihn näher kennenzulernen, seiner sanften und ruhigen Art wegen, seiner Ansichten, die noch aus den ja wirklich unmöglichen Siebzigern und Achtzigern stammten, sogar aus noch älterer Zeit – und doch so durch und durch aufrecht waren; und weil – weil seine Augen braun waren und er so bezaubernd aussah, wenn er lächelte. »Dann werde ich Sie natürlich auch Chips nennen«, erklärte sie, als sie erfuhr, dass dies sein Spitzname in der Schule war.

Binnen einer Woche waren sie bis über die Ohren verliebt; noch bevor Chips wieder ohne Stock gehen konnte, sahen sie sich schon als Verlobte; und sie heirateten in London eine Woche vor Beginn des Herbsttrimesters.

5

Wenn Chips so dasaß bei Mrs Wickett, die Stunden verträumte und an jene Zeiten zurückdachte, dann wanderte sein Blick oft hinunter zu seinen Füßen, und er überlegte, welcher von beiden es gewesen war, der ihm damals einen so erstklassigen Dienst erwiesen hatte. Gerade das, der nichtige Anlass so großer Geschehnisse, war ein Detail, das ihm tatsächlich entfallen war. Aber er sah den mächtigen Buckel des Great Gable noch vor sich (er war seither nie wieder im Lake District gewesen), die mausgrauen Tiefen des Wastwater im Schatten der Screes; im Geiste roch er noch, wie die reingewaschene Luft nach einem schweren Regen gerochen hatte, folgte noch einmal dem Felsband des Passes hinüber zum Sty Head. Mit solcher Klarheit war ihm das alles im Gedächtnis geblieben, diese Zeit, in der sie schwindlig vor Glück gewesen waren, die Abendspaziergänge am Seeufer, ihre kühle Stimme und ihr helles Lachen. Sie war ein sehr fröhlicher Mensch gewesen, immer.

Mit welchem Eifer sie ihre gemeinsame Zukunft geplant hatten! Er war allerdings recht ernst dabei gewesen, sogar ein wenig furchtsam. Es war ausgemacht, dass sie nach Brookfield kommen sollte; auch andere Hausvorsteher waren verheiratet. Und sie möge Jungs, hatte sie ihm versichert, freue sich darauf, mitten unter ihnen zu leben. »Ach, Chips, ich bin so froh, dass du bist, wer du bist. Ich hatte schon befürchtet, dass du Anwalt sein könntest oder Börsenmakler oder Zahnarzt oder ein Mann mit einer großen Baumwollspinnerei in Manchester. Bei unserer ersten Begegnung, meine ich. Da ist Schulmeister doch etwas ganz anderes, findest du nicht auch? Viel wichtiger. Einfluss nehmen auf die, die heranwachsen und ihre Rolle spielen werden in der Welt …«

So habe er das noch nie betrachtet, antwortete Chips – oder zumindest nicht oft. Er mache es, so gut er könne;

das sei schließlich das Einzige, was man in jedem Beruf tun könne.

»Ganz genau, Chips. Dafür liebe ich dich. Dass du alles immer mit so einfachen Worten sagst.«

Eines anderen Morgens – wieder eine kristallklare Erinnerung, wenn er nun daran zurückdachte – hatte er, aus welchem Grund auch immer, einen unbändigen Drang verspürt, sich selbst und all seine Leistungen herabzusetzen. Er hatte ihr erzählt, dass sein Abschluss nur durchschnittlich war, dass er bisweilen auch jetzt noch Mühe hatte, für Disziplin zu sorgen, dass er kaum eine Aussicht auf Beförderung habe, ja dass er einfach nicht der richtige Mann für ein junges und ehrgeiziges Mädchen sei. Und als er all das aufgezählt hatte, hatte sie zur Antwort gelacht.

Ihre Eltern lebten nicht mehr, Brauthaus war das Haus einer Tante in Ealing. Am Vorabend der Hochzeit, als Chips sich verabschiedete, um zu seinem Hotel zurückzukehren, sagte sie mit gespieltem Ernst: »Weißt du, es ist schon etwas ganz Besonderes – unser letzter Abschied. Ich komme mir beinahe wie ein Schuljunge vor, der eben sein erstes Trimester bei dir beginnt. Nicht dass ich mich fürchten würde, wohlgemerkt – aber dies eine Mal bin ich ernst und respektvoll. Soll ich dich ›Sir‹ nennen – oder wäre ›Mr Chips‹ die korrekte Anrede? ›Mr Chips‹, denke ich. Dann also, leben Sie wohl – leben Sie wohl, Mr Chips …«

(Das Hufklappern einer Droschke auf der Gasse, das Flackern grünbleicher Gaslaternen auf dem nassen Pflaster, Zeitungsjungen, die etwas von Südafrika rufen, Sherlock Holmes in der Baker Street.)

»Leben Sie wohl, Mr Chips …«

6

Was nun folgte, war eine Zeit solcher Glückseligkeit, dass Chips, wenn er lange später daran zurückdachte, sich kaum vorstellen konnte, dass es je vorher oder je nachher auf der Welt ein so großes Glück gegeben hatte. Denn seine Ehe war in jeder Hinsicht ein Erfolg. Katherine eroberte Brookfield, so wie sie Chips erobert hatte; überall war sie beliebt, bei Schüler- und bei Lehrerschaft gleichermaßen. Sogar die Frauen der Lehrer, die sich anfangs bemüßigt fühlten, auf eine so junge und bezaubernde Person eifersüchtig zu sein, konnten ihrem Charme nicht lange widerstehen.

Am bemerkenswertesten aber war die Wandlung, die sie bei Chips bewirkte. Bis zu seiner Heirat war er ein trockener und recht farbloser Mensch gewesen; jemand, den Brookfield zwar durchaus achtete und schätzte, aber keiner von denen, die das Zeug zu großer Beliebtheit hatten oder echte Zuneigung weckten. Er war nun schon über ein Vierteljahrhundert in Brookfield, lange genug, um sich seinen Ruf als anständiger Kerl und ehrlicher Arbeiter zu erwerben, aber doch schon zu lange, als dass noch jemand mehr als das von ihm erwartete. Ja, es zeigten sich schon die ersten Anzeichen jenes schleichenden Verfalls eines Pädagogendaseins, die schlimmste, tiefste Falle, in die man in seinem Beruf geraten konnte, nämlich dass er Jahr für Jahr immer wieder dieselben Unterrichtsstunden hielt, und damit war sein Leben in so feste Bahnen geraten, dass sich alles andere mit einer tückischen Bequemlichkeit darin einrichten ließ. Er machte seine Arbeit gut; er war gewissenhaft; er war ein fester Teil des Schulbetriebs, einer, auf den man sich verlassen, dem man vertrauen konnte, einer, der alles gab, nur keine Inspiration.

Und dann kam diese erstaunliche, noch so junge Frau, mit der keiner gerechnet hatte – am allerwenigsten Chips selbst. Sie machte, nach außen hin, einen neuen Menschen aus ihm; doch im Grunde bestand das Neue nur darin, dass Züge, die er von Anfang an besaß, die aber in ihm gefangen, unvermutet gewesen waren, ans Licht des Tages kamen. Seine Augen glänzten nun; sein Verstand, der zwar nicht überragend, aber vollauf genügend war, wagte sich hinaus zu Abenteuern. *Eine* Eigenschaft, die er schon immer besessen hatte, sein Humor, kam nun plötzlich zur vollen Blüte, der sein Reichtum an Jahren noch die rechte Reife gab. Er wurde selbstsicherer; seine Mühe mit der Disziplin schwand in einem solchen Maße, dass er es sich tatsächlich leisten konnte, weniger streng zu sein; seine Beliebtheit wuchs. Als er frisch nach Brookfield gekommen war, hatte er sich gewünscht, dass man ihn liebte, ihn ehrte und ihm gehorchte – aber Gehorchen war das Wichtigste gewesen. Gehorsam hatte er sich verschafft, Ehre war ihm zuteilgeworden; aber erst jetzt kam die Liebe dazu, die ganz unwillkürliche Liebe von Schuljungen zu einem Mann, der freundlich war, aber nicht weich, der sie gut genug verstand, aber doch nicht zu gut, und dessen privates Glück ihr eigenes mehrte. Er machte jetzt kleine Witze, von der Art, wie Schuljungen sie mögen – Eselsbrücken und Wortspiele, die sie zum Lachen brachten und zugleich auch dafür sorgten, dass sie sich etwas besser merken konnten. Einen solchen Scherz gab es, der nie seine Wirkung verfehlte, obwohl er nur ein einziger unter vielen war. Wann immer er in der römischen Geschichte an die Lex Canuleia kam, jenes Gesetz, das Patriziern gestattete, Plebejer zu heiraten, fügte Chips hinzu: »Sodass also, wenn Miss Plebs von Mr Patrizier verlangte, dass er sie heiratete, und er antwortete, das könne er nicht, sie ihm vermutlich antwortete: ›Nix, kann ja jeder!‹« Schallendes Gelächter.

Und Kathie sorgte dafür, dass sein Horizont sich weitete, öffnete seinen Geist für das, was jenseits der Dächer und Türmchen von Brookfield lag. Sie gab ihm einen Begriff von seiner Heimat als einer Landschaft, die Tiefe und Seele hatte, eine, bei der Brookfield nur ein winziges Bächlein unter den vielen war, die diesen mächtigen Strom speisten. Ihr Verstand ging über den seinen hinaus, er konnte ihre Gedanken nicht verwirren, auch da nicht, wo er einmal anderer Ansicht war als sie; in der Politik etwa blieb er ein Konservativer, soviel sie auch von Radikalem und Sozialistischem redete. Aber selbst da, wo er ihr nicht zustimmte, lernte er von ihr; ihr jugendlicher Idealismus gab der Gesetztheit seines Alters neuen Schwung, und so entstand eine Mischung, die ebenso milde wie weise war.

Manchmal überzeugte sie ihn auch ganz. Zum Beispiel hatte Brookfield eine Partnerschule im Londoner East End, für die Schüler und Eltern zwar großzügig Geld stifteten, aber selten suchten sie persönlichen Kontakt. Von Katherine kam der Vorschlag, sie sollten ein Fußballteam von dort nach Brookfield einladen, zu einem Spiel gegen die Mannschaft der Schule. Es war eine dermaßen unerhörte Idee, dass sie, wäre sie von jedem anderen und nicht von Katherine gekommen, über ihre erste frostige Aufnahme nie hinausgekommen wäre. Eine Horde Jungs aus den Slums auf die heiter-beschauliche Welt des besser gestellten Nachwuchses loszulassen, da brachte man doch leichtfertig alle möglichen Dinge in Bewegung, die besser unbewegt blieben. Das ganze Kollegium war dagegen, und die Schule selbst, hätte man sie befragen können, wäre vermutlich auch dagegen gewesen. Alle waren sicher, dass die Jungs aus dem Armenviertel Raufbolde sein würden, oder andernfalls, dass sie sich bei ihnen nicht wohlfühlen würden; jedenfalls würde es »Zwischenfälle« geben, es würde alles durcheinanderbringen, jedem wäre unwohl dabei. Aber Katherine ließ nicht locker.

»Chips«, sagte sie, »das stimmt nicht, und ich habe recht. Mein Blick ist auf die Zukunft gerichtet, und du und die anderen, ihr schaut in die Vergangenheit. England wird nicht für immer zwischen Offizieren und ›niederen Rängen‹ gespalten bleiben. Und diese Jungs aus Poplar, die sind – für England – genauso wichtig wie die aus Brookfield. Ihr müsst sie herholen, Chips. Ihr könnt nicht einfach nur einen Scheck über ein paar Guineen ausstellen und euer Gewissen beruhigen, und sonst wollt ihr nichts mit ihnen zu tun haben. Sie sind doch ebenso stolz auf Brookfield wie ihr. In ein paar Jahren werden vielleicht Jungen wie sie hierherkommen – ein paar jedenfalls. Und warum nicht? Warum soll das nicht gehen? Mein lieber Chips, vergiss nicht, dass wir das Jahr achtzehnhundertsiebenund*neunzig* schreiben – nicht siebenund*sechzig*, als du in Cambridge warst. Von da stammen die Ideale, die heute noch durch deinen Verstand geistern, und es waren ja auch gute Ideale, viele davon. Aber jetzt wird es Zeit, dass ein paar – wenigstens ein paar, Chips – neue hineinkommen ...«

Urplötzlich, und eher zu ihrem Erstaunen, gab er nach und wurde zum flammenden Verteidiger des Vorschlags. Die Kehrtwende kam so unvermittelt, dass er die Schulleitung damit überrumpelte, und ehe sie wussten, wie ihnen geschah, hatten sie dem gefährlichen Experiment schon zugestimmt. Der Samstagnachmittag kam, an dem die Jungs aus Poplar in Brookfield eintrafen, sie traten gegen die zweite Schulmannschaft an, verloren ehrenvoll mit sieben zu fünf, und hinterher gab es für alle zusammen High Tea im Speisesaal. Danach wurden sie vom Direktor begrüßt, es gab einen Rundgang durch die Gebäude, und am Abend verabschiedete Chips sie am Bahnhof. Alles war ohne die kleinste Unstimmigkeit verlaufen, und jeder sah, dass die Besucher einen ebenso guten Eindruck mit nach Hause nahmen, wie sie selbst hinterließen.

Was sie außerdem mit nach Hause nahmen, war die Erinnerung an eine bezaubernde Frau, die sich ihrer angenommen und die mit ihnen geplaudert hatte; denn einmal, Jahre später, im Weltkrieg, kam ein Soldat, der nicht weit von Brookfield stationiert war, herüber zu Chips. Er erzählte, dass er zu jener ersten Mannschaft gehört habe, die damals zu Besuch gekommen war. Chips bewirtete ihn mit Tee und unterhielt sich mit ihm, und schließlich, als er zum Abschied die Hand reichte, fragte der Mann: »Und wie geht's der Gattin, Sir? An die erinnere ich mich noch gut.«

»Tatsächlich?«, fragte Chips eifrig zurück. »Sie erinnern sich?«

»Aber ja. Das tun doch bestimmt alle.«

Und Chips antwortete: »Nein, das tun sie nicht. Jedenfalls nicht hier. Schuljungen kommen und gehen; immer wieder neue Gesichter; die Erinnerung hält nicht lange. Selbst die Lehrkräfte bleiben nicht ewig. Seit letztem Jahr – als der alte Gribble in Rente ging – das ist – hmn – der Butler der Schule –, seitdem ist niemand mehr hier, der meine Frau noch gekannt hat. Sie ist gestorben, müssen Sie wissen, noch nicht einmal ein Jahr nach Ihrem Besuch. Im Jahr achtundneunzig.«

»Das tut mir sehr leid, das zu hören, Sir. Aber auf alle Fälle gibt's da noch zwei oder drei von meinen Kumpels, die 'innern sich noch ganz genau, obwohl wir sie ja nur das eine Mal gesehen haben. Ja, an die erinnern wir uns noch gut.«

»Das freut mich sehr … Es war ein großartiger Tag, für uns alle – und auch ein gutes Spiel.«

»Einer von den besten Tagen in mei'm ganzen Leben. Wünschte, es könnt noch mal damals sein und nicht heute – das könn' Sie mir glauben. Morgen geht's ab nach Frankreich.«

Ungefähr einen Monat später hörte Chips, dass er in Passchendaele gefallen war.

7

So war das also, eine warme und lebendige Episode in seinem Leben, ein Strahlen, das in tausend Erinnerungen nachglomm. Abenddämmerung bei Mrs Wickett, wenn die Schulglocke zum Appell rief, dann tauchte sie in seiner Erinnerung auf, erschien ihm wie aus einer Wolke – Katherine, wie sie über die Korridore gestürmt war, wie sie an seiner Seite über einen komischen Fehler in einem Aufsatz, den er eben korrigierte, gelacht hatte, wie sie in einem Schulkonzert, einem Trio von Mozart das Cello spielte, ihr milchweißer Arm über dem braun schimmernden Instrument. Sie war eine gute Spielerin gewesen, ein musikalisches Talent. Und Katherine in Pelz und Muff beim Fußballturnier im Dezember, Katherine auf der Gartenparty nach der Preisverleihung zum Schuljahrsende, Katherine, die bei jeder kleinen Sorge mit einem Rat zur Stelle war. Und guter Rat war es gewesen, jedes Mal – den er nicht immer annahm, der aber stets seinen Einfluss auf seine Entscheidung hatte.

»Chips, Lieber, ich an deiner Stelle würde es ihnen durchgehen lassen. Es ist doch nicht *so* ernst.«

»Ich weiß. Ich ließe es gern durchgehen, aber ich fürchte, dann werden sie es wieder tun.«

»Sag ihnen das doch ganz offen und gib ihnen die Chance.«

»Das wäre eine Idee.«

Und manchmal gab es auch Dinge, die *waren* ernst.

»Weißt du, Chips, Hunderte von Jungen hier so zusammenzusperren, das ist doch nun wirklich unnatürlich, wenn man sich das einmal überlegt. Wenn also nun etwas geschieht, was nicht geschehen sollte, findest du es denn da nicht ein wenig unfair, mit ihnen ins Gericht zu gehen, als wäre es ihre eigene Schuld, dass sie hier sind?«

»Da wäre ich mir nicht so sicher, Kathie. Aber ich *bin* mir sicher, dass wir im Interesse aller hier streng sein müssen. Ein einziges schwarzes Schaf kann die ganze Herde verderben.«

»Eins, das ja auch erst einmal von jemandem verdorben wurde. Denn so wird es doch gewesen sein, oder?«

»Vielleicht. Da sind wir machtlos. Trotzdem glaube ich, dass Brookfield besser ist als viele anderen Schulen. Umso mehr Grund, dafür zu sorgen, dass es auch so bleibt.«

»Aber dieser Junge, Chips ... Willst du ihn von der Schule schicken?«

»Vermutlich wird der Direktor es tun, wenn ich ihm die Sache melde.«

»Und du willst sie dem Direktor melden?«

»Es ist meine Pflicht, fürchte ich.«

»Könntest du nicht noch ein bisschen darüber nachdenken ... noch einmal mit dem Jungen reden ... herausbekommen, wie es angefangen hat ... Denn abgesehen von dieser Sache – ist er nicht ein ziemlich netter Junge?«

»Ach, der ist in Ordnung.«

»Und, Chips, Lieber, findest du dann nicht, es *sollte* einen anderen Weg geben ...«

Und so weiter. In ungefähr einem von zehn Fällen blieb er hart und ließ sich nicht umstimmen. Und in ungefähr der Hälfte dieser Ausnahmen wünschte er sich am Ende, er hätte auf ihren Ratschlag gehört. Und noch Jahre später fuhr, immer wenn er mit einem Schüler Schwierigkeiten hatte, eine besänftigende Woge der Erinnerung über ihn her. Dann stand der Junge da, wartete, dass man ihm seine Strafe aufbrummte, und wenn er ein guter Beobachter war, dann sah er in den braunen Augen einen Funken aufglimmen, der ihm versicherte, dass alles gut würde. Aber er wäre nicht darauf gekommen, dass Chips in einem solchen Augenblick an etwas zurückdachte, was geschehen war, lange bevor er auf der Welt war; dass Chips dachte: Du kleiner Schlingel, der Teufel soll mich holen, wenn mir ein Grund einfällt, dich laufen zu lassen, aber ich wette, *sie* hätte einen gewusst!

Allerdings hatte sie nicht immer auf Nachsicht plädiert. Es gab, wenn auch selten, Fälle, in denen sie zur Strenge riet, wo Chips geneigt gewesen wäre zu verzeihen. »Ich mag seine Art nicht, Chips. Er ist mir zu sehr von sich eingenommen. Wenn er Ärger will, dann soll er ihn auch bekommen.«

Wie viele solcher kleinen Begebenheiten es waren, alle tief in der Vergangenheit begraben – Sorgen, die einmal dringend gewesen waren, Streit, in dem es einmal böse Worte gab, Anekdoten, die nur deshalb ein Spaß waren, weil man sich an den Spaß von damals noch erinnerte. War ein Gefühl denn noch von Bedeutung, wenn die letzte Spur davon aus dem Gedächtnis der Menschen geschwunden war? Und wenn es so war, welch gewaltige Zahl an Gefühlen klammerte sich dann an ihn als ihre letzte Zuflucht vor der Vernichtung! Er musste freundlich zu ihnen sein, musste sie hegen in seinem Verstand vor ihrem langen Schlaf. Diese Sache mit Archers Rücktritt etwa – eine merkwürdige Geschichte war das gewesen. Und wie damals Dunster eine Ratte auf die Orgelempore gesetzt hatte, als der alte Ogilvie gerade Chorprobe hielt. Ogilvie war tot, Dunster vor Jütland ertrunken; von den anderen, die bei dem Vorfall dabei gewesen waren oder von ihm gehört hatten, hatten ihn wahrscheinlich die meisten vergessen. Und so ging das schon, mit anderen Vorfällen, jahrhundertelang. Plötzlich kam ihm eine Vision, Tausende und Tausende von Schuljungen, seit den Tagen von Königin Elisabeth; Dynastien von Lehrkräften; ganze Epochen der Geschichte von Brookfield, von denen nicht der Hauch einer Erinnerung blieb. Wer wusste, weswegen das alte Schulzimmer der fünften Klasse »die Grube« genannt wurde? Einmal musste es einen Grund gegeben haben, aber er war seither verloren gegangen – verloren wie die verlorenen Bücher des Livius. Wie ging es in Brookfield zu, als Cromwell ganz in der Nähe die Schlacht von Naseby schlug? Was machte Brookfield, als im Jahr fünfundvierzig die Schotten marschierten? Gab es einen Tag schulfrei, als die Nachricht von Waterloo kam? Und so weiter, bis in die früheste Zeit, an die er selbst sich noch erinnerte – 1870, als Wetherby bei ihrer ersten und einzigen Begegnung zum Abschied noch im Plauderton gesagt hatte: »Sieht ganz so aus, als ob wir uns eines schönen Tages auch noch mit den Preußen herumschlagen müssten, was?«

Wenn Chips an solche Dinge zurückdachte, dann sagte er sich oft, dass er sie aufschreiben sollte, ein Buch daraus machen; und in seinen Jahren bei Mrs Wickett ging er bisweilen sogar so weit, sich in einem Schulheft ein paar Notizen zu machen. Aber er stieß dabei schnell auf Schwierigkeiten – die größte war, dass ihn das Schreiben ermüdete, geistig wie auch körperlich. Irgendwie verloren seine Erinnerungen auch viel von ihrem Reiz, wenn er sie niederschrieb; diese Geschichte von Rushton und dem Sack Kartoffeln zum Beispiel – im Druck würde sie eher dürftig wirken, aber Gott, wie lustig war das damals gewesen! Und lustig war es auch, wenn man sich daran erinnerte; aber andererseits, wenn man sich nicht mehr an Rushton erinnerte ... und wer würde das noch, nach so vielen Jahren? Es war schon so lange her ... Mrs Wickett, haben Sie je einen Burschen namens Rushton gekannt? Vor Ihrer Zeit, nehme ich an ... Ist nach Burma gegangen, irgendwas im Staatsdienst ... oder war es Borneo? Sehr lustiger Bursche, der Rushton ... Und schon saß er wieder da am Kamin und träumte, träumte von Zeiten und Dingen, an denen nur er allein insgeheim sein Interesse haben konnte. Lustig und traurig, komisch und tragisch, kamen sie alle zusammen in seinem Verstand, und eines Tages, so schwer es ihm auch fallen mochte, *würde* er Ordnung hineinbringen und ein Buch daraus machen …

8

Und immer war er in seinen Gedanken bei jenem Frühlingstag im Jahre achtundneunzig, an dem er mit langen Schritten durchs Dorf Brookfield gelaufen war wie in einem entsetzlichen Alptraum, fast als könnte er damit in eine äußere Welt entfliehen, wo die Sonne noch schien und alles anders gekommen war. Der junge Faulkner war ihm begegnet, auf dem Weg draußen vor der Schule. »Bitte, Sir, kann ich den Nachmittag frei haben? Meine Eltern kommen.«

»Hm? Was? Aber ja, ja natürlich …«

»Und die Abendandacht, kann ich da auch noch wegbleiben, Sir?«

»Ja doch … ja …«

»Und darf ich zum Bahnhof fahren und sie abholen?«

Fast hätte er gesagt: »Du kannst zur Hölle fahren, wenn es nach mir geht. Meine Frau ist tot, und mein Kind ist tot, und ich wünschte, ich wäre auch tot.«

In Wirklichkeit nickte er nur und hastete weiter. Er wollte mit niemandem reden, keine Beileidsbekundungen hören; er wollte sich an die neuen Verhältnisse gewöhnen, sofern er das konnte, erst dann würde er sich den freundlichen Worten der anderen stellen. Nach dem Appell trat er vor seine vierte Klasse wie immer, gab ihnen Grammatik zum Auswendiglernen, er selbst blieb am Pult, weiter in seiner eisigen Trance. Plötzlich sagte einer: »Bitte, Sir, da sind eine Menge Briefe für Sie.«

Das stimmte; er hatte sich mit dem Ellenbogen daraufgestützt; alle waren sie an ihn persönlich adressiert. Er riss sie auf, einen nach dem anderen, und in jedem war nichts als ein leeres Blatt Papier. Das war doch merkwürdig, dachte er vage, sagte aber nichts; der Vorfall war zu unbedeutend im Vergleich zu dem so viel Größeren, das seine Gedanken ganz beschäftigte. Erst Tage später ging ihm auf, dass es ein Aprilscherz gewesen war.

Sie waren beide am selben Tag gestorben, die Mutter und das neugeborene Kind; am 1. April 1898.

9

Chips zog aus der geräumigeren Wohnung im Haupthaus wieder zurück in sein altes Junggesellenquartier. Anfangs wollte er seinen Posten als Hausvorstand aufgeben, aber der Direktor redete es ihm aus, und später war er froh darüber. Diese Arbeit gab ihm etwas zu tun, füllte eine Leere in seinen Gedanken wie in seinem Herzen. Er hatte sich verändert; das fiel allen auf. So wie die Ehe etwas zu seinem Wesen hinzugefügt hatte, tat es nun auch der Verlust; nach der ersten Benommenheit der Trauer war urplötzlich die Art von Mann aus ihm geworden, die zumindest die Schuljungen unwillkürlich als »alt« ansahen. Nicht dass er weniger aktiv gewesen wäre; er bekam immer noch sein halbes Hundert auf dem Cricketfeld zusammen; auch seine Arbeit erledigte er nicht weniger eifrig und gewissenhaft als zuvor. Sein Haar war tatsächlich schon Jahre zuvor grau geworden; aber jetzt bemerkten die Leute es anscheinend zum ersten Mal. Er war fünfzig. Einmal, nach mehreren sportlichen Fünferschlägen, die er so gut gespielt hatte wie manch einer halb so alt wie er, hörte er einen Jungen sagen: »Gar nicht schlecht für einen alten Knaben wie den.«

Als er schon über die achtzig hinaus war, erzählte Chips diese Geschichte gern unter großem gutmütigem Glucksen. »Alt mit fünfzig, was? Hmn – das war Naylor, der das gesagt hat, und Naylor muss ja jetzt selbst schon auf die fünfzig zugehen! Ob er wohl immer noch denkt, dass man mit fünfzig ein alter Knabe ist? Ich habe gehört, er ist Anwalt geworden, und Anwälte leben lang – da muss man nur Halsbury ansehen – hmn – Kanzler mit zweiundachtzig, gestorben mit neunundneunzig. *Das* – hmn –, *das* nenne ich alt! Zu alt mit fünfzig – ja so ein Bursche ist doch mit fünfzig noch viel zu *jung* ... ich selbst war mit fünfzig noch ... gerade mal ein Baby ...«

Und in gewissem Sinne stimmte das. Denn mit dem neuen Jahrhundert stellte sich bei Chips eine Milde ein, die all seine zunehmend deutlicheren Schrullen und seine immergleichen Scherze zu einem Ganzen verband, einer Harmonie. Die gelegentlichen kleinen Schwierigkeiten mit der Disziplin verschwanden nun ganz, auch Zweifel an seiner Arbeit und seinem Wert hatte er keine mehr. Er spürte, wie sein Stolz auf Brookfield auf ihn zurückstrahlte, sodass er seinerseits Stolz auf sich selbst und auf seine Stellung empfand. Seine Arbeit gab ihm die Freiheit, voll und ganz er selbst zu sein. Durch die Zahl seiner Jahre, die größere Reife, hatte er Zugang zu einem unerforschten Reich der Privilegien gefunden; er hatte sich ein Recht auf jene kleinen Wunderlichkeiten erworben, die Lehrer und Landpfarrer so oft entwickeln. Er trug seinen Talar, bis er so abgewetzt war, dass er beinahe auseinanderfiel; und wenn er auf der Holzbank an der Treppe zur Aula stand, um den Appell abzunehmen, tat er es mit der verklärten Miene eines Mystikers, erfüllt von Hingabe an das Ritual. Er hielt das Schülerverzeichnis, eine lange Schriftrolle, die er über ein Schreibbrett zog; jeder Junge nannte Chips im Vorübergehen seinen Namen, Chips vergewisserte sich auf der Liste und hakte den Namen ab. Der Blick, mit dem er die Anwesenheit quittierte, war ein leichter und gern genommener Anlass für Albereien, in der ganzen Schule wurde er nachgeäfft – die Nickelbrille ganz vorn auf der Nasenspitze, die Augenbrauen gehoben, die eine ein wenig höher als die andere, der Ausdruck halb selig, halb forschend. Und an windigen Tagen, wenn Talar, weißes Haar und Schülerliste in wildem Durcheinander flatterten, wurde aus allem zusammen eine komische Nummer, gerade passend für die Zeit zwischen dem nachmittäglichen Sport und der Rückkehr zum Unterricht.

Manche dieser Namen, in kleinen Gruppen wie der Refrain eines Lieds, kamen ihm später ganz unwillkürlich in den Sinn ... »Ainsworth, Attwood, Avonmore, Babcock, Baggs, Barnard, Bassenthwaite, Battersby, Beccles, Bedford-Marshall, Bentley, Best ...«

Eine andere:

»... Unsley, Vailes, Wadham, Wagstaff, Wallington, Waters *primus*, Waters *secundus*, Watling, Waveney, Webb ...«

Und noch eine, die, wie er seinen Viertklässlern im Lateinunterricht zu sagen pflegte, ein perfektes Beispiel für einen Hexameter war:

»... Lancaster, Latton, Lemare, Lytton-Bosworth, MacGonigall, Mansfield ...«

Was wohl aus ihnen allen geworden war?, überlegte er oft; diese Fäden, die er einmal zusammengehalten hatte, wie weit mochten sie inzwischen geweht sein, manche zerrissen, andere zu neuen, unbekannten Mustern verwoben? Das seltsam Zufällige der Welt faszinierte ihn, die Zufälligkeit, die, solange die Welt auch noch bestehen mochte, diesen Kehrreimen nie wieder einen Sinn geben würde.

Und jenseits von Brookfield, so wie man, wenn der Nebel sich lichtet, jenseits eines Bergs einen weiteren erblicken mag, sah er eine Welt der Verwerfungen und der Zwietracht; und er sah sie, mehr als ihm bewusst war, mit den Augen von Kathie, so wie er sich ihrer erinnerte. Sie hatte ihm nicht all ihren Verstand vermachen können, geschweige denn dessen strahlende Schärfe; aber sie hatte ihm eine Besonnenheit, einen Gleichmut hinterlassen, der im Einklang mit den Regungen in seinem eigenen Inneren stand. Es war bezeichnend für ihn, dass er die erbitterte Hetze gegen die Buren nicht teilte. Nicht dass er auf deren Seite gestanden hätte – dazu war er zu traditionell, und die Leute, die tatsächlich zu den Buren hielten, mochte er nicht; aber manchmal ging ihm doch durch den Kopf, dass der Kampf der Buren eine seltsame Ähnlichkeit mit den Kämpfen gewisser Gestalten hatte, die in englischen Geschichtsbüchern als Helden verehrt wurden – dem angelsächsischen Hereward zum Beispiel oder Caractacus. Einmal versuchte er, seine fünfte Klasse mit einer Andeutung in diese Richtung zu schockieren, aber sie hielten es nur für einen seiner üblichen Scherze.

Mochte er im Fall der Buren noch ketzerisch sein, hielt er es mit der Menge bei Mr Lloyd George und seinem Reformprogramm. Er mochte sie beide nicht. Und als L. G. Jahre später als Ehrengast auf die Abschlussfeier in Brookfield kam, sagte Chips, als er ihm vorgestellt wurde: »Mr Lloyd George, ich bin nun beinahe schon so alt – hmn –, dass ich mich noch an Sie als jungen Mann erinnere, und ich muss sagen – hmn –, Sie haben sich, scheint mir – hmn – seither sehr gebessert.« Der Direktor, der dabeistand, erschrak nicht wenig; aber L. G. lachte herzlich und unterhielt sich mit Chips auf dem folgenden Fest mehr als mit allen anderen.

»Typisch Chips«, hieß es hinterher. »Der kommt mit so was durch. Wahrscheinlich kann man, wenn man erst mal so alt ist, alles sagen, egal zu wem …«

10

Im Jahr 1900 starb der alte Meldrum, Wetherbys Nachfolger, der drei Jahrzehnte lang die Leitung der Schule innegehabt hatte, plötzlich an einer Lungenentzündung; und für die Zwischenzeit, bis ein Nachfolger bestimmt war, wurde Chips kommissarischer Leiter von Brookfield. Eine ganz kleine Chance bestand, dass die Kuratoren daraus eine dauerhafte Stelle machten; aber im Grunde war Chips nicht enttäuscht, als sie einen jungen Mann von außerhalb vorzogen, gerade mal siebenunddreißig, überhäuft mit Sport- und akademischen Auszeichnungen, jemanden, der das

Zeug dazu hatte, die ganze Aula zum Verstummen zu bringen, indem er einfach nur eine Augenbraue hob. So jemand war ein ganz anderes Kaliber als Chips; gegen so jemanden hatte Chips nie eine Chance gehabt und würde sie nie haben, und das wusste er. Er war ein Wesen von gänzlich anderer Art, milde von Natur aus und niemals grausam.

Aus den Jahren, die nun folgten, bis er sich 1913 zur Ruhe setzte, war sein Verstand von Bildern erfüllt, Bilder, die ihm noch so deutlich vor Augen standen wie eh.

Ein Maimorgen; das Läuten der Schulglocke zu ungewohnter Stunde; alle zur Versammlung in die Aula gerufen. Ralston, der neue Direktor, sehr ernst und konzentriert, nahm die Menge mit einer kalten, unheilkündenden Strenge in den Blick. »Sie werden alle tief betrübt sein zu hören, dass Seine Majestät König Edward der Siebte am heutigen Morgen verstorben ist … Der Nachmittagsunterricht fällt aus, stattdessen findet um vier Uhr dreißig ein Gottesdienst in der Kapelle statt.«

Ein Sommermorgen an der Bahnstrecke bei Brookfield. Die Eisenbahner streikten, Soldaten taten als Lokomotivführer Dienst, Züge wurden mit Steinen beworfen. Jungs von Brookfield sprangen als Streckenwärter ein, für sie war die ganze Sache ein Riesenspaß. Chips, mit der Leitung betraut, stand ein wenig abseits und unterhielt sich mit einem Mann am Tor zu einem Cottage. Der junge Crickdale kam heran. »Bitte, Sir, was sollen wir machen, wenn wir auf Streikende treffen?«

»Möchten Sie gern einen kennenlernen?«

»Ich – ich weiß nicht, Sir.«

Der Himmel mochte dem Jungen beistehen – redete von den Männern, als wären es seltsame Tiere im Zoo!

»Ja, dann – hmn – dann können Sie gleich hier Mr Jones kennenlernen – der ist im Streik. Wenn er Dienst hat, untersteht ihm das Stellwerk am Bahnhof. Schon viele Male haben Sie ihm Ihr Leben anvertraut.«

Bald machte die Geschichte in der Schule die Runde: Chips hatte sich mit einem Streikenden unterhalten. Einem Streikenden. Und es hatte ausgesehen, als spräche er ganz freundlich mit ihm.

Chips ließ sich das viele Male durch den Kopf gehen, und jedes Mal sagte er sich, dass Kathie es richtig gefunden und sich gewiss ebenso amüsiert hätte.

Denn was ihn nie verließ, egal was geschah und egal welch verschlungene Pfade die Politik auch nahm, war sein Glaube an England, das Ureigene Englands, und an Brookfield als Institution, deren Wert am Ende davon abhängen würde, ob die Schule ihren Platz im englischen Leben fand, mit Würde und ohne Verstellung. Sein Erbe war eine Einsicht gewesen, deutlicher von Jahr zu Jahr – er sah ein England, dessen Tage des guten Lebens schon fast vorüber waren, eine Nation, die auf Fahrwasser zusteuerte, in denen schon ein haarkleiner Fehler zur Katastrophe führen konnte. Er dachte zurück an das Diamantjubiläum von Königin Viktoria; in Brookfield hatte es einen ganzen Tag schulfrei gegeben, und er war mit Kathie nach London zur Parade gefahren. Wie die alte Dame, schon zu Lebzeiten eine Legende, in ihrer Kutsche gesessen hatte wie eine längst brüchige Holzpuppe, ein so eindrucksvolles Symbol für so vieles, was, wie sie selbst, sich nun seinem Ende näherte! War es nur die Jahrhundertwende gewesen, oder ging eine ganze Ära zu Ende?

Und dann die Hektik des edwardianischen Jahrzehnts,

wie eine Glühbirne, die immer heller und strahlender wird, gerade bevor sie ausbrennt und verlischt.

Streiks und Aussperrungen, Champagnerpartys und die Märsche der Arbeitslosen, das chinesische Arbeitskorps, Schutzzollpolitik, HMS Dreadnought, die Marconi-Affäre, Home Rule in Irland, Dr. Crippen, die Suffragetten, die Tschataldscha-Linie …

Ein Aprilabend, windig und regnerisch; die vierte Klasse schlug sich mit Vergil herum, nicht gerade konzentriert, denn es standen aufregende Nachrichten in der Zeitung; besonders der junge Grayson war fahrig und abwesend. Ein stiller, nervöser Junge.

»Grayson – hmn –, Sie bleiben nach Stundenschluss noch.«

Dann:

»Grayson, ich will nicht – hmn – streng mit Ihnen sein, schließlich sind Sie meist ein recht ordentlicher Schüler, aber – hmn – am heutigen Tage – hmn –, da haben Sie sich anscheinend überhaupt keine Mühe gegeben. Fehlt Ihnen etwas?«

»N-nein, Sir.«

»Nun, dann – hmn – verlieren wir kein weiteres Wort mehr darüber, aber das nächste Mal – hmn – erwarte ich, dass Sie es besser machen.«

Am nächsten Morgen wurde in der Schule erzählt, Graysons Vater sei an Bord der Titanic gewesen, und über sein Schicksal habe man noch nichts erfahren.

Grayson durfte dem Unterricht fernbleiben; einen ganzen Tag lang kreisten die Gedanken der ganzen Schule um seine Ängste. Dann kam die Nachricht, dass sein Vater unter den Geretteten war.

Chips schüttelte dem Jungen die Hand. »Das – hmn – freut mich sehr, Grayson. Ein glücklicher Ausgang. Da sieht die Welt wieder besser aus.«

»J-ja, Sir.«

Ein stiller, nervöser Junge. Und es sollte Grayson *senior* sein, nicht *junior*, dem Chips schließlich sein Beileid aussprechen musste.

II

Und dann der Streit mit Ralston. Seltsame Geschichte, Chips hatte ihn nie gemocht. Er war tüchtig, zielstrebig, ehrgeizig, aber irgendwie nicht gerade liebenswert. Zugegeben, er hatte das Ansehen von Brookfield als Schule gemehrt, zum ersten Mal seit Menschengedenken gab es sogar eine recht lange Warteliste. Ralston war ein Tatmensch, jemand, der Dinge in Bewegung setzte; aber man musste vor ihm auf der Hut sein.

Chips hatte sich die Mühe, auf der Hut zu sein, nie gemacht; der Mann war ihm nicht sympathisch, aber er diente ihm durchaus willig und vollkommen loyal. Oder besser gesagt, er diente Brookfield. Chips wusste, dass Ralston seinerseits auch ihn nicht mochte; aber er war im Glauben, das könne ihm nichts anhaben. Sein Alter, die lange Zeit, die er schon an der Schule tätig war, boten für seine Begriffe Schutz genug vor dem Schicksal, das andere Lehrkräfte, deren Nase Ralston nicht gefiel, ereilt hatte.

Dann plötzlich, 1908, als er eben sechzig geworden war, kam Ralstons dezentes Ultimatum. »Mr Chipping, haben

Sie schon einmal überlegt, ob Sie sich nicht zur Ruhe setzen wollen?«

Chips blickte hierhin und dorthin in dem büchergesäumten Arbeitszimmer, verblüfft von Ralstons Ansinnen; er konnte sich nicht erklären, wie er auf so eine Frage kam. Schließlich sagte er: »Nein – hmn – ich kann nicht sagen, dass ich – hmn – bisher darüber nachgedacht hätte.«

»Nun, Mr Chipping, dann sollten Sie es sich einmal überlegen. Natürlich würde das Kuratorium Sie mit einer angemessenen Pension versehen.«

Ganz unvermittelt geriet Chips in Rage. »Aber – hmn – ich will nicht – ich will mich nicht zur Ruhe setzen. Ich – hmn – muss mir das nicht überlegen.«

»Trotzdem will ich Ihnen dazu raten.«

»Aber – hmn – ich wüsste nicht – warum – ich das sollte!«

»In dem Falle werden die Dinge ein wenig schwierig.«

»Schwierig? Wieso – schwierig?«

Und dann ging es los. Ralston wurde immer kühler und strenger, Chips immer hitziger und leidenschaftlicher, bis Ralston schließlich, in eisigem Tonfall, sagte: »Da Sie mich zwingen, zu klaren Worten zu greifen, Mr Chipping, sollen Sie sie hören. Schon seit geraumer Zeit ist Ihr Beitrag zum Schulbetrieb bescheiden. Ihr Unterricht ist langweilig und altmodisch; Ihr Äußeres ist nachlässig; und Sie missachten meine Anweisungen in einem Maße, das ich bei einem jüngeren Mann geradezu als Aufsässigkeit ansehen würde. So geht das nicht, Mr Chipping, und Sie müssen es allein meiner Nachsicht zuschreiben, dass ich es so lange geduldet habe.«

»Aber …«, hob Chips an, schier fassungslos; und dann hielt er sich an einzelne Wörter aus dieser unerhörten Anklage. »*Nachlässig* – hmn – sagen Sie?«

»Ja, schauen Sie sich Ihren Talar an. Mir ist zu Ohren gekommen, dass man sich in der ganzen Schule über diesen Talar lustig macht.«

Das wusste Chips auch, aber er hatte es nie sonderlich schlimm gefunden.

Er fuhr fort: »Und – Sie sprechen auch – hmn –, Sie sprechen von – *Aufsässigkeit*?«

»Nein. Ich habe gesagt, dass ich es bei einem Jüngeren als Aufsässigkeit ansehen würde. In Ihrem Falle ist es vermutlich eine Mischung aus Schlaffheit und Starrköpfigkeit. Die Aussprache des Lateinischen zum Beispiel – ich glaube, ich habe Ihnen schon vor Jahren gesagt, ich wünsche, dass in der gesamten Schule der neue Stil verwendet wird. Die anderen Lehrer setzen die Anweisung um; Sie bleiben lieber bei Ihren alten Methoden, und heraus kommt nichts als Durcheinander und Schlamperei.«

Jetzt hatte Chips endlich etwas Greifbares, gegen das er angehen konnte. »Ach, *das*!«, antwortete er verächtlich. »Nun, ich – hmn – ich gebe zu, dass ich mit der neuen Aussprache nicht einverstanden bin. War ich von Anfang an nicht. Hmn – ein Haufen Unsinn, wenn Sie mich fragen. Die Jungen zwingen, im Unterricht ›Kickero‹ zu sagen, wo sie dann – hmn – für den Rest ihres Lebens ›Cicero‹ sagen werden – wenn sie – hmn – es überhaupt noch einmal sagen. Und statt ›vicisti‹ – ja lieber Himmel! – sollen sie ›Wie küsst die‹ sagen! Hmn – hmn!« Und er gluckste vor sich hin, vergaß kurz, dass er ja in Ralstons Büro war und nicht in seinem Klassenzimmer unter Wohlgesinnten.

»Da sehen Sie es, Mr Chipping – nur ein kleines Beispiel für das, was ich Ihnen vorhalte. Sie haben Ihre Meinung, ich eine andere, und da Sie von Ihrer nicht lassen wollen, bleibt mir keine Wahl. Mein Ziel ist es, aus Brookfield eine Schule zu machen, die ganz auf der Höhe der Zeit steht. Ich selbst bin von Haus aus Naturwissenschaftler, aber das heißt nicht, dass ich den alten Sprachen nicht ihren Platz einräumen will – nur muss der Unterricht zeitgemäß sein. Dass es tote Sprachen sind, soll kein Grund sein, sie mit toten Methoden zu vermitteln. Wenn ich es recht sehe, Mr Chipping, ist Ihr Latein- und Griechischunterricht noch exakt der gleiche wie vor zehn Jahren, als ich hier anfing.«

Chips antwortete bedächtig, und mit Stolz: »Genau genommen – hmn – war er schon so, als Ihr Vorgänger – Mr Meldrum – herkam, und das – hmn – war vor achtunddreißig Jahren. Mr Meldrum und ich – hmn –, wir haben beide unsere Stelle hier im – hmn – Jahre 1870 angetreten. Und es war – hmn – Mr Meldrums Vorgänger, Mr Wetherby –, der seinerzeit meinen Lehrplan billigte. ›Sie übernehmen die Vierte mit Cicero‹, sagte er zu mir. Und er sagte Cicero – nicht Kickero!«

»Hochinteressant, Mr Chipping, aber auch das belegt nur, was ich sage – Sie leben zu sehr in der Vergangenheit und nicht genug in Gegenwart und Zukunft. Die Zeiten ändern sich, ob Sie das nun wahrhaben wollen oder nicht. Moderne Eltern erwarten mehr für ihre drei Jahre Schulgeld als ein paar Zitate aus Sprachen, die keiner mehr spricht. Außerdem lernen Ihre Jungen ja nicht einmal das. Im letzten Schuljahr hat kein einziger die Abschlussprüfung bestanden.«

Und da plötzlich, eine Sturzflut von Gedanken, die viel zu sehr drängten, als dass er sie in Worte hätte fassen können, machte Chips sich klar, wie er zu diesen Dingen stand. Diese Prüfungen und Zeugnisse und das alles – was spielten die für eine Rolle? Und immer tüchtig sein, immer modern – welche Rolle spielte *das*? Ralston wollte Brookfield leiten wie eine Fabrik – eine Fabrik, die eine Gesellschaft von Snobs produzieren würde, auf der Grundlage von Geld und Maschinen. Die alten Traditionen eines Gentlemans, in denen Familie und Grundbesitz etwas galten, wandelten sich, wie sie es wohl zwangsläufig mussten; doch statt sie auszuweiten zu einer echten, umfassenden Demokratie, die für Graf und Gärtner gleichermaßen gegolten hätte, verengte Ralston sie auf einen einzigen Punkt: ein dickes Bankkonto. Nie zuvor hatte es in Brookfield so viele Söhne reicher Eltern gegeben. Beim jährlichen Schulfest ging es zu wie in Ascot. Ralston lernte diese Geldsäcke in Londoner Clubs kennen und redete ihnen ein, dass Brookfield *die* kommende Schule sei, und da ein Platz in Eton oder Harrow sich nicht mit Geld kaufen ließ, schluckten sie seinen Köder gierig. Grässliche Kerle, manche von ihnen – obwohl es auch durchaus Anständige unter ihnen gab. Finanzleute, Firmengründer, Pillenfabrikanten. Einer gab seinem Sohn fünf Pfund die Woche Taschengeld. Vulgär ... protzig ... die überreife Fäulnis dieser überspannten Zeit ... Einmal hatte Chips Ärger bekommen wegen eines Witzes über den Namen und die Herkunft eines Jungen. Der Junge schrieb davon nach Hause, und der Vater schickte einen wütenden Brief an Ralston. Leicht zu beleidigen, kein Sinn für Humor, kein Maß für die Dinge – so sah es aus, mit diesen neuen Leuten ... Kein Maß für die Dinge. Und ein Maß für die Dinge, das war das Wichtigste, was sie in Brookfield den Jungen beibringen mussten – wichtiger als Latein oder Griechisch oder Chemie und Physik. Und ein solches

Maß für die Dinge ließ sich nicht mit Prüfungen oder Zeugnissen messen …

All das zuckte blitzschnell durch seinen Verstand, ein kurzer Augenblick des Widerspruchs, der Empörung, aber er sagte kein Wort davon. Er raffte nur einfach seinen zerschlissenen Talar, und mit einem »Hmn – hmn« ging er in Richtung Tür. Dort drehte er sich noch einmal um und sagte: »Ich habe – hmn – nicht die Absicht, mich zur Ruhe zu setzen – und Sie – hmn – können damit machen, was Sie wollen!«

Wenn er nun mit der Seelenruhe, die ein Vierteljahrhundert Abstand ihm bescherte, auf diese Szene zurückblickte, fand Chips in seinem Herzen sogar ein wenig Mitleid mit Ralston. Zumal, wie sich herausgestellt hatte, Ralston gar nicht wusste, mit welchen Kräften er sich anlegte. Was allerdings damals auch auf Chips selbst zutraf. Beide hatten sie die Macht der Tradition in Brookfield falsch eingeschätzt, die Bereitschaft, sich selbst und ihre Verteidiger zu verteidigen. Denn wie der Zufall es wollte, hatte ein jüngerer Schüler, der an jenem Vormittag zu Ralston bestellt war und vor der Tür wartete, die ganze Auseinandersetzung mit angehört; natürlich hatte er das aufregend gefunden und seinen Freunden davon erzählt. Einige darunter hatten es in überraschend kurzer Zeit ihren Eltern weitererzählt, und binnen Kurzem wussten alle, dass Ralston Chips abgekanzelt und ihn aufgefordert hatte, sich zur Ruhe zu setzen. Und so unglaublich das war, sofort und spontan hatten sich alle für ihn eingesetzt, etwas, das Chips sich in seinen kühnsten Träumen nicht ausgemalt hätte. Ja, zu seiner Überraschung stellte er fest, dass Ralston durch und durch unbeliebt war; man fürchtete ihn, man achtete ihn, aber man mochte ihn nicht; und jetzt, in der *causa* Chips, steigerte sich diese Antipathie in einem Maße, dass Ängste bezwungen wurden, ja die Grenzen des Respekts fielen. Es war die Rede von einem Aufstand der ganzen Schule, sollte es Ralston gelingen, Chips von dort zu verbannen. Die Lehrerschaft, viele davon junge Männer, die sich vollkommen einig in dem Urteil waren, dass Chips hoffnungslos altmodisch war, stieg trotzdem für ihn auf die Barrikaden, weil ihnen Ralstons Sklaventreiberei zuwider war und sie in dem alten Kämpen ein Vorbild für alle sahen. Und eines Tages war der Vorsitzende des Kuratoriums, Sir John Rivers, nach Brookfield gekommen, hatte Ralston gar nicht beachtet und war geradewegs zu Chips gegangen. »Ein anständiger Mann, dieser Rivers«, pflegte Chips zu sagen, wenn er die Geschichte zum dutzendsten Mal Mrs Wickett erzählte. »Kein – hmn – kein besonders helles Licht im Unterricht. Ich weiß noch, die – hmn –, die Verbformen hat er nie gekonnt. Und jetzt – hmn –, jetzt sehe ich in der Zeitung – hmn –, dass sie ihn zum Baronet gemacht haben. Da sieht man es mal wieder. Hmn. Da sieht man es.«

An jenem Morgen im Jahr 1908 hatte Sir John Chips beiseitegenommen und war Arm in Arm mit ihm über die verlassenen Cricketfelder spaziert. »Chips, alter Junge«, sagte er, »ich höre, Sie haben einen verdammt großen Krach mit Ralston gehabt. Ich höre es mit Bedauern, um Ihretwillen – aber Sie sollen wissen, dass das Kuratorium auf Ihrer Seite steht, und zwar voll und ganz. Wir mögen diesen Burschen nicht besonders. Clever mag er sein, aber ein bisschen *zu* clever, wenn Sie mich fragen. Sagt, er habe das Stiftungsvermögen der Schule verdoppelt, mit irgendwelchen

Spekulationen an der Börse. Das wird schon stimmen, aber ich finde, bei einem wie ihm, da muss man sich vorsehen. Und wenn er jetzt also anfängt, Sie zu drangsalieren, dann sagen Sie ihm ganz höflich, dass er sich zum Teufel scheren kann. Das Kuratorium will nicht, dass Sie sich zur Ruhe setzen. Brookfield wäre ohne Sie nicht dasselbe, und das wissen wir. Das wissen wir alle. Sie können hierbleiben, bis Sie hundert sind, wenn Ihnen danach ist – ja, wir hoffen sogar, dass Sie das tun.«

Und das war die Stelle, an der – schon damals und immer wenn er die Geschichte wiedererzählte – Chips die Tränen kamen.

12

Also blieb er in Brookfield und sah zu, dass er mit Ralston so wenig zu tun hatte wie möglich. Und im Jahr 1911 ging Ralston, »um sich zu verbessern«; man hatte ihm die Leitung einer der größeren Public Schools angeboten. Sein Nachfolger war ein Mann namens Chatteris, den Chips mochte; er war sogar noch jünger, als Ralston gewesen war – vierunddreißig. Dem Vernehmen nach ein brillanter Mann; jedenfalls war er modern (Naturwissenschaftler), freundlich und sympathisch. Er begriff, dass Chips in Brookfield eine Institution war, und nahm es galant und weise als gegeben hin.

Im Jahr 1913 hatte Chips Bronchitis gehabt und fiel fast das ganze Wintertrimester aus. Das gab den Ausschlag zu dem Entschluss, sich im Sommer, wenn er fünfundsechzig war, zur Ruhe zu setzen. Schließlich war es ein gutes, reifes Alter; und Ralstons rabiate Worte hatten auf lange Sicht doch noch ihre Wirkung getan. Chips fand, dass es nicht anständig war, sich an seinen Posten zu klammern, wenn er die Arbeit nicht mehr ordentlich tun konnte. Außerdem würde er auch nicht alle Verbindungen kappen. Er würde sich im Haus gegenüber einmieten, bei der trefflichen Mrs Wickett, die früher einmal die Wäschekammer unter sich gehabt hatte; von da konnte er der Schule jederzeit einen Besuch abstatten und blieb sozusagen auch weiterhin ein Teil von ihr.

Bei jenem letzten Trimesterabschlussessen, im Juli 1913, wurde Chips in aller Form verabschiedet und hielt eine Rede. Es war keine lange Rede, aber mit einer schönen Zahl von Scherzen darin, und so kam sie wohl auf die doppelte Länge durch das Gelächter, bei dem er immer wieder innehalten musste. Sie enthielt mehrere lateinische Zitate, und auch einen Seitenhieb auf den Schulsprecher, der laut Chips in der Aufzählung seiner (Chipsens) Verdienste um Brookfield übertrieben habe. »Aber – hmn – er kommt ja auch – hmn – aus einer Familie, die zur Übertreibung neigt. Ich – ähm – ich weiß noch, wie ich einmal deswegen – seinem Vater die Hosen strammziehen musste. (Gelächter.) Ich gab ihm – hmn – einen Punkt für eine Latein-Übersetzung, und er – hmn –, er übertrieb es zu einer Sieben! Hmn – hmn.« Schallendes Gelächter, laute Hochrufe. Eine typische Chips-Bemerkung, fanden alle.

Dann kam er darauf zu sprechen, dass er zweiundvierzig Jahre in Brookfield gewesen und dort sehr glücklich gewesen sei. »Es war mein Leben«, sagte er einfach nur. »O *mihi praeteritos referat si Jupiter annos* … Hmn – das muss ich – natürlich – nicht übersetzen.« (Großes Gelächter.) »Ich entsinne mich mancher Veränderung in Brookfield. Ich weiß noch, wie – ähm – das erste Fahrrad kam. Ich erinnere mich an die Zeit, als es noch kein Gas- und kein elektrisches Licht gab und wir noch einen Hausangestellten hatten, der der Lampenjunge hieß – er tat nichts anderes, als in der ganzen Schule die Lampen zu putzen und zu versorgen und anzuzünden. Ich erinnere mich an ein Wintertrimester, in dem wir sieben Wochen lang strengen Frost hatten – wir konnten nicht auf die Sportplätze, und die ganze Schule lernte in den Fens eislaufen. In den Achtzehn-achtzigern war das. Ich weiß noch, wie zwei Drittel der Schule die Röteln hatte und die Aula als Krankensaal diente. Ich weiß noch, wie wir ein großes Freudenfeuer entzündeten, als die Belagerung von Mafeking vorüber war. Wir hatten es zu nahe am Pavillon aufgebaut und mussten die Feuerwehr rufen. Aber die Feuerwehrleute feierten den Tag auch, und die meisten von ihnen waren in – ähm – beklagenswertem Zustand. (Gelächter.) Ich erinnere mich noch an Mrs Brool, deren Fotografie bis heute im Kiosk hängt; den betrieb sie, bis ein Onkel in Australien ihr eine Menge Geld hinterließ. Ja, ich erinnere mich an so viele Dinge, dass ich oft denke, ich sollte ein Buch darüber schreiben. Wie würde ich so ein Buch nennen? *Über Rohrstock und Stein*, hm? (Hochrufe, Gelächter. Der war wirklich gut, fanden sie alle – einer von Chipsens besten.) Nun ja, vielleicht schreibe ich es eines Tages noch. Aber noch lieber will ich es allen erzählen. Ich weiß noch … Ich weiß noch … Aber am besten im Gedächtnis geblieben sind mir all Ihre Gesichter. Ich vergesse nie eins. Tausende von Gesichtern sind in meinem Gedächtnis gespeichert – Gesichter von Schuljungen. Wenn Sie mich in zukünftigen Jahren einmal besuchen kommen – und ich hoffe, das werden Sie –, werde ich versuchen, mir auch Ihre älter gewordenen Gesichter einzuprägen, aber ich kann nicht versprechen, dass es mir gelingt – und dann sehen Sie mich eines Tages irgendwo, und ich erkenne Sie nicht, und Sie werden sagen: ›Der alte Knabe kennt mich nicht mehr.‹ (Gelächter.) Aber ich *kenne* Sie – so wie Sie *jetzt* sind. Das will ich sagen. In meiner Erinnerung werden Sie niemals älter. Niemals. Manchmal zum Beispiel, wenn mir jemand von unserem ehrenwerten Kuratoriumsvorsitzenden erzählt, denke ich bei mir: ›Ach ja, der lustige kleine Kerl, dem immer die Haare zu Berge standen – und nicht die leiseste Ahnung, was der Unterschied zwischen einem Gerundium und einem Gerundivum ist.‹ (Lautes Gelächter.) Na, ich – hmn –, ich darf nicht den ganzen Abend so weitererzählen. Denken Sie ab und zu an mich, so wie ich gewiss an Sie denken werde. *›Haec olim meminisse juvabit‹* … auch das muss ich nicht übersetzen …« (Großes Gelächter, Jubel, mehrfache Hochrufe.)

August 1913. Chips fuhr zur Kur nach Wiesbaden, wo er bei der Familie des Brookfielder Deutschlehrers, Herrn Stäfel, wohnte, mit dem er sich angefreundet hatte. Stäfel war dreißig Jahre jünger als er, aber die beiden verstanden sich prächtig. Als im September das neue Schuljahr begann, kehrte Chips zurück und bezog seine Wohnung bei Mrs Wickett. Er fühlte sich ein gutes Stück kräftiger und rüstiger nach seiner Reise und wünschte sich beinahe, er wäre doch noch aktiv geblieben. Aber auch so fand er Beschäftigung genug. Er lud sämtliche neuen Schüler zum Tee ein. Bei allen wichtigen Sportereignissen in Brookfield war er als Zuschauer dabei. Einmal im Trimester aß er mit dem Direktor zu Abend, und einmal auch mit dem Kollegium. Er übernahm Recherche und Redaktion eines neuen Brookfielder Schülerkalenders. Er wurde Vorsitzender des Ehemaligenclubs und fuhr zu Diners nach London. Dann und wann schrieb er Artikel, voller Scherze und lateinischer Zitate, für das einmal im Trimester erscheinende Brookfield-Magazin. Jeden Morgen las er die *Times*, studierte sie gründlich; und er gewöhnte sich an, Kriminalromane zu lesen – die hatten es ihm angetan, seit er zum ersten Mal mit Sherlock mitgefiebert hatte. Ja, er hatte zu tun, und er war guter Dinge dabei. Ein Jahr darauf, 1914, war er wieder beim Abschlussessen dabei. Es war viel von Krieg die Rede – Bürgerkrieg in Ulster, Spannungen zwischen Österreich und Serbien. Herr Stäfel, der am nächsten Tag nach Deutschland aufbrechen wollte, sagte zu Chips, er glaube nicht, dass man sich wegen der Balkangeschichte Sorgen machen müsse.

13

Die Kriegsjahre.

Der erste Schock, dann der erste Optimismus. Die Marneschlacht, die russische Dampfwalze, Kitchener.

»Meinen Sie, es wird lange dauern, Sir?«

Die Frage wurde an Chips gerichtet, beim ersten Spiel der Saison, und seine Antwort war voller Optimismus. Er war damit, wie Tausende anderer, gründlich im Irrtum; aber anders als Tausende anderer leugnete er es später nicht. »Ich denke – ähm –, bis – ähm – bis Weihnachten sind wir damit fertig. Die Deutschen sind jetzt schon geschlagen. Aber warum fragen Sie, Forrester? Sie – ähm – wollen sich doch nicht etwa freiwilig melden?«

Ein Witz, denn Forrester war der schmächtigste Neuzugang, den es in Brookfield je gegeben hatte – ungefähr eins zwanzig über seinen schlammigen Fußballschuhen. (Aber doch kein Witz, wenn man später darüber nachdachte, denn er kam 1918 um – abgeschossen, in Flammen niedergestürzt über Cambrai.) Doch keiner ahnte, was allen bevorstand. Es war tragisch, aber damals noch eine Sensation, als der erste Ehemalige von Brookfield auf dem Schlachtfeld sein Leben ließ – im September. Als Chips davon hörte, überlegte er: Vor hundert Jahren haben Jungen aus dieser Schule noch *gegen* die Franzosen gekämpft. Seltsam, wie die Opfer der einen Generation diejenigen der vorangegangenen auslöschten. Er versuchte, das Blades zu erklären, dem Schülersprecher, aber der, achtzehn Jahre alt und bereits Offiziersanwärter, hatte nur gelacht. Was hatte denn dieser ganze Geschichtskrempel damit zu tun? Wieder mal der alte Chips mit seinen verschrobenen Ideen, nichts weiter.

1915. Armeen, im Stillstand ineinander verbissen von der See bis an die Schweiz. Die Dardanellen. Gallipoli. Militärlager, ganz in der Nähe von Brookfield aus dem Boden gestampft; Soldaten, die zu Sport und Ausbildung auf die Spielfelder kamen; eilig organisierte Offizierslehrgänge. Die meisten jüngeren Lehrer im Feld oder in Uniform.

An jedem Sonntagabend verlas Chatteris nach dem Gottesdienst in der Kapelle die Namen von Ehemaligen, die gefallen waren, mit kurzen Abrissen ihres Lebens. Sehr anrührend; doch Chips, in der hintersten Kirchenbank unter der Galerie, dachte: Für ihn sind es nur Namen; er sieht nicht ihre Gesichter, so wie ich …

1916. Die Schlacht an der Somme. Dreiundzwanzig Namen an einem einzigen Sonntagabend.

Gegen Ende jenes entsetzlichen Juli kam Chatteris eines Nachmittags herüber zu Mrs Wickett, um mit Chips zu reden. Er war abgespannt, von Sorgen gezeichnet und sah ernstlich krank aus. »Ehrlich gesagt, Chipping, ich habe es nicht gerade leicht hier. Ich bin neununddreißig, unverheiratet, und viele Leute hier wissen anscheinend ganz genau, was sie von mir erwarten. Wie das Leben so spielt, bin ich Diabetiker, selbst der blindeste Militärarzt würde mich nicht für tauglich erklären, aber ich habe keine Lust, mir ein ärztliches Attest an die Tür zu heften.«

Das hatte Chips nicht gewusst; es machte ihn betroffen, denn er mochte Chatteris.

Dieser fuhr fort: »Sie sehen, wie es bei uns steht. Ralston hat eine Menge junger Lehrer an die Schule geholt – allesamt sehr gute Leute, kein Zweifel –, aber die meisten haben sich jetzt zum Kriegsdienst gemeldet, und was wir an Ersatz bekommen, ist alles in allem grauenhaft. Einem haben sie letzte Woche beim Silentium Tinte in den Kragen geschüttet – und dieser Einfaltspinsel tobte. Ich muss selbst unterrichten, bei der Aufsicht für solche Dummköpfe einspringen, ich arbeite jeden Abend bis Mitternacht, und dann schauen die Leute mich auch noch scheel an, weil sie glauben, ich drückte mich vor dem Dienst. Lange halte ich das nicht mehr aus. Wenn es im nächsten Trimester nicht besser wird, dann bin ich am Ende.«

»Da haben Sie meine volle Sympathie«, versicherte ihm Chips.

»Darauf hatte ich gehofft. Und das bringt mich zum Grund meines Besuches bei Ihnen. Um es kurz zu machen, ich wollte vorschlagen, dass Sie – wenn Sie sich der Aufgabe gewachsen fühlen und sofern Sie bereit dazu sind – also wie wäre es, wenn Sie eine Weile zurückkommen würden? Sie scheinen mir noch recht rüstig, und natürlich kennen Sie sich mit allem aus. Nicht dass ich Ihnen schwere Arbeit aufbürden würde – Sie müssten nichts Anstrengendes tun –, nur ein paar Aushilfsstunden hier und da, Sie können es sich aussuchen. Was mir am wichtigsten wäre, wäre nicht die eigentliche Arbeit, die Sie übernehmen – obwohl die natürlich für uns ebenfalls eine große Hilfe wäre –, sondern Ihre Unterstützung auf andere Art – dadurch dass Sie einfach *hierhergehören*. Niemand ist an der Schule je so beliebt gewesen wie Sie, und das sind Sie bis heute – Sie würden helfen, den Laden zusammenzuhalten, wenn er in Stücke zu gehen droht. Und ich glaube, die Gefahr besteht tatsächlich …«

Atemlos, mit einer seligen Freude im Herzen, antwortete Chips: »Ich komme …«

14

Sein Zimmer bei Mrs Wickett behielt er; ja, er wohnte auch weiterhin dort; aber an jedem Vormittag gegen halb elf legte er Mantel und Schal an und ging hinüber zur Schule. Er fühlte sich in bester Form, und die eigentliche Arbeit war nicht anstrengend. Nur ein paar Lateinstunden, römische Geschichte – altgewohnter Unterricht – selbst die traditionelle Aussprache behielt er bei. Der alte Scherz über das Lex Canuleia – eine neue Schülergeneration, die ihn noch nicht kannte, und er war lächerlich stolz auf seinen Erfolg. Ein wenig kam er sich vor wie ein Varietéstar, der nach seiner endgültig letzten Vorstellung nun doch wieder auf die Bühne zurückkehrt.

Alle staunten, wie schnell er die Namen und Gesichter der Jungen kannte. Sie ahnten nicht, dass er von der anderen Straßenseite aus immer in Kontakt geblieben war.

Er war in jeder Hinsicht ein Erfolg. Auf eine verborgene Art half er, die Lage zu bessern, und das wussten und spürten alle. Zum ersten Mal im Leben hatte er das Gefühl, dass er *gebraucht* wurde – und gebraucht gerade bei dem, was ihm am meisten am Herzen lag. Ein großartigeres Gefühl gab es auf der ganzen Welt nicht, und nun endlich war es seins.

Sogar neue Scherze machte er – über das Offizierstraining und die Lebensmittelrationierung und die Verdunkelungsrollos, die sie an sämtlichen Fenstern anbringen mussten. Eine geheimnisvolle Pastete tauchte regelmäßig montags auf dem Speiseplan auf, und Chips nannte sie *abhorrendum* – »das zu Verabscheuende«. Die Geschichte machte die Runde – habt ihr schon Chips' Neuesten gehört?

Im Winter 17 erkrankte Chatteris schwer, und zum zweiten Mal im Leben wurde Chips kommissarischer Leiter von Brookfield. Dann, im April, starb Chatteris, und das Kuratorium bat Chips, »bis auf Weiteres« auf seinem Posten zu bleiben. Er willigte ein, aber unter der Bedingung, dass man ihn nicht offiziell zum Schulleiter machte. Vor dieser letzten Ehre schreckte er, nun, wo sie endlich in

Reichweite war, instinktiv zurück, denn er fühlte sich der Aufgabe in vielerlei Hinsicht nicht gewachsen. Zu Rivers sagte er: »Sehen Sie, ich bin kein junger Mann mehr, und ich will nicht, dass die Leute – ähm – allzu viel von mir erwarten. Ich bin wie all diese frischgebackenen Obersten und Majore, die man überall sieht – nur ein Zufallstreffer zu Kriegszeiten. Ein einfacher Fußsoldat – mehr bin ich im Grunde nicht.«

1917. 1918. Chips durchlebte das alles. Jeden Morgen nahm er seinen Platz im Direktorszimmer ein, meisterte Schwierigkeiten, bearbeitete Beschwerden und Bitten. Aus seinem großen Schatz an Erfahrungen entwickelte sich ein freundliches, sanftmütiges Selbstvertrauen. Das Maß der Dinge wahren, darauf kam es an. So vielem in der Welt ging gerade das jetzt verloren; da musste man es wenigstens da bewahren, wo sein eigentliches Zuhause war, oder doch sein sollte.

Am Sonntag beim Gottesdienst war jetzt er es, der die tragische Liste verlas, und manches Mal war zu sehen oder zu hören, wie er dabei Tränen vergoss. Ja warum auch nicht, sagten dann alle; er war ein alter Mann; jeden anderen hätten sie wohl wegen solcher Schwäche verachtet.

Einmal bekam er einen Brief aus der Schweiz, von Freunden dort; er war schwer zensiert, brachte aber doch Neuigkeiten. Am folgenden Sonntag, nachdem er Namen und Biographien von Ehemaligen verlesen hatte, fügte er nach kurzem Zögern hinzu:

»Die wenigen von Ihnen, die schon vor dem Krieg hier waren, werden sich an Max Stäfel erinnern, den Deutschlehrer. Er war in Deutschland, auf Urlaub in der Heimat, als der Krieg ausbrach. Er war beliebt in seiner Zeit hier bei uns und schloss manche Freundschaft. Die, die ihn kannten, werden mit Bedauern hören, dass er vergangene Woche an der Westfront gefallen ist.«

Er war ein wenig bleich, als er sich danach wieder setzte, ihm war klar, dass er etwas Unübliches getan hatte. Immerhin hatte er sich mit niemandem darüber beraten; niemand anderem war ein Vorwurf zu machen. Später, draußen vor der Kapelle, hörte er einen Wortwechsel:

»An der Westfront, hat Chips gesagt. Heißt das, er hat auf der Seite der Deutschen gekämpft?«

»Wahrscheinlich schon.«

»Irgendwie komisch, oder, seinen Namen zusammen mit den anderen zu verlesen. Schließlich war er ein *Feind.*«

»Ach, das ist nur eine von Chipsens Ideen. Die hat der alte Knabe wie eh und je.«

Chips, wieder in seinem Zimmer, gefiel dieser Kommentar gar nicht schlecht. Ja, die hatte er wie eh und je – diese Vorstellungen von Würde und Großzügigkeit, die immer seltener wurden in dieser in Raserei verfallenen Welt. Und er dachte: Auch das wird sich Brookfield von mir sagen lassen, wenn schon von keinem anderen sonst.

Einmal, als er wegen einer Bajonettübung, die beim Cricketpavillon stattfand, nach seiner Meinung gefragt wurde, antwortete er in jenem trägen, ein wenig asthmatischen Ton, den schon so viele mit so viel Übermut nachgemacht hatten: »Es scheint mir – hmn – eine sehr unfeine Art, Leute umzubringen.«

Die Geschichte machte die Runde, alle amüsierten sich – wie Chips einem hohen Tier aus dem Kriegsministerium gesagt hatte, Bajonettkampf sei etwas Unfeines. Typisch Chips. Und sie fanden den passenden Ausdruck für ihn –

ein Wortbestandteil, der damals eben erst neu aufkam: Er war »vorkriegs-«.

15

Und einmal, an einem Vollmondabend, gab es Fliegeralarm, als Chips gerade seiner vierten Klasse eine Lateinstunde gab. Fast sofort legten die Flaks los, und da es draußen überall Granatsplitter hagelte, fand Chips, dass sie ebenso gut bleiben konnten, wo sie waren, im Erdgeschoss des Hauptgebäudes. Es war recht solide gebaut und war das Beste, was Brookfield an Schutzraum zu bieten hatte; und was einen direkten Bombentreffer anging, nun, da standen ihre Chancen schlecht, egal wo sie waren.

So fuhr er also mit seinem Lateinunterricht fort, sprach ein wenig lauter, damit er gegen den Geschützdonner und das schrille Heulen der Flugabwehrgeschosse ankam. Manche der Jungen waren ängstlich; nur wenige blieben aufmerksam. Mit besonnener Stimme sagte er: »Es mag Ihnen vielleicht so vorkommen, Robertson – jetzt eben in diesem Augenblick der Weltgeschichte – hmn –, dass die Unternehmungen Cäsars in Gallien vor ungefähr zweitausend Jahren – dass die – hmn – von eher zweitrangiger Bedeutung sind und – hmn – die unregelmäßige Konjugation des Verbums *›tollere‹* von – hmn – gar noch geringerer. Aber glauben Sie mir – hmn –, mein lieber Robertson – in Wirklichkeit ist es nicht so.« Gerade in dem Augenblick kam eine besonders heftige Detonation – ganz in der Nähe. »Sie – hmn – Sie können den Stellenwert von

Dingen – hmn – nicht nach dem Lärm bemessen, den sie machen. Liebe Güte, nein.« Ein kleines Glucksen. »Und diese Dinge, die – hmn – über Tausende von Jahren ihren Wert gehabt haben – die werden nicht einfach – verschwinden – nur weil ein Stinkekrämer – in seinem Labor – irgendeinen neuen Unfug erfindet.« Nervöses Gekicher; denn Stinkekrämer war der Spitzname für Burrow, den bleichen, abgezehrten und dienstuntauglichen Naturkundelehrer. Ein weiterer Einschlag – noch näher. »Lassen Sie uns – ähm – weitermachen. Wenn das Schicksal es will, dass wir gleich – hmn – unterbrochen werden, dann soll es uns – hmn – wenigstens dabei antreffen, dass wir mit etwas – ähm – wirklich Passendem beschäftigt sind. Meldet sich jemand freiwillig zum Übersetzen?«

Maynard, rundlich, mutig, klug und frech, rief: »Ich, Sir.«

»Sehr gut. Schlagen Sie Seite vierzig auf und beginnen Sie bei der untersten Zeile.«

Nach wie vor explodierten ohrenbetäubend die Bomben; das ganze Gebäude erzitterte, als wollte es von seinen Fundamenten aufspringen. Maynard fand die Stelle, ein wenig weiter hinten im Text, und las mit schriller Stimme:

»*Genus hoc erat pugnae* – es war die Art von Kampf – *quo se Germani exercuerant* – mit der die Germanen sich auskannten. Oh, Sir, das ist gut – das ist wirklich lustig, Sir – einer von Ihren Allerbesten ...«

Alle lachten, und Chips fügte hinzu: »Nun – hmn –, da sehen Sie, dass diese alten Sprachen – hmn – manchmal – auch wieder zum Leben erwachen können – nicht wahr? Nicht wahr?«

Später hörten sie, dass in und um Brookfield fünf Bomben eingeschlagen hatten, die nächste davon gerade außerhalb des Schulgeländes. Neun Menschen waren ums Leben gekommen.

Die Geschichte wurde erzählt, wiedererzählt, ausgeschmückt. »Der alte Knabe hat mit keiner Wimper gezuckt. Hatte sogar ein olles Zitat parat, das genau zu der Sache passte. Irgendwas bei Cäsar, über die Art, wie die Germanen kämpfen. Hätte man nicht gedacht, dass so was bei Cäsar steht, oder? Und wie Chips da gelacht hat ... ihr kennt ja die Art, wie Chips lacht ... die Tränen liefen ihm übers ganze Gesicht ... nie habe ich ihn dermaßen lachen gesehen ...«

Er war eine Legende.

Mit seinem alten, zerschlissenen Talar, seinem Gang, der nun allmählich die ersten Anzeichen von Stolpern zeigte, den gütigen Augen, wie sie über den Rand der Nickelbrille spähten, seinen skurrilen, stets lustigen Sprüchen – nicht um ein Jota hätte Brookfield ihn anders haben wollen.

11. November 1918.

Die Nachricht erreichte sie am Morgen; ein ganzer Tag schulfrei wurde verfügt und das Küchenpersonal beschworen, ein Festmahl aufzutischen, so gut es die Kriegsrationierungen nur eben zuließen. Es wurde gejuchzt und gesungen, im Speisesaal bombardierten sie sich mit Brot. Als Chips mitten in diesem Tumult eintrat, war es schlagartig still, und dann kamen in immer neuen Wellen die Hochrufe; alle sahen sie ihn mit gespannten, leuchtenden Augen an, denn für sie war er ein Sinnbild des Sieges. Er ging zum Podium, als wollte er eine Rede halten; alle verstummten, aber nach einem Moment schüttelte er nur den Kopf, lächelte kurz und ging wieder hinaus.

Es war ein feuchter, nebliger Tag gewesen, und beim Gang über den Innenhof zum Speisesaal hatte er sich verkühlt. Am nächsten Tag lag er mit Bronchitis im Bett und blieb dort bis nach Weihnachten. Aber schon am Abend jenes 11. November, nach seinem Besuch im Speisesaal, hatte er sein Rücktrittsgesuch an das Kuratorium geschickt.

Als der Schulbetrieb nach den Ferien wieder anlief, war er drüben bei Mrs Wickett. Auf seinen eigenen Wunsch gab es keine weitere Abschiedsfeier, keine Reden, er schüttelte einfach nur seinem Nachfolger die Hand, und auf dem Briefpapier der Schule wurde »stellvertretend« gestrichen. »Bis auf Weiteres« war vorbei.

16

Und jetzt, fünfzehn Jahre später, konnte er auf all das mit einer tiefen und wohligen Ruhe zurückblicken. Er war nicht krank, das nicht – nur manchmal ein wenig müde, und in den Wintermonaten fiel ihm das Atmen schwer. In den Süden fuhr er deswegen nicht – einmal hatte er es probiert, war aber gerade zu einem jener Kälteeinbrüche an die Riviera gekommen, die die Werbung so sorgsam verschweigt. »Ich – ähm – ich hole mir meine Erkältungen – hmn – lieber zu Hause«, sagte er danach immer. Er musste aufpassen, wenn der Wind von Osten blies, aber so schlimm waren Herbst und Winter doch nicht; es gab ein warmes Kaminfeuer, es gab Bücher, und man konnte sich schon auf den Sommer freuen. Der Sommer war natürlich seine liebste Jahreszeit. Ganz abgesehen vom Wetter, das ihm guttat, riss der Strom der alten Schüler, die vorbeischauten, nie ab. Jedes Wochenende kamen ein paar von ihnen mit dem Auto heraus nach Brookfield und besuchten ihn. Manchmal ermüdeten sie ihn, wenn zu viele auf einmal da waren; aber das machte ihm nichts; er konnte sich ja hinterher ausruhen und ein Nickerchen machen. Und er genoss diese Besuche – mehr als alles, was es sonst noch auf der Welt zu genießen gab. »Tja, Gregson – hmn –, ich weiß es noch – immer zu spät, was? Immer zu spät. Vielleicht – hmn – kommen Sie ja sogar noch beim Altwerden zu spät, was? Hmn – genau wie ich.« Und später, als er wieder allein war und Mrs Wickett kam, um das Teegeschirr abzuräumen: »Mrs Wickett, der junge Gregson war zu Besuch – an den erinnern Sie sich doch noch, oder? Ein hoch aufgeschossener Junge mit Brille. Immer zu spät. Hmn. Hat jetzt – hmn – eine Stelle beim Völkerbund – da fällt vermutlich seine – hmn – Saumseligkeit nicht auf, was?«

Und manchmal, wenn die Glocke zum Abendappell rief, ging er ans Fenster und blickte hinüber zur Schule auf der anderen Straßenseite, und hinter dem Zaun in der Ferne sah er die lange Reihe von Jungen, wie sie an der Bank vorüberzogen. Neue Zeiten, neue Namen … aber die alten blieben noch … Jefferson, Jennings, Jolyon, Jupp, Kingsley *primus*, Kingsley *secundus*, Kingsley *tertius*, Kingston … wo seid ihr alle, wo seid ihr alle geblieben? … Mrs Wickett, bringen Sie mir ein Tässchen Tee kurz vor dem Silentium, seien Sie so nett.

Das Nachkriegsjahrzehnt raste nur so vorüber, mit all den Misstönen seiner Neuerungen und Krisen; Chips überstand sie alle und sah sich voller Enttäuschung in der Welt um. Die Ruhrkrise, die Chanakaffäre, Korfu; es gab genug auf der Welt, was einen beunruhigen konnte. Aber bei sich zu Hause, in Brookfield, und in einem weiteren Sinne sogar in ganz England, da war etwas, was ihm das Herz wärmte, weil es schon so lange da war – und weil es am Leben geblieben war. Mehr und mehr schien ihm die Welt wie ein einziges unendliches Durcheinander, für das England nun allmählich genug Opfer gebracht hatte – vielleicht sogar schon zu viele. Aber mit Brookfield war er zufrieden. Das hatte seine Wurzeln in Dingen, die die Prüfungen der Zeit bestanden hatten, der Veränderungen und des Kriegs. Merkwürdig, wie *wenig* sich in diesem tieferen Sinne verändert hatte. Die Jungen waren höflicher geworden; Drangsalieren von Schwächeren gab es überhaupt nicht mehr; sie fluchten und flunkerten mehr. Zwischen Lehrern und Schülern war die Freundschaft nun aufrichtiger – die eine Seite nicht mehr so steif, die andere nicht mehr so schmeichlerisch. Einer der neuen Lehrkräfte, frisch aus Oxford, ließ sich von der sechsten Klasse sogar beim Vornamen nennen. Von so etwas hielt Chips nichts; ja, er war sogar ein klein wenig schockiert. »Da könnte er – hmn – seine Zeugnisse auch gleich ›mit herzlichen Grüßen‹ unterzeichnen, was?«, fand er. »Hmn.«

Während des Generalstreiks von 1926 beluden Brookfielder Schüler Lieferwagen mit Lebensmitteln. Als alles überstanden war, empfand Chips eine Rührung wie seit dem Krieg nicht mehr. Da war etwas Großes geschehen, etwas, dessen Bedeutung noch gar nicht richtig erfasst war. Aber eines war klar: Es war etwas gewesen, womit England allein, aus eigenen Kräften fertiggeworden war. Und als beim Schuljahrsabschluss ein Besucher aus Amerika auf die gewaltigen Summen zu sprechen kam, die der Streik das Land gekostet hatte, antwortete ihm Chips: »Ja, schon, aber – hmn – Reklame *kostet* nun einmal.«

»Reklame?«

»Nun, war es denn – hmn – keine Reklame für uns – und sehr gute Reklame sogar? Eine ganze Woche davon – hmn – und kein einziges Leben verloren – kein Schuss abgegeben! In Ihrem Land – hmn – hätte es mehr Blutvergießen gegeben – hmn – bei einer einzigen Razzia auf eine Spelunke!«

Gelächter … Gelächter … wo immer er war, was immer er sagte, es gab Gelächter. Er hatte sich den Ruf eines großen Scherzbolds erworben, und Scherze wurden nun von ihm erwartet. Wenn er bei einer Versammlung das Wort ergriff, ja sogar wenn er nur bei Tisch etwas sagte, stellten sich der Verstand, sogar die Gesichtszüge seines Gegenübers auf einen Scherz ein. Sie hörten ihm zu in der Erwartung, etwas Amüsantes zu hören, und sie zufriedenzustellen war leicht. Manchmal lachten sie schon, bevor er bei der Pointe angelangt war. »Der alte Chips war in Hochform«, hieß es dann hinterher. »Großartig, wie er an allem immer die komische Seite sieht …«

Nach 1929 verließ Chips Brookfield nicht mehr – nicht einmal zum Ehemaligendinner in London. Er fürchtete sich vor Erkältung, und langes Aufbleiben ermüdete ihn nun zu sehr. Allerdings ging er nach wie vor bei schönem Wetter hinüber zur Schule; und sein Zimmer war auch weiterhin ein Ort der Gastlichkeit. Seine geistigen Fähigkeiten blieben ihm erhalten, keinerlei Sorgen plagten ihn. Sein Einkommen war größer, als er es brauchte, und sein kleines Vermögen, in Staatsanleihen angelegt, litt keine Verluste, als die Wirtschaftskrise kam. Beträchtliche Summen verschenkte er – an Leute, die ihm bei Besuchen von ihrem Unglück erzählten, an mehrere Schulstiftungen, und auch an die Brookfielder Partnerschule im East End. Im Jahr 1930 schrieb er sein

Testament. Einiges vermachte er der Partnerschule und Mrs Wickett, alles andere hinterließ er der Schule, die damit ein Stipendium einrichten sollte, das jedem Bewerber offenstand.

1931 … 1932 …

»Was halten Sie von Hoover, Sir?«

»Meinen Sie, wir kehren wieder zum Goldstandard zurück?«

»Wie beurteilen Sie die Lage, Sir? Irgendwo ein Hoffnungsschimmer?«

»Wann werden die Zeiten wieder besser, Chips, alter Junge? Sie sollten das doch wissen, bei Ihrer Erfahrung.«

Alle stellten sie ihm Fragen, als sähen sie in ihm eine Mischung aus Prophet und Lexikon – ja mehr als das, denn sie wollten ihre Antwort auch gern noch als Scherz verpackt. Er sagte zum Beispiel:

»Nun, Henderson, als ich – hmn – noch um vieles jünger war – da gab es jemanden, der – ähm – der den Leuten neun Pence für vier Pence versprach. Ich weiß nicht, ob die – hmn – jemals jemand bekommen hat, aber – hmn – unsere heutige Regierung – ähm – weiß offenbar immerhin, wie man – hmn – vier Pence für neun Pence gibt.«

Gelächter.

Manchmal, wenn er durch die Schule schlenderte, stellten die vorlauteren unter den jüngeren Schülern ihm Fragen, nur um des Spaßes willen, dass sie hinterher Chips' »Neuesten« erzählen konnten.

»Bitte, Sir, was halten Sie vom Fünfjahresplan?«

»Sir, meinen Sie, die Deutschen wollen noch einen Krieg?«

»Waren Sie schon in dem neuen Kino, Sir? Ich bin die Tage

mit meinen Eltern da gewesen. Ein Riesending für so einen kleinen Ort wie Brookfield. Da gibt es eine Wurlitzer.«

»Und was – hmn – in aller Welt – ist eine Wurlitzer?«

»Eine Orgel, Sir – eine Kinoorgel.«

»Ach je ... Ich habe den Namen auf den Plakatwänden gesehen – aber ich habe mir immer – hmn – vorgestellt, dass es eine – hmn – eine Art Wurst sein muss.«

Gelächter ... Oh, es gibt einen neuen Witz von Chips, Leute, und einen richtig guten. Ich hab den alten Knaben nach dem neuen Kino ausgefragt, und da sagt er ...

17

Er saß in seinem Wohnzimmer im Haus von Mrs Wickett, eines Novembernachmittags im Jahr dreiunddreißig. Es war kalt und neblig, da wagte er sich nicht hinaus. Schon seit dem Jahrestag des Waffenstillstands fühlte er sich nicht so recht wohl; wahrscheinlich hatte er sich beim Gottesdienst ein wenig verkühlt. Am Vormittag war Merivale da gewesen, zu seinem üblichen Besuch, zu dem er jede vierzehn Tage kam. »Alles in Ordnung? Gut bei Kräften? So soll es sein. Bleiben Sie im Haus bei diesem Wetter – überall geht die Grippe um. Wünschte, ich könnte mal einen Tag oder zwei mit Ihnen tauschen. Ihr Leben führen.«

Sein Leben ... und was war das für ein Leben gewesen! Wie eine Parade zog es, als er an diesem Nachmittag vor dem Kaminfeuer saß, vor seinem inneren Auge vorüber. Was er alles getan und gesehen hatte! Cambridge in den sechziger Jahren; der Great Gable an einem Augustmorgen;

Brookfield zu allen Zeiten und Jahreszeiten, über die Jahre hinweg. Und auch die Dinge, die er *nicht* getan hatte und auch nicht mehr tun würde, nun, wo er zu lange gezögert hatte – er war zum Beispiel nie in einem Flugzeug geflogen, hatte nie einen Tonfilm gesehen. Er war also erfahrener, aber zugleich auch unerfahrener, als der jüngste Neuzugang der Schule womöglich war; und das, dieses Paradoxon von Alter und Jugend, war es, was die Welt Fortschritt nannte.

Mrs Wickett war außer Haus, besuchte Verwandte in einem benachbarten Dorf; sie hatte alles für den Tee auf dem Tisch bereitgestellt, mit Brot und Butter und Extratassen für den Fall, dass jemand vorbeikam. Allerdings war Besuch an so einem Tag nicht sehr wahrscheinlich; draußen wurde der Nebel von Stunde zu Stunde dichter, und er würde wohl allein bleiben.

Doch nein. Gegen Viertel vor vier klingelte es an der Haustür, und Chips ging (was er eigentlich nicht sollte) selbst aufmachen; vor ihm stand ein recht kleiner Junge, auf dem Kopf eine Brookfield-Kappe, und machte ein beklommenes, furchtsames Gesicht. »Bitte, Sir«, hob er an, »wohnt hier Mr Chips?«

»Hmn – da kommen Sie besser herein, junger Mann«, antwortete Chips. Und einen Augenblick später, in seinem Zimmer angekommen: »Ich selbst – hmn – bin der Gesuchte. Also, was – hmn – was kann ich für Sie tun?«

»Man hat mir gesagt, Sie wollen mich sprechen, Sir.«

Chips lächelte. Ein alter Scherz – sie hatten den Kleinen mit einem alten Scherz hereingelegt, und da konnte er seinerseits, der im Laufe der Jahre so viele alte Scherze gemacht hatte, sich am wenigsten beschweren. Und es machte ihm auch Spaß, den Scherz der anderen sozusagen noch mit einem eigenen zu übertrumpfen; ihnen beweisen, dass er die Sache mit Haltung zu nehmen wusste, auch jetzt noch. Und so sagte er, mit einem Funkeln in den Augen: »Ganz richtig, junger Mann. Ich wollte Sie zum Tee einladen. Würden Sie bitte – hmn – dort am Feuer Platz nehmen? Hmn – ich glaube, Ihr Gesicht habe ich bisher nicht gesehen. Wie kommt das?«

»Ich war bis jetzt auf der Krankenstation, Sir – seit Trimesteranfang, mit Masern.«

»Ah, das ist die Erklärung.«

Chips machte sich an sein übliches Ritual, das Mischen des Tees aus den verschiedenen Dosen; zum Glück hatte er noch einen halben Walnusskuchen mit rotem Zuckerguss im Schrank. Er fand heraus, dass der Junge Linford hieß, dass er in Shropshire zu Hause war und dass er der Erste seiner Familie war, der nach Brookfield kam.

»Glauben Sie mir, – hmn – Linford –, Sie werden Brookfield mögen – wenn Sie sich erst einmal daran gewöhnt haben. Es ist nicht halb so grässlich hier – wie Sie sich das vorstellen. Sie haben ein wenig Angst davor, hm? Hmnja. Das ging mir nicht anders, mein lieber Junge – zu Anfang. Aber das war – ähm – vor langer Zeit. Vor – hmn – vor dreiundsechzig Jahren, um genau zu sein. Als ich – ähm – zum ersten Mal in die Aula kam und – ähm – sah, was für eine Menge an Jungen dort saß – glauben Sie mir, da hatte ich regelrecht Angst. Tatsächlich, ich glaube – hmn –, nie in meinem Leben hatte ich solche Angst. Nicht einmal als – hmn – die Deutschen uns bombardierten – im Krieg. Aber das dauerte nicht lange – die Angst, meine ich. Schon bald war ich – ähm – hier zu Hause.«

»Waren Sie in dem Trimester viele Neue, Sir?«, fragte Linford schüchtern.

»Hm? Aber nein – liebe Güte, nein – ich bin nicht als Schuljunge hergekommen – erst als Mann – als junger Mann von zweiundwanzig! Und wenn Sie das nächste Mal einen jungen Mann sehen – einen Lehrer, der eben erst anfängt – der zum ersten Mal die Aufsicht in der Aula führt – hmn –, dann denken Sie daran – wie sich das anfühlt!«

»Aber wenn Sie damals zweiundzwanzig waren, Sir …«

»Ja? Hm?«

»Dann müssen Sie ja jetzt – sehr alt sein, Sir.«

Chips lachte still und lange vor sich hin. Ein guter Witz war das.

»Nun ja – hmn – ein junger Spund – hmn – bin ich nicht.«

Noch eine ganze Weile amüsierte ihn das.

Dann kam er auf andere Dinge zu sprechen, auf Shropshire, Schulen und Schuldinge im Allgemeinen, die Nachrichten in den Zeitungen des Tages. »Sie wachsen in eine – hmn – sehr schwierige Welt hinein, Linford. Vielleicht hat sie einige von ihren – hmn – Schwierigkeiten überwunden, bis Sie so weit sind. Lassen Sie uns das – hmn – wenigstens hoffen … Tja …« Und nach einem Blick auf die Uhr kam auch der alte, vertraute Spruch wieder an die Reihe. »Es – hmn – tut mir leid, dass Sie nicht bleiben können …«

An der Haustür reichten sie sich die Hände.

»Auf Wiedersehen, mein Junge.«

Und als Antwort, mit schriller Knabenstimme: »Leben Sie wohl, Mr Chips …«

Chips setzte sich wieder ans Kaminfeuer, und die Worte hallten in den Korridoren seiner Gedanken nach. »Leben Sie wohl, Mr Chips …« Sie hatten ihm weisgemacht, dass er tatsächlich Chips hieß – ihm einen alten Bären aufgebunden, fast schon eine Tradition. Na, ihm machte das nichts.

»Leben Sie wohl, Mr Chips …« Er dachte wieder daran, wie Kathie es am Vorabend seiner Hochzeit genau so gesagt hatte, mit einem leisen Spott darüber, wie ungeheuer ernsthaft er damals war. Niemand, überlegte er, würde mich heute mehr ernsthaft nennen, das steht fest …

Mit einem Mal liefen ihm die Tränen über die Wangen – die Schwäche eines alten Mannes; albern vielleicht, aber er konnte nicht dagegen an. Er fühlte sich sehr müde; die Unterhaltung mit Linford hatte ihn ganz erschöpft. Aber er freute sich, dass er Linford kennengelernt hatte. Netter Junge. Aus dem würde etwas werden.

Durch die nebelschwere Luft kam der Glockenruf zum Appell, wabernd und dumpf. Chips schaute zum Fenster; es wurde schon dunkel, Zeit, die Lampe anzuzünden. Aber als er sich regen wollte, merkte er, dass er es nicht konnte; er war zu müde; und es war ja auch nicht weiter wichtig. Er lehnte sich in seinem Sessel zurück. Kein junger Spund – na, das war wohl die Wahrheit, was? Und lustig, die Sache mit Linford. Und er selbst hatte sich wacker geschlagen, gegen die Witzbolde, die ihm den Jungen geschickt hatten. Leben Sie wohl, Mr Chips … aber seltsam, dass er gerade diese Worte gewählt hatte …

18

Als er erwachte, denn offenbar hatte er geschlafen, fand er sich im Bett; und Merivale stand da, über ihn gebeugt, und lächelte. »Na, alter Gauner – geht es wieder besser? Das war ja ein schöner Schrecken, den Sie uns da eingejagt haben!«

Nach einer Pause murmelte Chips etwas, mit einer Stimme, deren Schwäche ihn überraschte: »Warum – ähm – was – was ist geschehen?«

»Nur eine kleine Ohnmacht. Mrs Wickett kam nach Hause und fand Sie – zum Glück fand sie Sie. Jetzt ist wieder alles in Ordnung. Ruhen Sie sich aus. Schlafen Sie weiter, wenn Ihnen danach ist.«

Ein guter Vorschlag, er war froh, dass ihn jemand gemacht hatte. Er fühlte sich so schwach, er machte sich nicht einmal Gedanken über die näheren Umstände – wie sie ihn nach oben geschafft hatten, was Mrs Wickett gesagt hatte und so weiter. Aber dann, plötzlich, sah er Mrs Wickett auf der anderen Bettseite stehen. Sie lächelte. Er dachte: Ja lieber Himmel, was macht sie denn hier oben? Und dann, im Halbdunkel hinter Merivale, sah er Cartwright, den neuen Direktor (für ihn war er immer noch »neu«, obwohl er schon seit 1919 in Brookfield war), und den alten Buffles, den alle »Roddy« nannten. Seltsam, dass sie alle hier oben waren. Aber, dachte er bei sich, es ist mir einfach zu viel, darüber nachzudenken. Ich will jetzt schlafen.

Aber es war kein Schlaf, und es war auch nicht ganz ein Wachen; es war eine Art Zwischenzustand, voller Träume und Gesichter und Stimmen. Alte Szenen und alte Fetzen von Melodien: ein Mozart-Trio, bei dem Kathie einmal mitgespielt hatte – Hochrufe und Lachen und Kanonendonner – und über allem die Glocken von Brookfield, die Glocken von Brookfield. »Sodass also, wenn Miss Plebs von Mr Patrizier verlangte, dass er sie heiratete … nix, kann ja jeder … Ein Witz … Das zu Verabscheuende … Ein Witz … Sind Sie das, Max? Kommen Sie rein. Wie sieht es aus im Vaterland? ... *O mihi praeteritos* ... Ralston fand, ich sei nachlässig und untüchtig – aber ohne mich kamen sie nicht zurecht ... *Obile manda varmin destens tre icenbus se in teren ander.* Kann das einer hier übersetzen? ... Es ist ein Witz ...«

Einmal hörte er, wie sie im Zimmer über ihn sprachen.

Cartwright im Flüsterton zu Merivale. »Der arme alte Bursche – das muss schon ein einsames Leben gewesen sein, immer nur für sich allein.«

»Nicht immer allein«, antwortete Merivale. »Er war einmal verheiratet.«

»Tatsächlich? Das wusste ich nicht.«

»Sie ist gestorben. Das muss – ach, bestimmt dreißig Jahre her sein. Womöglich noch länger.«

»Ein Jammer. Ein Jammer, dass er nie Kinder hatte.«

Und bei diesen Worten schlug Chips die Augen auf, riss sie so weit auf, wie er nur konnte, versuchte ihre Aufmerksamkeit zu erlangen. Das laute Sprechen fiel ihm schwer, aber er murmelte etwas, und alle sahen einander an und kamen näher.

Ganz langsam rang er sich die Worte ab. »Was war das – ähm – was Sie da gerade – über mich – gesagt haben?«

Der alte Buffles lächelte und sagte: »Das war gar nichts, alter Junge – rein gar nichts – Wir haben nur überlegt, wann Sie wohl wieder aufwachen aus Ihrem Schönheitsschlaf.«

»Aber – hmn – ich habe es doch gehört – wie Sie geredet haben – über mich ...«

»Nichts von Bedeutung, mein Lieber – vollkommen unbedeutend, da gebe ich Ihnen mein Wort ...«

»Ich dachte, ich hätte gehört, wie Sie – wie einer von Ihnen – sagte, es sei ein Jammer – hmn – ein Jammer, dass ich nie – Kinder gehabt hätte – hm? – Aber sehen Sie, ich habe sie ja … ich habe sie …«

Die anderen lächelten, blieben aber still, und nach einer Weile kam von Chips ein leises, glucksendes Lachen.

»O ja – hmn –, die habe ich«, sagte er, mit zittriger, doch seliger Stimme. »Tausende davon … Tausende … und alles Jungen.«

Und dann hörte er noch einmal den Refrain, die letzte Harmonie, großartiger und süßer, als er ihn je vernommen hatte, und auch trostreicher denn je … Pettifer, Pollett, Porson, Potts, Pullman, Purvis, Pym-Wilson, Radlett, Rapson, Reade, Reaper, Reddy *primus* … kommt her allesamt, versammelt euch um mich, ein letztes Wort noch, ein Scherz … Harper, Haslett, Hatfield, Hatherley … mein letzter Scherz … habt ihr ihn gehört? Hat er euch zum Lachen gebracht? … Bone, Boston, Bovey, Bradford, Bradley, Bramhall-Anderson … wo immer ihr jetzt seid, was immer aus euch geworden ist, schenkt mir diesen Augenblick mit euch … diesen letzten Augenblick … meine Jungen …

Und bald schon schlief Chips.

So friedlich schien er, dass sie ihn nicht mit einem »Gute Nacht« stören wollten; aber am Morgen, als die Schulglocke zum Frühstück rief, erfuhr ganz Brookfield es. »Brookfield wird seine Liebenswürdigkeit nie vergessen«, sagte Cartwright in einer Ansprache an alle. Was Unsinn war, denn am Ende wird alles vergessen. Aber wenigstens Linford wird sich erinnern und wird die Geschichte erzählen: »Ich habe Chips Lebewohl gesagt, am Abend bevor er starb …«

Ernst Wiechert

Ankommen

Thomas war eine Nacht und einen halben Tag gefahren, als er an der kleinen Haltestelle ausstieg. Er holte sein Fahrrad aus dem Gepäckwagen, sah hinter dem Bahnhofsgebäude einmal in seine Karte, machte den Rucksack fest und fuhr die birkengesäumte Straße hinunter, den Wäldern zu, die blau und groß im Süden die Welt verschlossen.

Obwohl das Land nicht unähnlich seiner märkischen Heimat war, schien es ihm doch, als sei er in der Nacht über fremde und riesige Ströme gefahren und als sei dies hier keiner Erde zu vergleichen, die er während seines Lebens betreten hatte.

Indessen er fast geräuschlos dahinglitt, von einem sanften seitlichen Wind je nach der Biegung der Straße gehindert oder getrieben, versuchte er zu ergründen, weshalb sein Atem leicht zu gehen schien in dieser Landschaft, obwohl sie doch im ersten Anschauen streng, weit und nicht ohne Düsterkeit sich ihm darbot. Er bemerkte, dass die Luft rauer ging, dass Wachstum und Feldbestellung gegen seine Heimat weit zurückgeblieben waren, dass Häuser und Dörfer ärmlicher, fast liebloser in den umgebenden Raum gebettet waren. Doch schienen wiederum Straßen und Pfade menschenleerer, alles Gerät einfacher und verbrauchter, ja auch alle Ansprüche bescheidener, als ob die Erde noch unbedingter hier herrsche, den Forderungen des Menschen noch widerwilliger verschlossen als in anderen Bezirken, und als ob der Mensch hier mehr auf eigener Kraft und im eigenen Inneren beruhen müsse, ohne die gedankenlose Unterstützung der Masse, die ihm woanders, zumal in den Städten, so leicht und so verhängnisvoll zufalle.

Doch schien ihm vor allem der Himmel über alle Maßen groß und gewaltig. Geschwader von Wolken zogen ruhevoll an seiner Wölbung entlang, aber selbst sie mühelos geordnet in dem unermesslichen Raum, und ihre schweren Schatten stießen sich nirgends auf den noch bräunlichen Feldern. Auf den Hügeln der Äcker standen einzelne Bäume, das Astwerk ohne Hindernis ausgebreitet oder von immer wehenden Winden nach einer Seite gebeugt, und da sie fast alle ohne Hintergrund vor dem leeren Himmelsraum standen, so trugen die Felder in aller Kargheit ein Gesicht des Stolzes, als lägen sie noch da wie zu Beginn der Schöpfung und niemals sei anderes als Wind oder Regen oder eine kühle Sonne über sie hingegangen.

Auch der Schrei der Vögel schien eller und wilder zu sein, und nirgends glaubte er so viele Raubvögel gesehen zu haben, die spähend über den Feldern hingen oder in Kreisen sich unter die Sonne schoben. Doch verknüpfte ihr Bild sich ihm immer mehr mit der Erscheinung der großen Wälder, denen er zufuhr und die ihm als die eigentliche Heimat alles dessen erschienen, was sich hier spielend oder beutesuchend unter dem Himmel bewegte.

Kam er so auch nicht zu der gewünschten Klarheit seiner Gedanken und blieb die Ursache seines Gefühls der Freiheit ihm im Letzten noch verborgen, so nahm er doch mit Beglücktheit wahr, daß sein ganzes Wesen vorwärts gewendet war, bestrebt, Kommendes und Neues in sich aufzunehmen, und dass die grübelnden Gedanken der letzten Tage, ja noch der Nachtfahrt, wie ein Nebel hinter ihm verflogen waren.

Indessen wuchs das Gesicht der Wälder immer näher und deutlicher in ihm auf, und es war ihm, als sei dort eigentlich erst das verborgen, was den Sinn der Landschaft ausmache und dazu auch das, was zu suchen er ausgezogen sei. Von fern schon war zu erkennen, dass der schweigende Ernst dieses Raumes dort nicht von einer Heiterkeit der Form abgelöst werden würde, ja dass vielmehr mit dem Zurückbleiben von Dorf, Feld und Gehölz sich alles in eine einzige, gesammelte Erscheinung zurückziehen würde, an Größe nur dem Meer oder dem Hochgebirge zu vergleichen, und nicht nur an Größe, sondern eben auch an Schwere und aufrufender Einsamkeit.

Schon jetzt sah er die Geradheit grauer, sehr hoher Stämme, ohne Unterbrechung nebeneinandergestellt, ohne Zierlichkeit verbindender Linien, und darüber den leise gewellten Saum der Wipfel, abgerundet wie die Form des Granits im Urgebirge. Zwar erblickte er, je näher er kam, vermittelnde Einzelheiten, Fichtenschonungen etwa, die einem in die Tiefe gesunkenen Waldstück von fern glichen, einen Weißbuchenhain oder einen Hang mit jungen Birken, zwischen denen der Wacholder dunkel stand, aber gleich schloss die graue Wand sich wieder zu und tat sich nur auseinander, um die Straße hineinzulassen, aufzunehmen und gleichsam sofort zu begraben.

Hier war es natürlich, dass Thomas abstieg und von der hohen Böschung den Blick noch einmal zurückwendete. Er saß auf einem Baumstumpf, um den schon die blauen Sterne der Leberblümchen standen, stopfte langsam seine kurze Pfeife, und indessen der Rauch mit dem leisen Wind in das Holz hinter ihm zog, nahm er die eben durchfahrene Landschaft noch einmal in sich auf, ruhiger nun, auch größer vielleicht, da der Weg sich langsam gehoben hatte und nun vieles nebeneinander lag, was vorher Stück für Stück aufeinandergefolgt war.

Wieder kam ihm das Leere des großen Raumes beruhigend und beglückend ins Bewusstsein, die sanfte, lang ausholende und abklingende Schwingung der Linien, die Armut an Siedlungen, die Stille der Luft und das unendlich Gespannte des Horizontes. Er versuchte sich vorzustellen, wie der Wechsel der Jahreszeiten dieses Bild verändern würde, wie er selbst in diesem Wechsel bestehen oder unsicher werden würde und ob die Frische des ersten Eindruckes auch erhalten bleiben würde, wenn er nun aus einem Wanderer zu einem Bewohner und aus einem Betrachtenden zu einem Tätigen würde.

Doch erschien ihm, auch so angesehen, das vor ihm ausgebreitete Bild von immer gleicher Kraft und Tröstlichkeit erfüllt, und als er sich nun gar auf seinem Sitz wendete und der Blick durch die Vielheit der Stämme in das Innere des Waldes ging, wo die Sonne schmale Brücken auf Moos und Blaubeerkraut legte, wo rotbeschienene Stämme immer tiefer zurückwichen in eine bläuliche Dämmerung und nur das Klopfen des Spechtes das Schweigen nicht zerbrach, sondern tiefer machte: da glaubte er, auf der Höhe eines vielgeprüften Lebens noch einmal Frieden und Glück der Kindheit vor seinen Händen ausgebreitet zu sehen, als gelte es nur, vertrauend zurückzukehren, um mit der Ruhe der Landschaft auch alles wiederzugewinnen, was damals heiter, leicht und unveränderlich erschienen war. Und wiewohl er wusste, dass keine Rückkehr dieser Art dem Menschen vergönnt sei, dass vielmehr jedes Alter seinen eigenen Frieden zu gewinnen habe, so gab er sich doch willig für eine Weile jener träumerischen Rückschau hin, wohl wissend, dass die nächsten Tage schon ihm fordernd entgegenkommen würden.

Um die Dämmerung erst kehrte er ein, in einem Waldkrug, den er an der Straße fand und den auch seine Karte angezeigt hatte. Kaum in seinem Leben hatte er Armut und Verfall so nahe gesehen, doch schien ihm das Erste eine gute und nützliche Einleitung zu dieser Reise zu sein, die ja, wie er hoffte, nicht nur eine Reise bleiben sollte. Und da er sein kleines Zimmer sauber fand, mit dem freien Blick auf abendliche Schonungen, war er es alles zufrieden und bat nur, bis zur Bereitung des Essens am Feuer in der Küche sitzen zu dürfen, was ihm nach einigem Widerstreben auch gewährt wurde.

Eine schweigsame Frau schaffte am Herd, zwei Kinder, ein Knabe und ein Mädchen sahen mit großen Augen von der Holzbank aus ihm zu, indessen der Mann hinter dem Tisch stehen blieb, den Rücken gegen das Fenster gewendet, und erst auf besonderen Zuspruch hin seine Arbeit an einem kleinen Netz wieder aufnahm, durch das er mit einer hölzernen Nadel neue Maschen zog. Er war gekleidet wie die Menschen, die Thomas unterwegs gesehen hatte, in hohe Stiefel und hartgewebtes graues Zeug, und auch in der Wärme des Raumes hatte er sein Halstuch nicht abgenommen, das in zwei Zipfeln ihm über den Kragen hing. Die Gesichter schienen Thomas schwer, müde und gleichsam schon von den großen Ebenen mitgeformt, die sich hinter diesen Wäldern und Seen nach Asien hin erstreckten.

Als Thomas ihnen gute Nacht bot und die schmale Treppe zu seinem Schlafraum hinaufstieg, ein Licht in der Hand, schien das Ganze ihm als ein schönes Tor zu seiner neuen Welt, voll guter Vorbedeutung und von allem Gewohnten und Vergangenen wie durch Jahrzehnte geschieden.

Immer tiefer nahm das Land ihn nun auf. Tag für Tag fuhr er an den Seen entlang und von Dorf zu Dorf, mitunter verweilend, wenn ihn etwas zu halten schien. Die Witterung wechselte in den Zeiten der Nacht- und Taggleiche, Stürme und Regen fielen über das Land, und eines Abends trieb sogar der Schnee in weißen Streifen zwischen den grauen Stämmen hin. Dann aber gewann die Sonne wieder das Feld, trocknete Straßen und Pfade, das Eis in den Buchten schmolz, und über der jungen Saat hingen hoch im Blau die singenden Lerchen. Immer aber gingen die großen Wälder mit ihm mit, wechselnd zwischen Laub- und Nadelholz, aufblauend, erglühend und sich wieder verdunkelnd mit dem Gang der Sonne, und mit ihnen die strenge und reine Luft, die das Atmen leicht machte und die sorgenlosen Jahre wieder heraufrief, als er hoch über Segeln und Meer.

So kam er am späten Nachmittag des zehnten Tages zu einem Meilenstein an einer breiten Landstraße, von dem ein schmaler Weg zu einer Försterei abbog, und da der Wald ihm schöner schien als jeder andere, den er bisher durchfahren hatte, von Birkenschonungen und alten Eichen durchsetzt, so ließ er den breiten Weg und meinte, er werde zur Nacht schon unterkommen, wenn nicht im Forsthaus, so doch wenigstens in einer Feldscheune oder in einem der Wildheuhaufen, die er hier und da in den Schonungen angetroffen hatte. Die Luft war milder geworden, ein südlicher

Wind ging durch den Wald und brachte den schweren Duft des Seidelbastes mit, der an den sonnigen Hängen blühte.

Der Förster trat aus dem Hoftor, als Thomas das Gehöft erreichte. Er war ein großer, gebeugt gehender Mann, die Schläfen unter dem Hut schimmerten schon weiß, und der Blick seiner ganz hellen Augen ging durch Thomas hindurch, als sehe er gar nicht ihn, sondern hinter ihm einen anderen, der unbemerkt in seinen Spuren stände. So einsam schien er Thomas vor dem schweigenden Gehöft, dass er meinte, es sei nicht recht, ihn anzusprechen und seine Bitte vorzutragen, so dass er stumm dastand, die Hände auf der Lenkstange des Rades und den Fuß schon wieder auf dem linken Pedal, als sei er sofort bereit, umzukehren, wenn jener den Wunsch dazu zu erkennen gebe.

Doch trat der Förster wider Erwarten auf ihn zu, hob die Hand grüßend an den Hut und fragte ihn mit leiser Stimme ohne Vorbereitung, ob er ein Seemann sei. Und als Thomas das mit einiger Verwirrung bejahte, nahm der andere ihn sanft beim Arm, bat ihn, ein Stück Weges mit ihm mitzukommen, und meinte dann, als der Wald sie schon wieder aufgenommen hatte, er dürfe nicht verwundert sein, es habe jeder harte Beruf seine Kennzeichen und wäre es hier auch nur eine bestimmte Helligkeit der Augen und die Schärfe der Linien von den Nasenflügeln zum Munde. Zudem kenne er sich etwas aus unter Seeleuten, da sein Sohn selbst einer gewesen sei, und es freue ihn, hier in seinem Wald einen wiederzusehen, der wahrscheinlich auch »dabei gewesen« sei.

Ja, dabei gewesen sei er allerdings, erwiderte Thomas.

Das habe er gedacht, meinte der Förster, und er brauche nun vor seinem Haus nicht umzukehren, sei als Gast willkommen und müsste ihn zuerst nur auf den Schnepfenzug begleiten, da er gern zunächst allein mit ihm sein möchte. Etwas wunderlich sei seine Frau, ja vielleicht sogar sehr wunderlich, wie nach dem Krieg ja überhaupt seltsame Menschen übrig geblieben seien, als habe der Tod sie nicht gewollt nach all dem jungen Blut, das er getrunken habe.

Zuerst schwieg Thomas, auf eine merkwürdige Weise ergriffen von der Art dieses Mannes, der wie nach einer langen Krankheit sprach, leise, eilig, als wisse er nicht genau, ob die Gespenster des Fiebers noch um ihn ständen oder ob er schon voller Vertrauen zu den Wachenden und Gesunden von den Gesichtern seiner Träume sprechen dürfe. Dann aber begann er zu erklären, wer er sei – immer noch der Steuermann auf großen Dampfern – und weshalb er hier sich umsehe. Auch dass er eigentlich vorgehabt habe, der großen Straße bis zur Stadt zu folgen, und nur etwas nicht Bewusstes ihn veranlasst habe, zur Försterei zu fahren. Wahrscheinlich, weil der Wald ihm so gut und vertraut vorgekommen sei, oder auch nur, weil der Südwind ihn müde gemacht habe.

Der Alte nickte dazu, auf eine sichere Weise, als wisse er das besser, und meinte, sie würden eine gute Nachbarschaft halten. Er sei dessen gewiss, denn er zweifle nicht daran, dass hier das Ziel des Gastes erreicht sei; doch wollten sie erst später darüber sprechen, jetzt aber ihren Stand einnehmen.

Sie waren unterdessen an den Rand niedriger Schonungen gekommen, gingen einen grasbewachsenen Weg hinaus, bis sie über einem kleinen Bruch standen, in dessen Wasserblänken der Abendhimmel sich spiegelte, und blieben dann zwischen ein paar Wacholderbüschen, der Förster auf seinem Sitzstock und Thomas auf einem der breiten Baumstümpfe, die die Sonne des Tages eingesogen hatten.

Noch nie meinte Thomas den Wald so groß und unberührt gesehen zu haben, fast dass er zum Fürchten hätte sein können, wäre nicht das hundertfältige Lied der Drosseln gewesen und der fremde Ton hoher Zugvögel, die mit dem Wind über den Wald zogen. Auch gingen seine Gedanken immer wieder zu dem Wort von der Nachbarschaft zurück, und von Zeit zu Zeit betrachtete er unaufdringlich den etwas vor ihm Sitzenden, der zwar das Gewehr über den Knien hielt, aber dessen Auge und Ohr weit von aller Jagd entfernt zu sein schienen, zu den Abendwolken aufgehoben, die schmal, lang und rotgesäumt in den nördlichen Horizont fuhren, ein schweigendes Geschwader, das den Schauplatz verließ.

Als dann endlich die Drosseln verstummten, eine nach der anderen, und zuletzt nur noch aus dem schwarzgewordenen Hochwald auf der anderen Seite ab und zu ein Flötenton in das Schweigen fiel, meinte Thomas, seiner Jugendjahre sich erinnernd, dass es nun Zeit sei, alle Sinne auf die Jagd zu richten und auf den Ruf der Schnepfe zu warten, der bei aller Sanftheit so erregend in das Herz des Jägers fällt.

Aber gerade da, als er leise aufstehen wollte, begann der Förster zu sprechen, und es war aus dem Klang seiner Stimme unschwer zu erraten, dass seine Gedanken die ganze Zeit nicht bei der Jagd gewesen waren.

Beim Skagerrak sei er vielleicht auch dabei gewesen, fragte er behutsam. Und auf Thomas‘ bejahende Antwort, ob sogar vielleicht auf einem der Panzerkreuzer? Der »Seydlitz« etwa?

Nicht gerade dort, aber auf einem Schwesterschiff, erwiderte Thomas und begann zu ahnen, worüber er Rede und Antwort zu stehen haben würde. Doch war nun gerade der Ruf der ersten Schnepfe zu hören, über die Schonungen sich nähernd, über den kleinen Bruch, immer näher und deutlicher, bis das graue, leise schwankende Bild aus dem Hintergrund des Abends sich löste, der im Suchen sich hin- und herwendende Kopf mit dem langen Schnabel gerade über ihnen, der sanfte, wie tief aus der Kehle dringende Ton … und nun alles vorüber war, schon hinter ihnen, immer leiser wurde und verschwand.

Thomas war aufgesprungen und hatte die Hand nach dem vor ihm Sitzenden ausgestreckt, doch ließ er sie beschämt wieder sinken, als er von der Seite das Gesicht sah, das einem fernen Vorgang zugewendet schien, einem Vorgang, der weit hinter der Erscheinung des Vogels seine Umrisse in den Abendhimmel zu zeichnen schien.

»Sahen Sie … das Feuer?«, fragte die leise Stimme.

»Ja.«

»Aus dem vorderen Turm?«

»Ja, alle sahen es.«

»Eine hohe Säule?«

»Höher als die Masten … aber niemand hat Schmerz gelitten dort, niemand. Es muss gewesen sein wie unter einem Blitzschlag, vorbei, ehe man ahnt, dass es trifft.«

»So sagen sie, und so schrieben sie auch, aber keiner ist dabei gewesen, den es nur versengt hätte, nur das Haar und die Augenbrauen, und er hätte es dann erzählen können …«

Nun legte Thomas doch leise die Hand auf die gebeugte Schulter vor ihm. »Man soll das nicht ausdenken«, sagte er. »Wie sollten wir leben, tapfer und ordentlich, wenn wir das täten?«

»Ja, ja … auch ich sage so, zu ihr, die darüber wunderlich geworden ist … nur … er fürchtete sich so vor dem Feuer, verstehen Sie? Da war so eine schreckliche Geschichte in seiner Kindheit … wir hatten den Backofen geheizt, zum Brotbacken. Die Glut war schon herausgenommen und dann auch die Brote. Der Backofen stand allein im Garten, abseits, wie auf allen Förstereien. Da kam er mit den Hunden hinter der Katze her, so im Spiel, und sie sprang hinein. Er lachte und warf die Tür zu, er wusste nicht, dass es glühend heiß war. Und im selben Augenblick schoss ich am Gartenzaun einen Hühnerhabicht. Da vergaß er alles, die Katze, den Ofen, die Hunde. Er lebte immer im Augenblick, ganz und gar … Erst nach zwei Tagen fiel es ihm ein. Wir hörten ihn schreien, so schrecklich, dass ich es heute noch höre. Da hatte er sie gefunden … und nun er selbst, ebenso … das Wasser ist kühl und tief, und ich denke, dass man dort schlafen kann, auf dem Grund, wo die fremden Pflanzen wehen … aber so, verkohlt und verbrannt … Gottes Ebenbild zerstört und geschändet …«

Er hob nicht die Hand vor die Augen, er sah immer noch geradeaus, dorthin, wo der Abendstern mit sanftem Strahlen über dem Wald stand.

»Nein«, sagte Thomas mit Entschiedenheit, »dann hat man Ihnen Falsches gesagt und geschrieben. Wir haben es in den Hafen gebracht, das zerschossene Schiff, und von meinen Kameraden waren einige dabei, als sie die Türme öffneten … nichts war geschändet, sie waren … sie zerfielen in Staub und Asche, als man sie heraustrug … ich sage Ihnen die Wahrheit, und Sie müssen es mir glauben!«

»Staub und Asche«, flüsterte der alte Mann, »das ist besser, viel besser … das ist, wie Gott es vorgeschrieben hat in der Bibel ... Staub und Asche, das ist gut, und ich brauche nicht mehr zu hadern ...«

Er blieb noch sitzen, bis der Waldkauz lautlos über ihnen kreiste. Dann gingen sie den dunklen Weg zurück. »Gruber hieß er«, sagte er, »Valentin Gruber ... aber Sie haben ihn nicht gekannt? Nein, die Schiffe waren ja auch so groß ... keiner von uns weiß, weshalb er so aufs Meer wollte, niemals gab es das in unserer Familie ... Der See hat es ihm angetan, dort am Haus, nicht der Wald, nur der See. Sie werden noch merken, dass er einen Zauber über den Menschen wirft. Valentin hieß er, weil ich katholisch bin, und in meinem Glauben wurde er getauft und aufgezogen. Die Frau hat immer gesagt, wir hätten einen falschen Gott, und davon sei es alles gekommen ... Sagen Sie ihr nichts und wundern Sie sich auch nicht. Wer leidet, ist in allem entschuldigt, nicht?«

»Ja«, sagte Thomas leise.

Der Tisch war schon gedeckt, aber die Frau stand am Fenster und sah hinaus. Sie wendete sich erst um, als Gruber sagte, ein Gast sei da. »Willkommen!«, sagte sie und streckte ihre Hand aus. Die Hand war kalt und fast wie Holz, und ihre Stimme kam wie aus einem Automaten heraus. Dann ließ sie die Hand wieder fallen und ging an Thomas vorbei, um ein drittes Gedeck zu holen. Sie sah ihn nicht. Ihr Gesicht war nicht vergrämt oder versteint, sondern erloschen. Es war erblindet und ertaubt, ausgehöhlt vom Schmerz, und nur die Hülle war noch zurückgeblieben, brüchig und tot wie die Haut einer Larve.

Als sie an den Tisch traten und die Frau die Hände zum Gebet zusammenlegte, machte Gruber eine Bewegung, als wollte er sie hindern, aber dann sah er nur vor sich nieder.

Die Frau blickte auf den Brotkorb in der Mitte des Tisches, und ihre Lippen bewegten sich, wie von einer verborgenen Maschine getrieben. Sie betete:

»Lieber Gott, sei unser Gast
und sieh, was du angerichtet hast.
Sollen die Toten dir gut bekommen,
alle Heiden und alle Frommen,
und was du ertränkt hast und verbrannt
nimm es fröhlich in deine Hand!
Amen.«

Dann setzte sie sich. Ihr schwarzes, zerschlissenes Seidenkleid knisterte bei jeder Bewegung, und wenn sie einen Bissen zu sich nahm, sah es aus, als fütterten fremde, nicht ihr gehörige Hände ein starres, totes Götzenbild. Sie sprach kein Wort und sah auch Thomas nicht an. Sie wusste sicherlich nicht, dass ein Fremder am Tisch saß. Sie hatte es längst vergessen. Vielleicht sah sie ein Kind, das mit dem Ruder durch den Wald lief, zum Seeufer hinunter, oder sie sah die Feuersäule aus den Geschütztürmen brechen, oder sie sah die Gestalt eines Gottes, der mit blutigen Händen seine Toten aß. Sie war hinausgetreten aus allem Menschlichen, und Thomas schien es, als gehe ein kühler Hauch von ihrem Kleid aus, wie von einem Grabgewölbe. Es fröstelte ihn, und er schwieg.

Nach dem Essen räumte sie den Tisch ab und kam nicht wieder.

»So ist es nun«, sagte Gruber, als sie ihre Pfeifen angezündet hatten. »Sieben Jahre, mein lieber Herr ... sieben Jahre ... andere würden trinken oder fluchen, aber ich kann das nicht. Er war doch auch mein Sohn, nicht wahr? Und so bin ich doch auch schuldig, nicht wahr? Sehen Sie, manchmal im Wald, wenn ich so vor mich hingehe, dann spreche ich für mich, laut und lange, um zu sehen, ob ich es noch kann, und ich lächle auch, denn das will man doch nicht verlernen. Ich spreche mit ihm, wie früher, als wir zusammen durch den Wald gingen. Er war immer fröhlich, und wir lachen, damit er nicht tot ist, verstehen Sie? Hier, im Haus, ist er immer aufgebahrt, wissen Sie, und das will ich nicht. Der Krieg hat ihn genommen, aber er ist immer bei mir, und seitdem Sie das gesagt haben, das von Staub und Asche, da will ich wieder ganz fröhlich sein ... so gut ist es, dass Sie gekommen sind ...«

Wenn er sie sähe, dachte Thomas und sah den schweren Mann vor dem hölzernen Christus stehen, aber auch er würde nicht helfen ... sieben Jahre, und ich habe mich beklagt? Es war ihm fast, als liebte er diesen alten Mann, der wieder fröhlich sein wollte. Das Haar fiel ihm noch schwarz in die Stirn, nur die Schläfen waren weiß, und nun wusste er auch, weshalb der Sohn zur See gefahren war: die Augen mussten es sein. Er musste dieselben Augen gehabt haben, denen die Dinge immer zu nahe waren und die erkennen wollten, was hinter den Dingen war. Er hatte geglaubt, dass man das auf dem Meer lerne, dem einzigen Element, das keinen Vordergrund hatte. Aber er hatte wohl nur gelernt, dass der Tod in allen Elementen zu Hause ist.

»Und ... es gibt keine Hilfe?«, fragte er.

Der andere schüttelte den Kopf. »Pfarrer und Ärzte«, sagte er, »die arbeiten immer mit den Dingen, die für sie aufgehört haben, wissen Sie. Gott und Pflicht und guter Wille und so weiter.« Er sah sich vorsichtig um. »Ich bin ein einfacher Mensch«, fuhr er leise fort, »aber ich weiß es. Es gibt Mütter und Kinder, bei denen man die Nabelschnur nicht zerschnitten hat, verstehen Sie? Und so war es hier. Sie bleiben immer eins, sie werden nie zwei. Sie hat es auch gewusst, als das dort geschah. Sie kam zu mir auf den Hof, weiß wie eine Tote, und zeigte mit dem Arm in den Wald. ›Jetzt haben sie ihn fortgerissen‹, sagte sie. ›Mein Blut fließt aus.‹ Und so war es auch, dass ihr Blut ausgeflossen ist … Mein lieber Herr, das muss man nun so lassen, und nun ist es so gut, dass Sie hierbleiben und ich manchmal ein bisschen bei Ihnen sitzen darf … wie ist Ihr Name, lieber Herr?«

Sein Gesicht war von innen beglänzt, als er sich vorbeugte und lächelnd in Thomas' Augen sah.

»Orla«, sagte Thomas. »Thomas Orla … es ist ein märkischer Name. Aber weshalb meinen Sie immer, dass ich hierbleiben werde?«

»Sie sind gesandt, lieber Herr Orla, ja, ich muss es wohl so nennen. Gesandt wie ein Engel des Herrn. Sehen Sie, manchmal in diesen Jahren habe ich gezweifelt, an Gott, ja, das habe ich getan. Aber an den Heiligen nicht. Von Kind auf war ich bei ihnen, das ist in unserem Glauben so, näher bei ihnen mitunter als bei Gott. Er ist so weit, so schrecklich weit. Aber sie sind nahe, an unserer Seite, denn sie haben auch gelitten, ebenso wie wir, mehr noch. Aber Gott leidet nicht, wissen Sie. Nun, und die Heiligen, sie haben Sie gesandt. Sie haben gesehen, dass ich nicht mehr weiter wusste, und da haben sie mir das geschickt, das von Staub und Asche, nicht wahr? Das ist wie ein neues Leben, denn ich glaube es. Und dafür werden Sie hier finden, was Sie suchen. Alles hängt zusammen bei den Menschen, gute Tat und guter Lohn … Der See hier, er ist zu verpachten, oder nicht zu verpachten, sondern der Fischerposten ist zu vergeben, Fischer und Jäger, beides zusammen. Ein ruhiger Posten, auch wenn der General wunderlich ist … alle sind hier wunderlich … man kann leben davon, bequem leben, wenn man einfach ist. Ein kleines Haus auf der Insel, mir gegenüber, einen Büchsenschuss weit, ein Rohrdach, ein großer Herd, ein Netzschuppen. Und ein kleiner Wald, ein schöner Wald, Jungholz mit Fichten und Birken und dazwischen alte Eichen mit trockenen Wipfeln, wo die Reiher abends einfallen. Und ganz allein, verstehen Sie? Ganz allein, nur Wasser und Wald in der ganzen Runde. Man braucht ein Boot, um zu Ihnen zu kommen …«

»Und der General?«, fragte Thomas. Seine Pfeife war ausgegangen, und er lauschte wie in einem Märchen. Ein Zauber fiel von dem alten Mann über ihn.

»Ja, ihm gehört das alles, lieber Herr. Das Schloss und das Gut und der See. Ein armer Mann, beide Söhne gefallen, und ich habe sie beide auf den Knien gehalten. Nur eine Enkelin ist bei ihm, und sie ist wie ein Engel in dem dunklen Haus … und Sie werden die Stelle bekommen, ich selbst will es ihm sagen.«

»Können wir es sehen?«, fragte Thomas und stand auf. »Die Insel, meine ich, und alles … der Mond scheint doch, und vielleicht ist morgen früh alles fort, und Sie haben nur geträumt.«

Der alte Mann lächelte.

»Auch er war so«, sagte er, »alles gleich und sofort, damit es nicht verschwunden ist am nächsten Tag. Aber nichts verschwindet, lieber Herr. Wenn man alt geworden ist, weiß man, dass nichts verschwindet. Aber wir können gehen … beim Mondlicht wirft es die Netze über Sie, mehr noch als am Tag.«

Die Luft war noch wärmer geworden, und ein paar Regentropfen aus einer verlorenen Wolke fielen schwer in das trockene Laub unter den Eichen. »Geht dort wer?«, fragte Thomas leise. Nein, nein, das sei nur der Regen und eben der Zauber. Immer klinge es hier so, als gehe wer durch die Nacht. Aber niemand gehe, ganz still und leer sei der Wald. Außer dass die Toten umgingen aus Land und Meer, aber darüber wisse er nichts.

Der Mond stand noch tief, vor ihnen, und sie sahen nur sein Licht. Der Himmel war sanft beglänzt, wie aus einem fernen Tor, und mitunter blitzte es im Wald auf, ein einzelner Strahl, der durch eine Lücke im Geäst auf feuchte Rinde fiel. Eulen riefen, und vom Wasser schrie ein unbekannter Vogel. Es war, als frage jemand nach dem Weg.

Der Fußpfad senkte sich, und dann war das Wasser zu sehen. Es lag als eine matte Scheibe in einem dunklen, vielfach gesprungenen Rahmen. Es dehnte sich, weit hinaus, und in der Ferne wurde es grauer und matter, bis es mit der Schwärze verfloss. Eine schmale Mondbahn lief bis zu ihren Füßen, und in der Höhe, zwischen dunklen, leise treibenden Wolken, standen die Sterne. Nichts bewegte sich, nicht einmal die Brücke des Mondlichts, und die Schilfhalme standen wie Speere mit glühenden Spitzen am Ufer. Und doch war es wieder, als ginge jemand leise durch den Wald und über das Wasser hin, verstohlen und atemlos, bald zur Rechten und bald zur Linken.

»Dort ist sie«, sagte der Förster leise.

Thomas sah die Insel, einen Büchsenschuss weit. Sie lag in vollkommener Schwärze auf der matten Scheibe, nur um die Wipfellinie war ein fließender, weißer Schein, und die trockenen Äste der Eichen standen wie Gittermasten gegen den Mond. Dunkle, schwere Vögel saßen regungslos in ihrem Netzwerk.

»Hier ist der Kahn«, sagte der Förster.

Aber Thomas wollte nicht fahren. Er wusste, dass es hier war, wo er leben und wahrscheinlich auch sterben würde. Seine Augen sahen es, und mehr noch sagte es sein Herz. Aber er wollte nicht hingehen wie in einem Zauber. Zu viel stand auf dem Spiel. Er war fünfundvierzig Jahre alt und brauchte den Tag, um dies zu sehen. Auch am Morgen würde es noch da sein, und es würde gut sein, wenn es regnete und ein harter Wind ginge, dass alles grau und wirklich aussähe. »Nein, morgen früh«, sagte er.

Sie standen noch eine Weile und sahen hinaus. Einer der großen Vögel über der Insel richtete sich auf und schlug mit den Flügeln. Ein heiserer Ruf kam über das Wasser herüber. Dann war alles wieder wie zuvor.

»Das sind die Reiher«, sagte der Förster. »Der General liebt sie nicht, aber es sind edle Vögel, und außer ihnen haben Sie niemanden auf der Insel.«

»Ich hoffe, dass das gut sein wird«, sagte Thomas.

Dann gingen sie den gleichen Weg wieder zurück.

Das Haus war dunkel, und Thomas stieg mit einer Kerze die Treppe hinauf.

»Nebenan war sein Zimmer«, sagte Gruber. »Sie lässt keinen hinein. Aber es ist ganz still dort, und Sie brauchen sich nicht zu fürchten.«

Thomas stand noch am offenen Fenster. Nein, er fürchtete sich nicht. Alles würde gut sein, wie er es gesehen hatte. Er wusste, dass es auf ihn gewartet hatte, sonst wäre er ja weitergefahren, die breite Straße zur Stadt. Man musste nur gehorsam sein.

Er ließ das Fenster offen und sah noch im Dunkeln zur niedrigen Zimmerdecke auf. Der große Vogel ... wie er die schweren Flügel geöffnet hatte ... und dann wieder in Schlaf versunken war ... der Mond fiel in ihre geschlossenen Augen ... die Sterne kreisten ... alles war gut und ruhig dort ... er wollte aussteigen dort und arbeiten ... nie war er allein gewesen ... Schiffe, Menschen, Häuser ... er hatte keinen Ehrgeiz mehr und wenig Glauben ... wie ein Geschwätz ... aber dort wollte er sich bereden, so einsam wie die großen Vögel ...

*

Eine unsichtbare Uhr schlug elf helle Schläge, als Thomas vor der Schlosstreppe stand. Das Schloss war nicht mehr als ein großes Gutshaus, mit einem hohen braunen Dach über zwei Flügeln. Doch lag es breit und stattlich über der Seebucht, und der Efeu, der bis an die Fenster des oberen Stockwerks rankte, ließ es alt und ganz auf sich zurückgezogen erscheinen. Das Wappen über der schweren Tür war so verwittert, dass es nicht mehr als eine gepanzerte Faust erkennen ließ, die etwas trug, aber es konnte ein Lilienstengel wie eine Streitaxt sein. Der Park hinter dem Haus musste gleich in den Wald übergehen, hinter dem Hof aber hob sich gerade der dünne Nebel über dunklen Feldern, die erst vom Horizont begrenzt schienen. Ein blaues Tor tat sich zwischen den ziehenden Wolken auf, und ein heller Schein fiel auf die regennasse Erde, auf die leuchtenden Dächer und auf die Spitze der Fahnenstange, die sich über der Mitte des Hauses erhob.

Dann stieg Thomas die Stufen hinauf. Er läutete an einem

alten Glockenzug, und die schwere Tür wurde von einem Riesen in altertümlicher Uniform geöffnet. Thomas meinte, sie müsse aus der Zeit Friedrichs des Großen stammen, mit weißem Lederzeug und verschnürtem Rock, doch trug der Mann keine Bärenmütze, sondern kurz verschnittenes Haar, sah auch so aus, als hätte man ihn eben vom Pflug fortgeholt und als hätte er sich dort wohler befunden als in seinem gegenwärtigen Amt.

»Der Herr General lassen bitten«, sagte er düster und half Thomas aus dem Mantel. Es klang, als liege der General im Sterben.

Thomas nahm mit einem Blick die riesige Halle wahr, die bis in das obere Stockwerk reichte, eine schöne und breit aufsteigende Treppe von dunkelbraunem, glänzendem Holz, Schaufeln, Geweihe, Vögel, Waffen, Ahnenbilder, einen riesigen Feuerplatz, in dem ein ganzer Baumstumpf verkohlte, und im Hintergrund, zu beiden Seiten einer zweiflügeligen Tür, zwei alte Kanonen aus matt glänzendem Metall, die dunklen Münder drohend auf den Eingang gerichtet. Doch standen keine Kanoniere neben ihnen, mit brennenden Lunten etwa, wie Christoph erzählt hatte, bereit, das Feuer sofort auf jeden zu eröffnen, der es etwa an Haltung oder Gesinnung gleich beim Eintritt sichtbar fehlen ließe. Aber auch eine Regimentskapelle, ein Schellenbaum und Bombardon, wie Thomas sie eher vermutet hatte, war nicht sichtbar, sodass er guten Mutes, wenn auch etwas verwirrt von dem Anblick düsterer Feierlichkeit, dem riesigen Grenadier oder was er sonst sein mochte, durch ein büchergefülltes Vorzimmer bis an die Eichentür folgte, an der dieser nun deutlich, aber doch in geziemender Bescheidenheit klopfte.

Eine etwas heisere Stimme rief: »Herein!«.

Der Große öffnete die Tür, trat oder sprang vielmehr mit erstaunlicher Gewandtheit über die Schwelle, schlug daneben die Absätze seiner Schuhe unter den geschnürten Gamaschen zusammen und meldete mit heller Stimme: »Der Herr Christoph Nachfolger, Herr General!«

Ein kleiner, breiter Mann mit grauer Litewka hob den Kopf von den Papieren auf seinem Schreibtisch, sagte »Schafskopf!« zu dem Riesen und winkte Thomas mit der Hand, näher zu treten. Er wies auf einen Stuhl an der Schmalseite des Tisches, wartete, bis der Riese das Zimmer verlassen hatte, und blickte dann Thomas an.

Dieser meinte, sein Gesicht schon als Kind gesehen zu haben, in der vielbändigen *Geschichte der Eroberung des indischen Reiches*, die in den Bücherschränken seines Vaters gestanden hatte, ganz unten, sechs dunkelbraune, schwere Bände, und in denen er die Bilder vor allem liebte, in matten Wasserfarben, unzureichend für die Glut jener Landschaften, aber erfüllt von seltsamen Menschen, Tieren und Pflanzen. Dort, inmitten edelsteinbedeckter Maharadschas und dämonischer Tempel, hatte es auch Porträts der Eroberer gegeben, Soldaten, Kapitäne und Könige des Handels, mit brauner Haut und weißem, buschigem Haar, mit strengen, mitunter grausamen Lippen und kindlich gebliebenen hellblauen Augen; Männer, von denen man nie wusste, ob sie Blut aus den Hirnschalen erschlagener Landesfürsten tranken oder ob sie, wieder heimgekehrt auf ihre grüne, neblige Insel, vor den riesigen Kaminen ihrer Schlösser den schweren Wein tranken, der in alten Eichenfässern die Reise nach Indien und zurück immer wieder gemacht hatte, um jene Glut und Milde zu gewinnen, von der ihre Gesichter so braunrot und fröhlich geworden waren. Männer, die er sich von der Meute ihrer Hunde und zahlreichen Enkelkindern umgeben vorgestellt hatte und für die alle es nur einen geheimnisvollen und fast tropischen Namen in seiner Gedankenwelt gegeben hatte: den Namen der Nabobs. Er hatte nicht gewusst, woher dieser Name stammte, aber etwas Drohendes und gleichzeitig Heiteres war aus dem Klang der Silben aufgestiegen, Fremdheit und Zauber, Macht und Einsamkeit, und einmal hatte er seinen Lehrer in das hilfloseste Erstaunen versetzt, als er auf die Frage, was er einmal werden wolle, laut und ohne Überlegung geantwortet hatte: ein Nabob!

Nun musste er fast ein Lächeln verbergen, als er bedachte, wie wenig er selbst jenes kindliche Versprechen eingelöst hatte, weder im Äußeren des Glanzes noch im Inneren selbstgewisser und fast allmächtiger Haltung, von einer Meute von Grauhunden so weit entfernt wie von einer Schar hellblonder Enkelkinder, und wie auch jener, dessen Gesicht ihm aus jenen Büchern vertraut war, in seinem Leben und Sein, in Erinnerungen, Macht und Reichtum wohl weit hinter den Urbildern jenes seltsamen Namens zurückgeblieben sein mochte, außer dass er vielleicht in den Kellern dieses Hauses einen ansehnlichen, aber immer mehr abnehmenden Vorrat jenes Weines besäße, der, vor riesigen Kaminen an langen Abenden getrunken, jene Hautfarbe verleihen mochte, die wie von indischer Sonne gebräunt und gebrannt erschien.

Doch fühlte Thomas sich nun durch diese kindliche Erinnerung über die Schranken des Alters und des Ranges leichter hinweggehoben und glaubte auch alle Wunderlichkeiten, auf die er vorbereitet war und deren Anfang er nun schon erfahren hatte, guten Mutes überstehen zu können.

»Heißen Orla?«, fragte die heisere Stimme, die die Worte wie aus einer Gewehrmündung hervorstieß.

»Jawohl, Herr General.«

»Gedient?«

»Jawohl, Herr General.«

»Dekoriert?«

»Jawohl, Herr General.«

Eine kleine Pause trat ein, in der der General fortfuhr, seinen Besucher gleichsam durchbohrend zu betrachten, nicht etwa aus Misstrauen, sondern aus einer alten Übung, die sich ihm vor der erstarrten Front unzähliger Soldatenkolonnen als nützlich erwiesen haben mochte. Thomas war überzeugt, dass er ein Waisenkind oder ein neugeborenes Kalb im Stall auf genau die gleiche Weise zu betrachten pflegte, blieb also unverändert in seiner guten Haltung und wich den blauen Blitzen nicht für eine Atemlänge aus.

»Gruber erzählt«, fuhr die heisere Stimme fort, »Steuermann, Skagerrak und dergleichen. Misstrauisch gegen alles Seefahrende. Anfang mit Schande gemacht. Hoffe, Regel durch Ausnahme bestätigt sehen. Hier nur brauchen, was in Gesinnung und Haltung zuverlässig ... Zu ... ver ... läs ... sig! Verstanden?«

»Jawohl, Herr General.«

»Gut ... Vorgänger Esel. Güterteilung, Weltfriede, rote Fahne und dergleichen. Kein Lump, aber Esel. Auf Barrikaden fallen. Gloriose Zeiten für Lumpen und Esel. Insel Stützpunkt Wasserseite. Vor dem Feind fallen, wenn nötig, verstanden?«

»Jawohl, Herr General.«

Nach dieser Versicherung entspannte das drohende Gesicht sich ein wenig, und eine zweite Pause trat ein, in der Thomas sich zu erinnern versuchte, welcher der preußischen Könige diese Redeweise geliebt hatte. Doch begann nun, als er des weiteren Verlaufes sicher war, die Insel sich wieder zwischen seine Gedanken zu schieben, und unvermittelt überkam ihn nach diesen ruhelosen und von fremden Bildern überladenen Tagen das warme Gefühl tröstlicher Geborgenheit, eine glückliche Müdigkeit, die danach verlangte, den Schein des Herdfeuers auf den dunklen Bohlen zu sehen und den Wind um das Rohrdach gehen zu hören.

Zuvor aber hatte er noch einmal seine Worte mit Bedacht zu wägen, um die etwas zögernden Fragen des Generals nach Schulbildung, Reisen und Familienverhältnissen zu beantworten; empfing darauf seine Dienstanweisung, die sich auf den Jagdschutz erstreckte, und unterschrieb schließlich den kurzen Vertrag, den sein Brotherr nach einem alten, schon vergilbten Muster mit großen, altertümlichen Buchstaben aufsetzte und ihm hinschob.

Thomas las, was er an Rechten und Pflichten besitzen würde, an Geldlohn und »Naturalien«, erfuhr, dass Mehl, Kartoffeln und Winterobst ihm zuständen, wobei er das Letzte besonders bemerkenswert fand, dass »ein grauer Fischerrock nebst einem Paar Wasserstiefeln, so bis über die Knie zu ziehen«, ihm jährlich zukämen und dass er »allezeit in Treue zu seiner Herrschaft zu stehen« habe, wie auch diese gelobte, ihn »in Bedürfnissen des Leibes und der Seele gut und geachtet zu halten«. Schien ihm also, als er dies langsam gelesen hatte, dass der Vertrag wohl aus der Zeit jenes wortkargen Königs stammen mochte, dass aber gleichwohl Rührendes in diesen alten Wendungen lag, mehr als er sonst in Verträgen mit Hauswirten oder Mietern erfahren hatte, und als er noch einmal, bevor er die Feder ansetzte, in die Augen des alten Mannes sah, wusste er, dass dieser Vertrag noch niemals mit besserem Willen und vielleicht auch mit tieferer Berechtigung unterschrieben worden war als eben nun.

Eine feste, breite Hand streckte sich ihm über die Tischplatte entgegen, und als er aufsprang und sie ergriff, war es ihm, als könnte er für diesen alten, wunderlichen Mann, um den eine vergangene Zeit gleichsam wie eine Rüstung stand, gern, »wenn nötig«, vor dem Feind fallen.

»Gute Haltung!«, sagte die drohende Stimme. »Gleich gesehn. Gut auskommen.«

Sie traten an den Gewehrschrank, und der General zeigte ihm die kleine Büchse und Doppelflinte, die er ihm ins Forsthaus schicken werde. »Dem Esel abgenommen«, sagte er. »Auf Eiche gestanden und auf ›Blutsauger‹ gewartet. Bei armen Leuten Auge mal zudrücken, bei Lumpen Finger krumm machen! Denken, dass Eigentum aufgehört hat. Zucht und Ordnung halten! Selbst darin groß geworden. Soldat bleiben auch im Fischerrock, verstanden?«

»Jawohl, Herr General.«

Sie vereinbarten, dass Thomas den Dienst in vierzehn Tagen antreten sollte, mit dem Fischfang aber nicht vor dem Mai zu beginnen sei. »Mal auf Insel besuchen«, schloss der General und streckte noch einmal seine Hand aus. »Kein Weltmeer herum, aber gutes Wasser. Nicht schlechteste Devise: ›Ich dien‘.«

Dann war Thomas entlassen. Der friderizianische Riese lehnte schwermütig an der Kanonenmündung, und

Thomas hatte ihn im Verdacht, mit seiner Nase beschäftigt gewesen zu sein. Doch half er ihm freundlich in den Mantel. »Unbequem?«, fragte Thomas und deutete auf die Uniform.

»Nein, Herr, bloß im Dorf rufen sie ›Kasperle‹ und schmeißen mit Pferdeäppeln.« Er lächelte melancholisch und begleitete den Gast zur Tür.

»Damals«, sagte Thomas und zeigte auf das weiße Bandelier, »haben sie noch mit anderen Dingen geworfen …«

»Jawoll, Herr, und ich kriege sie schon noch einmal!«

Als er die Tür öffnete und Thomas hinaustrat, kam ein schwarzgekleidetes Mädchen die Steintreppe heraufgestiegen. Es war vielleicht dreizehn Jahre alt, hielt sich sehr gerade und warf eben mit einer Kopfbewegung das Haar zurück, das ihm lose bis auf die schmalen Schultern fiel. Ein junger, hagerer Mann mit einer Brille, ebenfalls in Schwarz gekleidet, beendete eben einen Satz, aus dem Thomas entnahm, dass von der Stellung der germanischen Frau im Altertum die Rede gewesen war.

Beide blieben stehen und sahen Thomas an, der junge Mann zerstreut und noch mit seiner Beweisführung beschäftigt, das Mädchen aufmerksam und ohne Verlegenheit.

Thomas wollte mit einer leichten Verneigung zur Seite treten, doch blieb er stehen, nahm den Hut ab und sagte zu beiden gewendet, er sei Thomas Orla, der neue Fischer.

Während der junge Mann sich überrascht verbeugte und einen unverständlichen Namen murmelte, neigte das Kind auf eine altertümliche Weise den Kopf, ohne die Augen von seinem Gesicht zu lassen, und fragte: »Wie heißt du?«

Thomas wiederholte seinen Namen.

»Ist das ein Name aus einem Märchenbuch?«

Nein, das sei sein wirklicher Name.

Das Kind ließ die linke Hand nachdenklich über die schwarze Holzperlenkette gleiten, die es um den Hals trug. »Ich heiße Marianne von Platen«, sagte es. »Alle Mädchen heißen so bei uns. Und das ist mein Lehrer, Herr Bergengrün ... aber ›Orla‹ habe ich noch niemals gehört ... Wirst du mit Christoph zusammen fischen?«

Nein, Christoph gehe fort. Er werde allein auf der Insel leben.

Christoph sei ein armer Mann, sagte das Kind. Er habe immer böse zu ihr sein wollen und sei immer freundlich gewesen.

Ob es nicht besser sei als umgekehrt, fragte Thomas.

Das wohl, aber am besten sei es doch, freundlich sein zu wollen und es auch zu sein, nicht wahr?

Da habe sie sicherlich recht.

»Herr Bergengrün«, fuhr Marianne fort, »sagt immer, alle Menschen sind anders, als sie aussehen. Aber ich glaube das nicht. Herr Bergengrün sieht immer aus wie ein aufgeschreckter Wichtelmann, und so ist er auch, nicht wahr, Herr Bergengrün?« Ein leises Lächeln bewegte ihren Mund, und sie legte ihre rechte Hand mit einer zärtlichen Bewegung auf den Arm des verlegenen Kandidaten.

»Das sind so unsere Scherze«, sagte er entschuldigend, »doch würde es uns wohltun, wenn wir dann und wann auf die Insel kommen könnten. Mit Christoph hatte es seine Sonderheiten ...«

Mit dir auch, mein Guter, dachte Thomas und sagte, dass es ihn freuen werde, sie bei sich zu sehen.

»Und wirst du dort wirklich fischen?«, fragte das Kind.

»Ja, ich habe Christoph gesagt, dass ich den Fisch mit der goldenen Krone fangen werde.«

»Gibt es den?«

»Die Märchen sagen es.«

»Und dann?«

»Dann will ich ihn dir schenken.«

Sie atmete einmal tief auf, und Thomas sah, wie die Perlenschnur über der zarten Kehle sich einmal bewegte.

Dann verneigte er sich ernsthaft wie vorher und stieg die Treppe hinunter.

Im Wald erst, als er seine Pfeife stopfte, kam ihm zum Bewusstsein, dass es nun geschehen war, ja, dass er darüber hinaus gelobt hatte, vor dem Feind zu fallen, wenn es nötig sei, und eine goldene Krone zu verschenken, wenn er sie gewänne.

Er saß auf einem Baumstumpf in der Sonne und begann zu rechnen. Er war immer ordentlich in diesen Dingen gewesen und wusste, was einem Mann an Brot, an Fleisch, an Tabak und Kleidung zukam. Er wusste auch, was er hier nicht brauchen würde und wo die Grenze zwischen gewollter Einfachheit und erzwungener Ärmlichkeit lag. Es zeigte sich, dass seine Pension den Seinigen ohne Abzug bleiben konnte und dass ihm jeden Monat eine geringe Summe übrig bleiben würde, um ein paar Bücher zu kaufen oder einen Garten anzulegen. Dass also selbst in dem grauen Haus Schönheit oder Freude einkehren dürften, wenn ihn danach verlangte. Ja, dass er sogar Gäste mit Anstand würde aufnehmen können, das ernsthafte Fräulein, das wahrscheinlich aus einem Goldrahmen in der Halle heruntergestiegen war, und den biblischen Begleiter, der so feierlich sprach, als wäre er schon mit den Erzvätern durch die Wüste gezogen.

Er sah nun alles so weit, als hätten sich Jahre davorgeschoben: das Haus mit den Kiefern im Vorgarten, die donnernden Züge der Untergrundbahn, den Strom mit den Schiffslampen, vertraute und fremde Gesichter. Er bedachte, wie leicht es war, sich von allem zu lösen, außer von dem Kind, und erschrak darüber. Ein brüchiges Gewebe, das unter den Händen zerfiel. Es konnte nicht nur so sein, dass er von allem Abschied genommen hatte, als sie ausfuhren damals, in den ersten Nächten des großen Krieges, dass sie die Fäden aufgelöst hatten, die sie mit der Zeit verbanden. Denn sie wollten doch wiederkehren, das hatten sie doch alle gehofft. Aber es war wohl so, dass sie nun mit anderen Augen wiederkehrten, er wenigstens, und die alte Welt ihnen seltsam verändert war, Menschen, Meinungen, selbst das Geliebteste der Erde. Das alte Glück war kein Glück mehr, ein welker Strauß stand da, und man ging um ihn herum, sah, dass es nicht an Wasser fehlte, nicht an Sonne, und doch blieb er welk. Dies war es: der welke Strauß! Man warf ihn nicht fort, wo die frischen Blumen wuchsen, ganz andere und noch unbekannte, und den anderen schien er auch nicht welk, sondern glühend und leuchtend wie zuvor. Sie sahen den Wurm nicht, aber er sah ihn. Etwas musste falsch gewesen sein, von Anfang an, aber er konnte es nicht erklären. Er hatte gefühlt, dass er den Boden verlor, und nichts war da, an das er sich klammern konnte.

Nun also würde er fortgehen, und nur als von einem Narren würde von ihm geredet werden. Sein Vater würde es wissen, aber sein Vater war tot. Man musste es nun allein wissen. Sich abends mit frohem Herzen niederlegen können, das war vielleicht das ganze Geheimnis. Froh, wenn man an den gewesenen Tag, und froh, wenn man an den kommenden Tag dachte. Keine Erlebnisse, keine Heldenrolle, kein Glanz um die Stirn. Die Netze auslegen und wieder einziehen, Haus und Insel sauber halten, ein paar Seiten lesen und abends am Wasser sitzen und in die Sterne sehen. Den Vertrag erfüllen, den man unterschrieben hatte.

Wann war er froh gewesen zur Nacht? Er legte Jahr auf Jahr beiseite und kam wieder bis zu seiner Kinderzeit. Der Vater, der gute Nacht sagte, das offene Fenster, durch das die leisen Geräusche des Gutshofes kamen, der Zigarrenrauch aus dem Nebenzimmer, wo der Vater noch über den Rechnungsbüchern saß oder in einem Band Fontane las. Die Bilder, die sich immer mehr verwirrten ... der Weizenschlag mit der brennenden Sonne ... der Waldsee mit den alten Hechten ... das Pferd, das er ritt, immer mit etwas klopfendem Herzen ... die Uhr auf dem Hof, die ihre Schläge über die nebligen Felder schickte, und der letzte Schlag tönte lange nach, Welle auf Welle, immer mehr ersterbend ... frohen Herzens, so war er eingeschlafen und wieder aufgewacht.

Aber dann nicht mehr. Nicht als Kadett und nicht als Leutnant. Dienst und Pflicht immer wie eine Rüstung auf der Brust, und manchmal schmerzte die Rüstung ... die Segel, der Mastkorb und dann die Geschütze, die Navigation, Zahlen, Formeln, Kurven, Rechnungen, Gesichter, die feierlich oder höhnisch oder spöttisch waren ... und dann der Krieg, Menschenleben und Boote, die in seiner Hand lagen, und die Hand war nicht immer stark, nein, nicht immer ... kein frohes Herz, auch nicht unter den Kameraden, ein Sonderling, still, scheu, verschlossen ... der Krieg, ein bitteres Handwerk, ohne Glanz, töten und vernichten ... und dann das Ende und die Leere der Tage und Nächte, wie ein Brett auf dem Ozean, auf ... ab, auf ... ab ... wie ein Geschwätz ...

Dies aber war gut, die hohen, grauen Stämme, ernst wie Masten; die Wipfel, aus denen der Dampf vergangenen Regens stieg; der Specht, der hinter dem Hügel hämmerte, fleißig wie ein einsamer Hausvater; der See, der durch die Bäume blitzte, und Vögel riefen über sein Glänzen hin; Wolken, hoch im blauen Raum, durch den die Keile der Kraniche sich drängten. Gut und still. Alte Gesetze, denen die Kreatur gehorchte, die den Tag einschlossen und die Nacht. Krieg auch hier, Leiden auch hier, aber aus Gesetz und nicht aus Willkür.

Und der Vertrag, der ihn einschloss in diese Welt, der ihm die Stunde erfüllte und die geöffneten Hände. Ein einfaches Werk, in dem die Räder sich kreuzten und überschnitten, ein Werk, das nichts brauchte als Fleiß und guten Willen und Gehorsam vor der Ordnung der Dinge. Zu erfüllen auch von denen, die noch die alten Waffen trugen, deren Sinn nach dem Einfachen trachtete, weil sie fremd waren im Verwickelten der Zeit. Die ein Dach wollten, einen Herd, eine Arbeit und ein frohes Herz.

Es fiel ihm ein, dass er die Mönche immer geliebt hatte, obwohl er anderen Glaubens war. Die aus der alten Zeit, die den Wald urbar machten und beim Kerzenlicht die großen Buchstaben auf gelbe Pergamente malten. Die das Schwert nahmen, wenn es um den Acker ging oder um Gott, aber es wieder fortstellten, wenn der Acker und Gott gerettet waren. Fern rauschte ihnen die Welt, ein Strom hinter Weiden, aber sie wollten nichts von ihr. Sie wollten den Pflug und das Bild der Heiligen Mutter und den Kerzenschein über der weißen Zellenwand. Sie wollten sein wie die Steine auf dem Grund, und das Werk ihrer Hände sprach immer noch, hin durch die Jahrtausende. Kein vertanes Leben, kein Aufruhr, kein Geschwätz. Getreue Knechte, die unter Steinplatten schliefen, aber der Hausvater hatte ihre Namen gesammelt und bewahrt.

Wenn sie älter ist, dachte Thomas und stand auf, wird sie wissen, dass die goldene Krone unsichtbar ist, und vielleicht wird auch Joachim es wissen. Dass es nur das Letzte des Lebens ist, sein wahrer Sinn, heraufgezogen mit dem Netz, an dem das Leben gesponnen hat. Güte und Weisheit und nichts haben wollen. Frieden schließen, aber den Frieden, hinter dem kein Krieg mehr steht … vielleicht gewinne ich es, dass ich es ihnen zeigen kann, nur ihr und ihm … zwei Menschen sind schon viel, und ich selbst bin der dritte … drei … was für eine große Zahl, was für eine Riesenzahl für eine Menschenhand … Es war schwer, das Kind dort zu lassen, schwerer als alles andere, aber es gab Wege, die man ohne Kinder gehen musste, ohne Frau und auch ohne Kind. Erst musste man fest stehen wie der Mann im Zirkus, bevor man Frau und Kind auf seine Schultern heben konnte. Und er würde Joachim bei sich haben, ein paarmal im Jahr.

Er würde ihn erfüllen mit dem, was er inzwischen gewonnen haben würde. Er würde getreulich teilen. Nur das Geringste würde er für sich selbst behalten wollen. Er ging schon zu Tal, aber das Kind würde fortzusetzen haben, in das neue Leben hinein …

Der Förster stand am Zaun und winkte ihm. »Ein gutes Jahr, lieber Herr. Die Saat steht schön, und auf der Insel wird es wieder lebendig sein. Ein Geist hat da gewohnt, und nun zieht der Mensch wieder ein. Ein gutes Jahr …«

Sie hatten ein schweigsames Mahl, und dann war Thomas den ganzen Nachmittag auf dem Wasser. Er fuhr das Ufer ab. Bucht für Bucht und Schilfrand nach Schilfrand. Er betrachtete den Grund, Sand und Moor, Seerosenstengel und verwitterte Baumstämme, deren Äste hinaufgriffen, einen schmalen Pfad im hohen Gras und die Otterspur, die sich weich in den Boden drückte. Er fuhr um die Waldecke und weiter bis zum Fließ, hinter dem der zweite See begann. Und überall Wald und Wiese, Erlengehölz und Feld, ein graues Dorf vor einem bläulichen Kiefernstreifen, ein Land ganz für sich, mit einem hohen Himmel, unter dem nur der Wind leise tönend ging.

Er sah Christoph abfahren und das Boot an der hohen Fichte verlassen. Er trug einen Sack auf dem Rücken, sein ganzes Hab und Gut, und grau und gebeugt verschwand er im Uferwald, die Fahne sicherlich um den Leib gebunden, ein Mann nach einer verlorenen Schlacht.

Nun war niemand auf der Insel. Die Sonne sank hinter die Eichenwipfel, Gewitterwolken hoben sich bläulich über den Wald, über dem Schornstein hing kein Rauch, ein großer Vogel kreiste über dem grauen Dach und verschwand im dunklen Gewölk.

Thomas holte das leere Boot und fuhr zur Försterei zurück. Sie wollten zusammen das Haus ansehen und was geändert werden sollte, solange Thomas wieder fort war. Am nächsten Morgen wollte er fahren und nach zwei Wochen wiederkommen.

Es war niemand auf dem Hof, aber aus dem kleinen Garten hörte er wieder den leisen, schlafwandlerischen Gesang. Die Frau stand über der frisch gegrabenen Erde, im schwarzen Kleid wie bisher, ein Tuch um die Schultern, und streute Samen in die neuen Beete. Aber es war nichts in ihrer Hand. Die Hand war leer, und nur die Gebärde war voller Sinn. Das Lied ging eintönig durch die Stille, einfach und fast heiter, wie ein Kinderlied oder ein Lied über kindlichen Schlaf. Und Thomas meinte ihn dort knien zu sehen, den das Feuer im dunklen Turm versengt hatte, zu Staub und Asche verwandelt, eine kleine Gestalt, die nach den Samenkörnern griff, und sie wusste noch nichts von der kommenden Ernte der Zeit.

Die Luft war schwül wie am Abend zuvor, die Wolken hatten die Sonne bedeckt, und ein gedämpftes Licht fiel von den glühenden Rändern über die Erde. In diesem Licht ging der schwarze Arm der Frau langsam hin und her, die Reihen der Beete auf und ab, eine arme, kindliche Mühle, die das tote Leben streute.

Wieder fröstelte es Thomas, und er ging leise ins Haus. »Ja, ein frühes Gewitter kommt«, sagte der Förster. »Dann ist sie unruhig und bleibt nicht im Haus. Sie kann das große Feuer nicht sehen über dem Wald, und doch bleibt sie auf, solange das Wetter leuchtet, die Hände vor den Augen. Sie sieht ihn wohl im Feuer, lieber Herr ...«

Sie fuhren schweigend über den See und traten ins Haus. Es war so leer wie zuvor, und es war nicht zu sehen, dass ein Mensch es verlassen hatte. Sie sahen alles an, und Thomas schrieb sich die Maße in sein Buch. Er wusste gleich, was er brauchte, und sie rechneten die Preise aus. Ein Fußboden sollte gelegt, ein kleiner Herd zum Kochen im Nebenraum gesetzt und das Fenster sollte höher und um das Vierfache verbreitert werden. Alles andere sollte unverändert bleiben, und der Förster wollte zusehen, dass in zwei Wochen alles fertig wäre. »Ein Palast, lieber Herr«, sagte er lächelnd, »und im Winter werde ich das Licht durch die Bäume sehen ... Gott segne Ihren Einzug, lieber Herr!«

Ja, Thomas wollte noch ein wenig auf der Insel bleiben.

Er sah das Boot zurückfahren, in die Dämmerung hinein, und verschwinden. Das Licht über dem See war schon erloschen, und hinter den Uferwäldern flammte das Wetter schon rötlich auf.

Thomas ging um die Insel herum über Sand und braunes Gras, am Schilf entlang, dessen Halme sich leise aneinander rieben, und wieder zurück. Er war so einsam wie auf dem Ozean.

Iwan Bunin

Immerwährender Frühling

Zudem, mein Freund, gab es noch ein richtiges Ereignis in meinem Leben: Im Juni fuhr ich aufs Land, in die Provinz (zu einem meiner neuen Bekannten, du kennst ihn nicht). Natürlich erinnere ich mich, dass derlei Reisen früher durchaus nicht als Ereignisse gelten konnten. Ich nehme an, bei euch in Europa gelten sie bis heute noch nicht als solche. Aber was gab es früher bei uns – und was gibt es in Europa noch heute – nicht alles? Zwei- oder dreihundert Werst sind bei uns keine Kleinigkeit. Die Entfernungen in Russland, das sich wieder in Moskowien verwandelt hat, sind wieder gewaltig geworden. Außerdem verreisen die heutigen Moskauer Leutchen nicht oft. Natürlich haben wir jetzt alle erdenklichen Freiheiten, mehr als genug. Aber vergiss nicht, dass wir all diese Freiheiten, die zu erleben wir nie gehofft hätten, erst seit sehr kurzer Zeit haben.

Kurzum, es geschah etwas Ungewöhnliches, wie ich es seit vielen Jahren nicht erlebt hatte. Eines schönen Tages nahm ich eine Droschke und fuhr zum Bahnhof. Du hast mir einmal geschrieben, das heutige Moskau erscheine dir sogar äußerlich »unerträglich«. Ja, Moskau ist überaus scheußlich. Als ich zum Bahnhof unterwegs war, in einer Droschke von der Art, wie es sie früher nur in den entlegensten Außenbezirken gab und die damals zwanzig Kopeken pro Fahrt kostete und nicht eine Milliarde, empfand ich das, aufgewühlt durch die ungewohnte Situation und durch meine Rolle als Reisender, besonders lebhaft. Was für ein asiatisches Menschengewühl! Wieviel Straßenhandel, Bauchläden, Trödel und »Krempelmärkte«, um mich einmal in der niedrigen Sprache auszudrücken, die bei uns immer mehr in Mode kommt! Wie viele heruntergekommene Häuser! Wie holprig der Fahrdamm ist, wie verwuchert die noch verschont gebliebenen Bäume. Auf den Bahnhofsplätzen ebenfalls »Krempelmärkte«, ein ständiges Kaufen und Verkaufen, Gesindel und niedrigster Pöbel, Hausierer, Diebe, Straßenmädchen, Höker mit allerlei billigem Proviant. Auf den Bahnhöfen gibt es zwar Erfrischungsräume und Wartesäle für die verschiedenen Klassen, aber das sind bis heute alles bloß Schuppen, hoffnungslos verdreckt. Und immer so viel Volk, dass man kaum durchkommt: Züge sind rar, eine Fahrkarte zu bekommen, ist bei dem Chaos und dem allgemeinen Schlendrian eine sehr mühsame Sache, und in einen Zug einzusteigen, der natürlich ebenfalls heruntergekommen ist, die Räder rot vor Rost, ist eine wahre Heldentat. Viele Leute machen sich tags zuvor auf zum Bahnhof, am Abend vor der Abreise.

Ich kam zwei Stunden vor dem Zug an und hätte um ein Haar bezahlt für meine Kühnheit, hätte um ein Haar ohne Fahrkarte dagestanden. Aber irgendwie (das heißt, natürlich gegen ein Schmiergeld) klappte es dann doch, ich bekam eine Fahrkarte, bestieg den Zug und ließ mich sogar auf einer Bank und nicht auf dem Boden nieder. Schon fuhr der Zug los, Moskau blieb zurück, und an mir vorüber zogen Felder, Wälder und Dörfer, die ich lange nicht gesehen hatte und in denen, ebenso wie in Moskau selbst, nach dem ausschweifenden Fest, das die Rus sich zu einem ungeheuren Preis geleistet hat, wieder der triste Alltag eingekehrt war. Bald schon fielen fast allen in dem gerappelt vollen Waggon die Augen zu, die Leute ließen den Kopf nach hinten sinken und begannen, mit offenem Mund zu schnarchen. Mir gegenüber saß ein dunkelblonder Bauer, groß und selbstbewusst. Zuerst rauchte er und spuckte immerzu auf den Boden, um die Spucke mit der Stiefelspitze quietschend zu verreiben. Dann zog er eine Flasche Milch aus der Tasche seiner Joppe und begann, in langen Zügen zu trinken, wobei er zwischendurch nur absetzte, um sich nicht zu verschlucken. Als er ausgetrunken hatte, lehnte er sich mit dem Rücken an die Wand und begann ebenfalls zu schnarchen, und der Gestank, den er verströmte, machte mich buchstäblich verrückt. Da ich es nicht mehr ertragen konnte, gab ich meinen Platz auf und ging hinaus auf die Plattform. Und dort stand ein Bekannter, den ich schon etwa vier Jahre nicht mehr gesehen hatte: Schwankend vom Schaukeln des Waggons stand dort der berühmte B., ehemals Professor, ehemals ein reicher Mann. Ich erkannte ihn kaum: ein alter Mann, fast wie ein Pilger an den heiligen Stätten. Die Schuhe, der Mantel, der Hut – erbärmlich, schlimmer sogar als alles, was ich am Leib trage. Seit hundert Jahren nicht rasiert, die grauen Haare hängen über die Schultern, in der Hand ein Beutel aus Sackleinen, am Boden zu seinen Füßen ein zweiter. »Ich gehe zurück«, sagt er, »nach Hause, ins Dorf, da habe ich eine Parzelle auf meinem früheren Gut bekommen, und wissen Sie, ich lebe jetzt so wie dieser verbauerte Moskauer, zu dem Sie unterwegs sind, das heißt, ich ernähre mich mit meiner Hände Arbeit; meine freie Zeit aber widme ich meiner früheren Tätigkeit, meinem großen historischen Werk, das eine neue Epoche in der Wissenschaft begründen kann, glaube ich ...« Die Sonne glitt als silberne Scheibe schon tief hinter den Baumstämmen und hinter dem Wald dahin. Nach einer halben Stunde stieg dieser Begründer einer Epoche an seinem gottverlassenen Haltepunkt aus – und humpelte mit seinen Beuteln schwerfällig durch die grüne Birkenschneise, durch die frische Kühle des Abendrots.

Als ich dort ankam, wo ich hinwollte, war es bereits ganz dunkel, es ging auf elf Uhr. Da der Zug verspätet war, hatte der Bauer, der mich abholen sollte, gewartet und gewartet und war schließlich wieder umgekehrt, und so fand ich mich in einer äußerst dummen Situation. Was tun? Auf dem Bahnhof übernachten? Aber der Bahnhof wird über Nacht geschlossen, und sogar wenn nicht, sucht man Sofas oder Bänke dort vergeblich – tja, Bruder, Herrschaften gibt's jetzt keine mehr! –, und auf dem Boden zu übernachten ist selbst für sowjetische Untertanen nicht immer angenehm. Sollte ich in der Siedlung nahe dem Bahnhof einen Bauern anheuern? Aber das ist heutzutage eine fast unmögliche Sache geworden. An der Bahnhofstür hockte ein Bauer, der zum Nachtzug nach Moskau gekommen war, trübsinnig und teilnahmslos. Ich sprach ihn an. Er winkte nur ab. »Wer kann heutzutage schon fahren? Ein Pferd ist eine Seltenheit, die ganze Gerätschaft kaputt ... Ein Satz Räder – zwei Milliarden, man traut es sich kaum auszusprechen ...« Ich frage ihn: »Und zu Fuß?« »Haben Sie es weit?« »Da und da hin.« »Na ja, ungefähr zwanzig Werst, mehr nicht ... Das schaffen Sie schon.« »Aber durch den Wald«, sage ich, »und dann noch zu Fuß?« »Ach was ... das schaffen Sie ...« Aber im gleichen Atemzug erzählte er, im Frühjahr hätten zwei »Menschlein« in ihrem Dorf einmal ein »Bäuerlein« angeheuert, und alle drei seien verschwunden: »Alle weg, die beiden und der andere auch, das Pferd, die Gerätschaft ... Man weiß bis heute nicht, wer da wen zerfleischt hat, sie ihn oder er sie ... Nein, es ist nicht mehr wie früher!«

Natürlich war mir nach dieser Geschichte jegliche Lust vergangen, noch in der Nacht aufzubrechen. Ich beschloss, den Morgen abzuwarten und in den Wirtshäusern am Bahnhof um ein Nachtlager zu bitten – »Hier gibt's bloß zwei«, hatte der Bauer gesagt. Doch das stellte sich als unmöglich heraus – in den Wirtshäusern ließ man mich gar nicht erst ein. »Tee gibt's, wenn's beliebt, meinetwegen«, sagte man mir im einen Wirtshaus, »Tee können Sie haben ...« Also trank ich in der kaum beleuchteten Stube eine ganze Weile lang Tee, das heißt ein widerliches Kräutergebräu. Dann sagte ich: »Gestatten Sie mir wenigstens, bis zum Morgen auf der Vortreppe zu sitzen.« »Das ist unbequem für Sie ...« »Überall ist es bequemer als auf der Straße.« »Haben Sie auch keine Waffe dabei?« »Durchsuchen Sie mich, bitte sehr!« Ich stülpte meine Taschen nach außen und knöpfte den Mantel auf. »Na, wie Sie wollen, meinetwegen bleiben Sie auf der Vortreppe, ins Haus lässt Sie hier sowieso keiner, außerdem schlafen alle schon ...« Ich ging nach draußen und setzte mich auf die Treppe, und bald erlosch das Licht im Wirtshaus – in dem nebenan war es schon lange dunkel –, und die Nacht brach an, Schlaf und Stille ... Ach, wie lang war diese Nacht! In der Ferne, jenseits der dunklen Silhouette des Waldes, stieg die verschwommene Sichel des Mondes auf. Dann war auch sie verschwunden, und an der Stelle begann Wetterleuchten, über den Himmel zu flackern ... Ich saß eine Weile da, ging dann vor der Treppe auf der sich undeutlich bleich abzeichnenden Straße hin und her, setzte mich wieder, rauchte auf leeren Magen Machorka ... Nach ein Uhr war auf der Straße das Knarzen von Radspeichen zu hören, das dumpfe Rumpeln von Radachsen, und wenig später fuhr jemand beim benachbarten Wirtshaus vor, hielt an und begann, in einer Art Gaunersprache irgendwelche Klopfzeichen ans Fenster zu pochen. Der Wirt, ein barfüßiger, zerzauster Alter, eben der, der mir am Abend so merkwürdig böse und grob ein Nachtlager verweigert hatte, spähte zuerst aus dem Flur und kam dann vorsichtig heraus – worauf ein geheimnisvolles Hin und Her begann: In einem fort wurde etwas, das aussah wie Schaffelle, aus dem Flur geschleift und auf das Fuhrwerk des Fremden geladen, und das alles zum flackernden Wetterleuchten, das den Wald, die Katen und die Straße jetzt in immer grelleres Licht tauchte. Es blies schon ein frischer Wind, und in der Ferne rollte bedrohlich der Donner. Und ich saß da und ergötzte mich daran. Weißt du noch, die nächtlichen Gewitter in Wassiljewskoje? Weißt du noch, wie sich das ganze Haus davor fürchtete? Stell dir vor, ich habe diese Angst verloren. In jener Nacht auf der Vortreppe des Wirtshauses war ich einfach nur hingerissen von diesem trockenen Gewitter, das sich nicht entladen wollte. Gegen Ende jedoch war ich entsetzlich müde von meiner Nachtwache. Zudem verlor ich allmählich den Mut: Wie sollte ich nach einer schlaflosen Nacht zwanzig Werst laufen?

Bei Tagesanbruch aber, als die Wolken jenseits des Waldes blasser wurden und sich lichteten, als alles ringsum wieder alltäglich und gewöhnlich aussah, hatte ich unerwartetes Glück. Eine Kutsche jagte am Wirtshaus vorüber –

sie brachte einen Kommissar zum Zug nach Moskau, den Verwalter des ehemaligen Landguts der Fürsten D., das sich ganz in der Nähe des Ortes befindet, wo auch ich hinwollte. Das erzählte mir die Wirtin, die aufgewacht war und aus dem Fenster sah, und als der Kutscher sich vom Bahnhof aus auf den Rückweg machte, eilte ich ihm entgegen, und er erklärte sich sogar seltsam eifrig bereit, mich mitzunehmen. Der Mann war reizend – ein kindlich naiver Riese, der den ganzen Weg hindurch mit freudiger Verwunderung über die entsetzlichsten Dinge sprach. Den ganzen Weg hindurch wiederholte er ein ums andere Mal: »Man will es gar nicht mitansehen! Es ist zum Weinen!« Unterdessen ging die Sonne auf, und der Schimmel, ein alterstaubes, aber übermütiges Tier mit breitem Hinterteil und Sattelkuhle, zog die Kutsche, ein ebenfalls altes, aber wunderbares Gefährt, bequem wie eine Wiege, schnell und mühelos über die Waldwege ... Es ist lange her, mein Freund, dass ich in einer Kutsche gefahren bin!

Der Bekannte, bei dem ich in diesen Wäldern einige Tage zu Gast war, ist ein in mehrfacher Hinsicht sehr interessanter Mensch – er ist Autodidakt, halbgebildet, lebte früher stets in Moskau, gab die Stadt aber im vergangenen Jahr auf und kehrte in seine Heimat zurück, auf sein ererbtes Bauerngut. Er verabscheut das neue Moskau zutiefst, beharrte schon mehr als einmal darauf, ich müsse zu ihm kommen, um mich von diesem Moskau zu erholen, und schilderte mir anschaulich die Schönheiten seiner Gegend. Und wirklich: eine staunenswerte Gegend. Stell dir vor: ein wohlhabendes Dorf, friedlich, ansehnlich, und im Großen und Ganzen so, als habe es nicht nur all das nie gegeben, was geschehen ist, sondern auch nicht die Abschaffung der

Leibeigenschaft oder den Einfall der Franzosen; ringsum verwunschene Wälder, Abgeschiedenheit und eine unbeschreibliche Stille. Überwiegend Nadelwald, düster und hallend. Abends spürte ich in seiner Tiefe nicht nur die alten Zeiten, das Altertum, sondern geradezu die Ewigkeit. Vom Abendrot sieht man nur Fetzen: Nur hier und da schimmert der langsam verglühende Sonnenuntergang durch die Wipfel. Die balsamische Wärme der über den Tag erhitzten Nadeln mischt sich mit der herben Frische der sumpfigen Niederungen und des schmalen, tiefen Flusses, über dessen verborgenen Windungen abends kühler Dunst wabert. Vögel sind keine zu hören – Totenstille, nur die Nachtschwalben spielen: ein und derselbe endlose Ton, ähnlich dem Klang einer Spindel. Und wenn es ganz dunkel ist und die Sterne über dem Wald aufsteigen, beginnen überall mit heiserer, selig-qualvoller Stimme die Uhus zu schreien, und in ihren Stimmen liegt etwas Unvollendetes, Ursprüngliches, in dem der Liebesruf, die unheimliche Vorwegnahme der Vereinigung wie Lachen und Schluchzen klingt, wie der Schauder vor einem Abgrund, vor dem Untergang. So durchstreifte ich an den Abenden den Wald, betört von den Nachtschwalben, in der Nacht lauschte ich auf der Vortreppe den Uhus, und die Tage widmete ich der verwunschenen Welt eines ehemaligen fürstlichen Gutes – im wahren Sinne ehemalig, denn von seinen Besitzern ist keiner am Leben geblieben … Es war unbeschreiblich schön.

Die Tage waren sonnig und heiß. Auf dem Weg zum Gut ging ich bald im Schatten, bald in der Sonne über einen sandigen Pfad, durch üppig und süß duftende Kiefernzweige, dann am Fluss entlang, durch das Dickicht am Ufer, die Eisvögel aufschreckend, mit dem Blick bald auf offene

Buchten, die über und über mit weißen Seerosen bedeckt und voller Libellen waren, bald auf Stromschnellen, wo das Wasser durchsichtig war wie Tränen, obwohl es schwarz schien, wo winzige Fische silbrig aufblitzten und dunkelgrüne, stumpfsinnige Mäuler glotzten ... Dann überquerte ich eine alte steinerne Brücke und stieg zum Gut hinauf.

Es ist durch einen glücklichen Zufall unbeschädigt geblieben, nicht geplündert, und es verfügt über alles, was für derlei Anwesen üblich war. Es gibt eine Kirche, die von einem berühmten Italiener erbaut wurde, es gibt mehrere wunderschöne Teiche; es gibt einen See, der Schwanensee genannt wird, und in dem See liegt eine Insel mit einem Pavillon, in dem mehr als einmal Bankette zu Ehren von Katharina stattfanden, wenn diese das Gut besuchte; weiter gibt es düstere Fluchten von Tannen und Kiefern, die so riesig sind, dass man sich ganz klein vorkommt beim Anblick ihrer Wipfel, in denen Milane, Reiher und andere, große schwarze Vögel mit Trauerfächern auf dem Kopf ihre schweren Nester haben. Das Haus, oder besser gesagt das Schloss wurde von demselben Italiener errichtet, der auch die Kirche gebaut hat. Ich trat durch das riesige steinerne Tor, auf dem zwei herablassend-schläfrige Löwen liegen und bereits etwas Wildes üppig wuchert, das wahre Gras des Vergessens, und ging meistens direkt zum Schloss, in dessen Vestibül den ganzen Tag über ein einarmiger Chinese in einem altertümlichen atlasbezogenen Sessel saß, ein kurzläufiges Gewehr auf dem Schoß, denn sehen Sie, das Schloss ist jetzt ein Museum, »Volkseigentum«, und muss bewacht werden. Kein nicht chinesischer Mensch hätte dieses idiotische Herumsitzen in einem völlig leeren Haus natürlich jemals ausgehalten – es hatte sogar etwas

Unheimliches an sich, dieses Herumsitzen. Aber dieser einarmige, kurzbeinige Tölpel mit dem gelblich-reglosen Gesicht saß ruhig da, rauchte Machorka, nörgelte ab und zu gleichgültig in weibischem, jammerndem Ton vor sich hin und beobachtete gleichgültig, wie ich vorüberging.

»Sie brauchen keine Angst vor ihm zu haben, Herr«, sagte der Kutscher so, wie man über einen Hund redet. »Ich erkläre ihm, wer Sie sind, dann lässt er Sie in Ruhe.«

Und tatsächlich, der Chinese ließ mich in Ruhe. Hätte man ihm befohlen, mich abzustechen, hätte er das selbstverständlich getan, ohne mit der Wimper zu zucken. Da ich aber nicht abgestochen werden sollte, sah er mich nur schläfrig von der Seite her an, und ich konnte nach Belieben ganze Stunden in den Schlossgemächern verbringen wie zu Hause. Immer wieder durchstreifte ich die Räume, konnte mich nicht sattsehen, hing meinen Gedanken nach … Die Decken glänzten mit vergoldetem Laubwerk, vergoldeten Wappen und lateinischen Sprüchen. (Wenn du wüsstest, wie entwöhnt mein Blick nicht allein der schönen Dinge, sondern sogar der Sauberkeit ist!) In den lackierten Böden spiegelten sich die kostbaren Möbel. In einem Zimmer standen ein Bett aus dunklem Holz mit einem roten Satinbaldachin und eine venezianische Truhe, die beim Öffnen eine magische, süß klingende Musik spielte. In einem anderen Zimmer nahmen lauter Wanduhren mit Glocken den ganzen Fensterpfeiler ein, und in wieder einem anderen gab es eine mittelalterliche Orgel. Und überall blickten mich Büsten und Statuen und immer wieder Porträts an. Mein Gott, wie schön die Frauen darauf sind! Und was für gutaussehende Herren in Uniform und Kamisol, mit Perücke und Brillanten, mit leuchtend azurblauen Augen!

Die strahlendste, majestätischste ist Katharina. Mit welch wohlwollender Heiterkeit sie sich hier zeigt, über diesen noblen Kreis gebietet! In einem Kabinett liegt auf einem kleinen Schreibtisch ein seltsam ins Auge fallender brauner Holzblock mit einer goldenen Plakette, auf der eingraviert ist, dass dies ein Stück des Flaggschiffs »St. Eustaphius« ist, das in der Seeschlacht von Çeşme »zu Ruhm und Ehre des Russischen Reiches« gesunken war ... Ja, »zu Ruhm und Ehre des Russischen Reiches« ... Das klingt seltsam heutzutage, nicht wahr?

Häufig war ich auch in den unteren Sälen. Du kennst meine Leidenschaft für Bücher, und dort, in diesen Gewölbesälen, ist die Bibliothek. Dort ist es kühl und stets schattig, die Fenster sind mit dicken Eisengittern versehen, und durch das Gitter sieht man das fröhliche Grün der Büsche, den fröhlichen Sonnentag, immer noch genauso, genauso wie vor hundert oder zweihundert Jahren. In den Wänden sind Nischen mit Regalen, und auf diesen Regalen schimmern mattgolden Zehntausende von Buchrücken, nahezu das gesamte Erbe des russischen und europäischen Denkens der letzten zwei Jahrhunderte. In einem Saal steht ein riesiges Teleskop, in einem anderen ein gigantisches Planetarium, und an den Wänden wieder Porträts und seltene Stiche. Einmal schlug ich ein wunderschönes Bändchen vom Anfang des letzten Jahrhunderts auf und las auf dem rauhen Papier:

Bring zur Ruh' der Unruh Geist,
Sollst nicht in Leidenschaft verglühn,
Stör mich, Hirte, nicht so dreist,
Und lass die Hirtenflöte ruhn ...

Lange stand ich wie gebannt: Welch ein Rhythmus, welche Anmut und Grazie, welch tänzerischer Überschwang der Gefühle sind darin enthalten! Heutzutage, da von Ruhm und Ehre des Russischen Reiches nur noch »Krempelmärkte« übrig sind, schreibt man anders: »Die Sonne, wie eine Pfütze aus Stutenurin …« Ein anderes Mal fiel mir eine Erstausgabe von Baratynski in die Hände, und ich schlug das Büchlein wie mit Absicht bei diesen Versen auf:

Mag das Vergangene auch verschwinden wie ein Traum,
Noch bist Du schön, Elysium, doch stumm verhüllt,
Und mit ermächtigendem Zauber
Für meine Seele ganz erfüllt …

Vor meiner Abreise war ich noch in der berühmten Kirche. Sie steht im Wald, an einem Abhang, ist rund und blassgelb und leuchtet mit ihrer goldenen Zwiebelkuppel im tiefblauen Himmel. Im Inneren findet sich ein Kreis gelblicher Marmorsäulen, die die leichte, sonnendurchflutete Kuppel tragen. Im Rundgang zwischen den Säulen und den Wänden sind Heiligenbilder mit den stilisierten Antlitzen derer, die in der Familiengruft unter der Kirche beigesetzt sind. Durch die schmalen Fenster sieht man, wie der Wind die struppigen Wipfel der Kiefern wiegt, die sich majestätisch und wild vom Abhang bis zur Höhe der Fenster hin ausbreiten, und man hört das Singen und Brausen des Windes. Ich stieg hinunter in die undurchdringliche Finsternis der Gruft und beleuchtete mit dem roten Flämmchen eines Kerzenstummels gewaltige Marmorsärge, gewaltige eiserne Kerzenhalter und das aufgerauhte Gold der Gewölbemosaiken. Von diesen Särgen her wehte die

Kälte des Totenreichs. Waren sie wirklich hier, die Schönheiten mit den azurblauen Augen, die einst in den Schlossgemächern herrschten? Nein, damit konnte ich mich nicht abfinden … Schließlich ging ich wieder hinauf in die Kirche und blickte durch die schmalen Fenster eine ganze Weile auf das ungestüme, schlaftrunkene Wogen der Kiefern. Fröhlich und traurig zugleich freute sich hinter mir die vielleicht für immer vergessene, verlassene Kirche über die Sonne. Totenstille herrschte darin. Draußen aber sang und brauste der Sommerwind – immer noch genauso, genauso wie vor zweihundert oder hundert Jahren. Und ich war allein, vollkommen allein, nicht nur in dieser hellen, leblosen Kirche, sondern gleichsam in der ganzen Welt. Wer hätte auch bei mir sein können, bei einem, der wahrlich durch ein Wunder überlebt hatte inmitten der Schar derjeniger, die ihr Leben verloren hatten, inmitten eines so großen Zusammenbruchs, wie die menschliche Geschichte keinen anderen kennt.

Es war mein letzter Besuch auf dem Gut. Am nächsten Tag reiste ich ab …

Rainer Maria Rilke

Augenblick

Ich liebe diese Stunde, die anders ist, kommt und geht. Nein, nicht die Stunde, diesen Augenblick liebe ich, der so still ist. Diesen Anfangsaugenblick, diese Initiale der Stille, diesen ersten Stern, diesen Anfang. Dieses Etwas in mir, das aufsteht, wie junge Mädchen aufstehn in ihrer weißen Mansarde. In der weißen Mansarde, in der sie wohnen, seit sie erwachsen sind. (O das kam eines Tages, und da verwandelte sich das ganze Haus.) Nun aber ist die weiße Mansarde das Leben, und wenn man am Morgen an das immer offene Fenster tritt, so sieht man die Welt. Große Bäume sieht man, die immer noch wachsen, Vögel sieht man und große Zweige schwanken von ihrem Abflug, und es ist, als wäre der Wind in einem Tier und in den Stämmen die Stille.

Ich liebe diesen Wind, diesen weiten verwandelnden Wind, der dem Frühling vorangeht, ich liebe das Geräusch dieses Windes und seine ferne Gebärde, die mitten durch alle Dinge geht als wären sie nicht.

Diese Nacht liebe ich. Nein, nicht diese Nacht, diesen Nachtanfang, diese eine lange Anfangszeile der Nacht, die ich nicht lesen werde, weil sie kein Buch für Anfänger ist. Diesen Augenblick liebe ich, der nun vorüber ist und von dem ich, da er verging, fühlte, dass er erst sein wird.

Nachweis

Mary Hunter Austin
Der Goldsucher. Aus: Mary Hunter Austin, *Wo wenig Regen fällt*. Aus dem amerikanischen Englisch von Alexander Pechmann. Copyright © 2023 by Jung und Jung Verlag, Salzburg.

Iwan Bunin
Immerwährender Frühling. Aus: Iwan Bunin, *Nachts auf dem Meer*. Aus dem Russischen von Dorothea Trottenberg. Copyright © 2022 by Dörlemann Verlag, Zürich.

Joseph Conrad
Dem Traum folgen (Titel von der Herausgeberin). Aus: Joseph Conrad, *Lord Jim*. Aus dem Englischen von Hedwig Lachmann, Fischer Verlag, Berlin 1927.

Knut Hamsun
Eine Hütte im Wald (Titel von der Herausgeberin). Aus: Knut Hamsun, *Pan*. Aus dem Norwegischen von Julius Sandmeier (überarbeitete Übersetzung). Copyright © 2025 by Kampa Verlag, Zürich.

Elizabeth Hay
Kein Windhauch (Titel von der Herausgeberin). Aus: Elizabeth Hay, *Wie Zugvögel*. Aus dem kanadischen